哲学新课题丛书

# Fiction and fictionalism

[美] R.M.赛恩斯伯里　著　万美文　译

# 虚构与虚构主义

# 目　　录

# 各章提要

## 1　虚构是什么

### 1.1　虚构意图

虚构的创作者有一种特殊的意图：让受众假装相信他们写的东西。我主要是遵循柯里的看法，也认为虚构意图是虚构所特有的一种特性。

### 1.2　假装断言

很多哲学家都提出，虚构的创作者们的独特之处在于他们假装断言(pretend to assert)。但这对于创作虚构作品来说，既不是必要条件，也不是充分条件。

### 1.3　假装、想象和假装相信

这些态度之间有什么关系？尽管相互关联，但它们各不相同。假装相信(make - believe)中包含了想象，或许还包含了假装，但是它不能还原为两者中的任何一个。

### 1.4　假装相信与情感反应

我们似乎会对虚构产生情绪上的反应，比如说恐惧、悲伤或快乐。这是如何发生的？沃尔顿认为，我们的反应源于我们通过假装(pretense)在想象中将虚构进行了扩展，从而把我们自身以及我们的反应都代入到故事之中。我依据这样一点对其进行了反驳：尽管我们可以假装出任意一种情绪，但我们(受虚构触发)的情绪反应很大程度上是非自主的；而且我进一步指出对事态的生动表象可以自然地引发情绪反应。

### 1.5 各种各样的虚构

小说、戏剧、绘画等到底有什么共同的特性(如果有的话)使得它们都能算作虚构的一种?虚构意图可以在写小说之外的其他艺术活动中出现。但是,在神话产生的过程中则没有。为了给神话留下空间,我提出一个析取式的条件(disjunctive condition):一个虚构或者是虚构意图的产物,或者虽然在开始时是以严肃叙事的形式出现的,但是逐渐被视为一件作品,对待它的恰当反应是假装相信而非相信。

## 2 关于虚构对象的实在论

### 2.1 我们何从下手?

关于虚构对象的实在论是这样一种观点:它认为像夏洛克·福尔摩斯、特拉法马铎星这样的对象属于我们现实世界。这种观点将在这一章以及随后四章中得到细化和讨论。要确定如何正确思考这个问题涉及了两个方面,既要解释常识观点,同时还要解释专家——文学评论家们——的观点。

### 2.2 字面论:忠实与真

字面论是这样一种观点,它认为像"福尔摩斯曾经住在贝克街上"这样的句子是字面的真的。有些理论家认为这种观点不但是正确的,而且它还为常识所接受。字面论蕴含了关于虚构对象的实在论,因为只有当存在福尔摩斯那样的对象时"福尔摩斯是一个侦探"才可能字面地真。我认为字面论是不正确的,而且常识也不相信字面论。如果将其解释为我们把依赖于预设的真错误地当成绝对真,那么相对的看法就会得到消解。因为字面论者认为这里讨论的真句子是因为故事所说的内容而为真,所以,很明显他们不能设想这些句子是真正地真的。无论如何,这一观点会引出矛盾:显而易见,虚构的真(fictional truth)并不是一种真。

### 2.3 "当然存在虚构人物"

存在虚构人物这一点似乎是显而易见的。但是,实在论要求虚构人物属于我们现实世界，而不仅仅属于那个虚构的世界。虚构中存在着一些人物确实无可争议；但是，说现实中存在着像福尔摩斯那样的人则不是无可争议的。我是这样表述这一极具争议性的观点的：存在着实在的虚构人物（robust fictional characters）。

2.4 实在论的一个理论依据：名称的语义学

一个名称在没有承担者的情况下能否有意义？如果答案是"不"，那么我们就有了一个简单的论证来支持实在的虚构人物。但是，我说这个答案是"是"。这里并没有给出这一回答的完整辩护，但是有一个单纯的动机：表面看来，像"夏洛克·福尔摩斯"这样的虚构名称是有意义的，但没有承担者。

附录：没有指称物的指称

这里简单勾勒了为"存在着有意义而没有承担者的名称"这个论断提供辩护的理论框架（称作 RWR）。RWR 动摇了一个关于虚构名称的实在论动机。其主要思想是：一个名称意在指称，但是它可能没有成功指称某物。如果它没有指称某物的话，那么包含这个名称的简单句就为假。这会使得支持实在论的很多论证都无用武之地，因为实在论者通常要的是包含虚构名称的真句子。

2.5 支持实在论的证据

这一节列出一系列明显为真的句子，比如"安娜·卡列尼娜比艾玛·包法利更聪明"，它们似乎需要有实在的虚构人物才能为真。这些句子就构成了支持实在论的主要论据。

## 3 虚构对象是非存在的

第3、4、5章将提出并详细讨论关于虚构对象的实在论（认为存在实在的虚构人物的观点）的几个特殊版本。这三个版本分别说的是：虚构对象是真实而非存在的（本章）；它们是真实而非现实的

(第4章);它们是真实而非具体的(第5章)。

3.1 表述迈农主义

认为存在着非存在对象的观点通常被归给亚历克修斯·迈农,所以,虽然我不希望做文本解读,但是我还是将这种观点称为迈农主义。这一节中它将得到更加精确的表述,并且会被应用到虚构对象上。

3.2 迈农主义的动机

我给出了迈农主义的四种可能动机。(1)作为关于虚构对象的一种实在论,它可以帮助我们理解一些与虚构相关的、有问题的句子怎么能为真;(2)有人认为迈农主义是一种常识性观点:当然有些事物是不存在的,比如说龙、女巫等等;(3)迈农主义可以解决"存在之谜",即解释我们怎么能说出比如"龙(或瓦肯星)不存在"这样的真句子;(4)迈农主义给出了思考事物(意向性)这种活动的最佳解释:似乎我们可以思考不存在的事物,所以存在着一些被我们思考的非存在事物。我认为这些动机都不是很有说服力,也许第一个可以保留,因为就目前来说我对它仍未有定论(subjudice)。

3.3 迈农主义的内在矛盾

如果迈农主义者承诺有圆的方或者虚构中的不可能对象,那么他们是否承诺了矛盾?这样的话,我们是否可以直接否定这种观点?我展示了迈农主义者反驳这种指责的一些方法。他们或许可以区分核心性质和非核心性质。或者,非字面论的迈农主义者可以说,非存在对象只具有表象性的性质,而且自身完全一致的事物也可能展现出不一致的地方。

3.4 创造性与非存在对象

迈农主义者不能把创造虚构人物的活动看作产生他们的活动,因为迈农主义者认为虚构人物不存在。这就使得被我称为选择难题的那个问题显得格外紧要:创作者如何在众多的非存在对象当中挑选出那个他想要创造的对象?对反实在论者来说这根本不是问题(因为他们不接受任何形式的关于虚构人物的实在论)。对他们来说,编造人物和编故事是一样的。

3.5 非存在对象的其他问题

本节讨论了各种针对非存在对象的问题。这里就有两个:迈农主义者不能给虚构人物(如哈姆雷特)和只是虚构中的虚构人物(如贡扎古)分配不同的形而上学状况。两种人物都是非存在的,尽管直觉上存在着重大区别。这里我要提到的第二个问题就是:如果创作者说存在着多个姐妹却没有特别指出其中任何一个,那么迈农主义者似乎就必须一方面认为存在着多个非存在的姐妹,而另一方得否认存在任何一个非存在的姐妹;这就难以理解了。

3.6 回顾迈农主义观点

我们不能不假思索地拒斥迈农主义。但是,一个恰当发展的迈农主义必须得驶过波涛汹涌、漩涡不断的形而上学的深水区。

**4 世界与真:虚构世界、可能世界、不可能世界**

本章将考虑我们能否严肃对待这样的想法:虚构人物是非现实世界中的非现实的居民。我把这一观点称作关于虚构人物的非现实论。

4.1 模态逻辑中的可能世界

这一节简要介绍逻辑学家是如何使用可能世界的(以前接触过的读者可以忽略)。

4.2 关于可能世界(及其居民)的实在论

我认为,如果有人认为虚构人物是真实而非现实对象,那么他必须接受路易斯的模态实在论(即关于可能世界的实在论)。这里驳回了一些流于表面的反驳。

4.3 作为量词的虚构算子

在一篇著名论文中(《虚构中的真》,Lewis 1978),大卫·路易斯论证说,我们可以把"根据如此这般的虚构……"这样的算子理解成对可能世界的量化。对于认为虚构人物是非现实对象的观点来说这种立场似乎并不是必需的，但是这种立场似乎反倒蕴涵了那种观点。无论如何，我力图证明（出于一些常见的理由）：路易斯的理论不成立。

4.4 到底哪一个可能对象是夏洛克·福尔摩斯？

这个问题是说，在非现实论者的图画中，会有许许多多的候选者可以成为那个独一无二的福尔摩斯，所以它们没有一个是福尔摩斯（这个论证可以追溯到克里普克）。我赞同这个论证，并且指出即使某个超赋值语义理论给“只存在一个福尔摩斯”指派了真，相应的形而上学图画也不会与这一真值指派相符。

4.5 奇怪的世界和对象：不完全的与不可能的

如果往我们已有的众多世界里添加经典逻辑学家并不支持的不可能世界或不完全世界，非现实论者会不会有更好的出路？我所辩护的回答是否定的。虚构人物的不完全性要求：它们全部都得属于不可能世界，就算其中有一些非常幸运地处在完全一致的故事中。

## 5 虚构对象是抽象人造物

关于虚构对象，当下最为流行的实在论形式是那种认为它们是抽象对象的观点。这种观点有一个特殊的（而且不那么流行的）版本在我看来却是最好的，它说：虚构对象是抽象人造物——由人类的自主性制造出来的抽象事物。

5.1 抽象人造物理论

抽象人造物就是像婚姻、契约那样的事物：人造的（因而是人造物），但是不占据空间（因而是抽象的，我更倾向于说非具体的）。虚构对象的抽象人造物理论，根据托马森的看法，将它们归入这样一类：它们是人造的，但又是非具体的。这涉及例示（exemplifying）性质和编码（encoding）性质这样的区分。如果夏洛克·福尔摩斯是不占据空间的，那么他就不能抽烟斗。抽象人造物理论（我所发展的这个版本)的支持者可以回应说,福尔摩斯编码了而没有例示抽烟斗的性质。

5.2 应用抽象人造物理论

尽管抽象人造物理论好像可以轻松处理作者创造的问题,但是这个理论的一些版本(关于创造涉及了什么)却会得出一些非常不可信的论断。不过,还存在其他一些更加可信的版本。

5.3 抽象人造物理论的动机

抽象人造物最主要的动机是要妥善处理那些表面看来需要进行实在论解释的句子。这一动机已经被彼得·范·因瓦根充分地考察过了,这一节将详细讨论他的观点。

5.4 抽象人造物理论的问题

这种理论的困难之一就是要处理存在性语句。如果福尔摩斯是一个存在着的抽象人造物,那么“福尔摩斯存在”就应该是真的。这里讨论了一些解决这个问题的方法。这里还指出了一个更一般的问题。编码实际上就是表象(representing)。所有人都同意说存在着真实的表象。但是,通常认为虚构人物不只是表象。

## 6 反实在论:虚构与意向性

6.1 反实在论者的可选方案

这是本书最难的一章,同时也是我最关心的一章,因为我要在这里处理一些关于 RWR 所残留的问题。关于虚构对象的反实在论者说,不存在实在的虚构对象。除非能给出一种反实在论的意向性理论,否则勉强发展出一种融贯的关于虚构的反实在论是没什么意义的。反实在论者需要解释心灵怎么能在不需要它们存在的情况下思考不存在的事物。这一节里给出了多种策略,当中有很多策略都涉及改写或者相关的一些概念。

6.2 反实在论者对一个案例的初步考察

跨虚构的比较(如“安娜·卡列尼娜比艾玛·包法利更聪明”)

经常被用来支持实在论观点。这一节将证明,我们可以采纳对一种经过扩展的常见的反实在论回应:只要这样的比较句是真的,那么它们就是在某个虚构算子的统辖之下。(似乎不太容易看出来这里所说的算子是哪一个:这一节的要点就在于此。)但是,我表明了自己对另一进路的偏好:这样的句子并不是绝对地为真,而只是在某个预设之下,也许是真的存在安娜和艾玛那样的人这样一个预设。

6.3 意向性的标志

我们必须把研究目标进一步扩展来考察一般的意向性,而不能仅限于虚构。这一节意在辨别意向性这种现象。我论证说,实在论对这个更具一般性的研究项目只有微乎其微的作用。

6.4 算子和谓词的内涵性:还原

算子的内涵性是由语句算子(用句子来生成句子的表达式),比如“约翰相信 p”或者“根据这个虚构,p”,引出的。谓词的内涵性是由内涵性动词,如“寻找”引出的:庞塞·迪·莱昂寻找不老泉。这一节考虑那些将谓词内涵性还原为算子内涵性的尝试。还原在这里的意义在于算子内涵性与 RWR 完全相容或可以用 RWR 来解释。虽然我论证说没有一般性的还原方法,但是我特别强调了两个重要案例的还原:“约翰思考珀加索斯”和“福尔摩斯很有名”。

6.5 算子和谓词的内涵性:蕴涵

即使上一节中设想的那种还原不存在,说两种内涵性之间存在蕴涵关系也是很合理的:所有由内涵性谓词主导的句子都被某些要么没有内涵性要么由内涵算子主导的句子所蕴涵。如果真是那样的话,由内涵性谓词主导的句子的本体论就不能超出蕴涵它的那些由内涵性算子主导的句子的本体论。根据 RWR,我们知道反实在论的本体论可以适用于由算子主导的句子。所以,反实在论在任何情况下都会成立。这一节非常关键。

6.6 预设和相对的真

对一些句子的真假,我们有很直觉的判断。而正是这种直觉上的评价激发了实在论者,那么该如何解释这些评价呢？我认为,我们在很多时候认为一个句子为真,实际上是认为它在某个预设之下为真。非常有意思的是:人们可以很轻松地进入、跳出各种预设,而且预设还能进行嵌套和叠加。我给出了一些源自虚构的例子。

6.7 最后的回顾

对于那些被用来支持实在论的例子,我在这一节列出了我认为反实在论者应该做出的几种回应。

## 7 几位虚构主义者

本章介绍已经或可以被称为虚构主义者的几位哲学家的工作。本章的主要目的在于把虚构主义和其他的形而上学观点区别开来。

7.1 早期历史

据我发现,最早明确持虚构主义立场的人是16世纪的奥西安德尔,他借哥白尼之口说出了自己的话。经过更加仔细的审视,其他一些虚构主义者的候选人(贝克莱、休谟、边沁、罗素)其实都算不上虚构主义者。

7.2 范·弗拉森的建构经验论

1980年对于当代虚构主义来说是关键的一年,因为巴斯·范·弗拉森的《科学的形象》和哈特·菲尔德的《没有数的科学》——两部都是巅峰之作,而且都无可争议地是虚构主义的——都在这一年出版。这一节简单概括了范·弗拉森的立场以及这一立场必须考虑的一些问题。

7.3 菲尔德的数学虚构主义

简要概括了菲尔德的立场以及一些困难的后果。

7.4 虚构主义的一些特征

这一节是要采摘本章前几节的劳动果实。这里将虚构主义与还原论和取消主义相区别,而且澄清了它与错误理论之间的关系,我还指出了虚构主义的一些典型动机。

## 8 关于可能世界的虚构主义

上一章主要是想描述虚构主义进路的核心特征，而接下来这两章则是要仔细考察特殊的虚构主义理论。

### 8.1 对各种虚构主义的不完整分类

虚构主义最主要的想法是，某些领域中的思想并不一定要为真才能是好的。就普通思考者是否意识到这个关于他们自己的事实，或者这些思想是否需要被修改，就存在着多种选择。“并不一定要”的标准是什么？基于什么目标或意图才不一定要为真？

### 8.2 虚构主义下的价值

“不一定要为真才能是好的”里的“好”是指什么？在不同情形下答案可能千差万别，但是一个重要的答案是说，虚构主义的语句可以充当推理桥梁。这里给出了一个非常简单的例子来说明虚构是如何在推理中发挥桥梁作用的。

### 8.3 关于可能世界的虚构主义

该版本的虚构主义者声称，不能把可能世界的谈论当真，因为除了我们的世界之外根本不存在其他世界。虚构主义者希望把其他世界的谈论作为有用的虚构保留下来。特别地，路易斯的可能世界理论，简写为 PW，被虚构主义者视为典范性的“虚构”。

### 8.4 与其他形式的反实在论的比较

与其形成鲜明对比的是，取消主义者会说我们应该把对非现实世界的言谈统统丢掉，而还原论者会说我们应该把世界还原为在本体论上可以接受的事物，比如极大一致语句集。

### 8.5 关于可能世界的虚构主义要面对的问题

对关于可能世界的虚构主义有一个直接的反驳。但是，现在人们已经都意识到了，这个反驳并不成立，因为它没能仔细考察路易斯的可能世界故事的细节。但这里也获得一个很有益的教训：很多事情都取决于将模态的习语翻译成 PW 语言的精致的细节。

8.6 关于可能世界的虚构主义的动机

如果一个人认为不存在可能世界这种东西的话,保留可能世界的谈论到底有什么好处就不清楚了。针对模态逻辑中一些有争议的地方,PW 做出了非常明确的裁决;那么,我们凭什么要认为 PW 所说的就是正确的?

8.7 模态知识从何而来?

这会引出一个(关于可能世界的)虚构主义者要面对的一般性问题。存在着多种可能的"虚构",PW 的各种变体。虚构主义者凭什么在那些虚构中做选择?如果仅凭他们事先确信的模态事实——那些由仅包含模态算子的句子所陈述的事实——来做出选择,那么 PW 在这里所起的作用就非常模糊了。但是,这里肯定不能让 PW 说了算(就像路易斯所做的那样)。毕竟,PW 也只不过是一个故事。

## 9 道德虚构主义

道德虚构主义可能是由这种观点激发的:在自然的序列中没有道德性质的一席之地。我在这一章里主要讨论的并不是这种版本的道德虚构主义。相反,我将考察马克·卡尔德隆给出的一个复杂的论证,这个论证是要证明:根据多种不同的理由,虚构主义是关于道德的理论中唯一能站得住脚的观点。

9.1 非认知主义

卡尔德隆支持虚构主义的论证中,第一步是要证明非认知主义。非认知主义这种观点就是说,将道德承诺(moral commitments)解释成信念并不是最佳的选择,因为信念是对待能进行真值评价的命题的态度。卡尔德隆使用一个原创的论证来证明道德是非认知主义的这个结论,他根据的是这样一种观点:在道德争论中,我们完全可以"毫不妥协":就这个分歧而言,我们连去重新考虑的松散义务都没有。我试图论证卡尔德隆错了:在道德情形和非道德情形中,我们重新考虑的义务并没有区别。

### 9.2 虚构主义与语义学

卡尔德隆声称能为道德话语提供一个合理的语义学。那个语义学会指称道德性质(比如,“是恶的”),但是不承诺那些性质被例示了。在我看来,道德虚构主义最好不要要求有特殊的道德性质存在;很多语义学理论,包括 RWR 在内,都没有这种要求。的确,RWR 允许“勇敢”和“恶”这样的单称词项能有可接受的语义学,而不需要承诺任何特殊的道德实体。

### 9.3 虚构主义者眼中道德的价值

一个纯粹的虚构怎么能指导我们的生活?当然,阅读普通的虚构或许可以提高我们的道德修养,让我们看到懒惰、懦弱会有什么有害的后果,让我们感知到高尚行为的好处,等等。就算故事里说某种行为是正确的,这样一个故事怎么能让我们实际做出那种行为呢?卡尔德隆对这个问题毫不关心,但那却是理查德·乔伊斯一篇论文的焦点。乔伊斯认为,虚构有助于人们坚定做出审慎行为的决心。而我认为,对于道德在我们生活中所扮演的角色,乔伊斯并没有考虑妥当。

## 10 回顾

本章回顾了虚构话语的形而上学与虚构主义所体现的形而上学进路之间的关联。

# 序言及致谢

这本书的起源跟名称的语义学问题有关。在哲学史上，关于名称的语义问题有两种观点占据着主导地位：其中一种可以追溯到弗雷格和罗素，它主张专名具有描述性的意义；而与其相对的观点则源自密尔（John Stuart Mill），它主张专名的意义就是其承担者（bearer）。其实，两种观点各自都有着一些人们已经熟知的问题。比方说，支持密尔的那些理论就必须得把那些没有承担者的名字看作无意义的，从而使得包含这类名字的语句都变得没有意义（或说任何有意义的语句都不能用这样的名字做句子成分），但这一结果似乎与事实有明显的出入。而弗雷格式的观点（Fregean views）则受到克里普克（1972）的尖锐批评。在这些批评中，克里普克指出，即使当人们按照某种确定的方式使用一个名称，因而这个名字对于这些人来说只有唯一的意义时，他们也没有将那个名字与任何公共的、描述性信息相关联。

很久以前，我就认为反对这两类理论的论证都很成功，但是在它们两者之外还有其他的立场可选。在之前出过的一本书——《没有指称对象的指称》（*Reference without Referents*, Sainsbury 2005）——里我就曾概述了一种理论，暂且称之为 RWR。那本书也承认有个问题没能被完全解决。RWR 允许没有承担者的专名仍然可以有意义（intelligible），但是不允许包含它们的简单句为真：像“珀加索斯是一匹会飞的马”、“福尔摩斯是柯南·道尔创造出来的”、“希腊人崇拜宙斯”这类句子都被处理成假句子。这样的处理显然是不能令人满意的。

写作本书的最初灵感就是来自于(我认为!)我知道怎么解决这个问题了。RWR 的核心可以保持不动,但是为了处理一些具体的案例,可能还需要作一些添加改动。在思考这些问题时,虚构名称的问题就渐渐凸显出来。我曾一度认为虚构名称毫无疑问可以用作没有承担者的名称的范例,从而可以用作反对密尔的反例:因为这些名字没有承担者,所以根据密尔的理论,它们没有意义;但它们显然是有意义的,所以必须放弃密尔的理论。

然而这个论证现在看来却很不成熟。因为很多理论家都主张虚构专名是有承担者的,从而这类名称也可以放心地纳入密尔的理论中。还有一些理论家则认为虚构名称并不是真的有意义(我们只不过是假装它们有意义),从而也不会威胁到密尔的理论。这些主张会产生很多语义学和形而上学的问题,这就构成了本书前几章的主题。

如果像"夏洛克·福尔摩斯"这样的虚构名称确实有承担者,那么那些承担者就不可能是日常对象(ordinary objects):实际存在着并且填充了空间的对象。因为,如果它们是日常对象,它们(宙斯、福尔摩斯等)肯定早就被我们找到了。严肃对待虚构实体要求人们去探索一些并不熟知的领域——非存在的(nonexistent)对象、非实在(nonactual)的对象或非具体的(nonconcrete)对象所构成的领域。这会让人遇到许多麻烦的形而上学问题。而一旦形而上学成为主导话题,很自然地就会去考虑一个近来越来越活跃的形而上学课题:虚构主义。关于某个思想领域的虚构主义者认为那些思想就是(或者应该被看作)我们在进行虚构时所具有的思想。那些思想可能是有价值的,但其价值并不要求它们为真。所以,这些思想的价值就可以与其为真时必须承诺那些实体相分离。比如说,设想有这么一个人,他关于基础物理学持有的是虚构主义观点。基础物理断言对不可观察的粒子——强子、夸克、费米子等等有一整套的理论,而且可以用来解释宏观的、可观察的现象。虚构主义者会说，基础物理学的理论要成为好的理论并不需要它是真的。我们需要相信的只是关于可观察现象的那些预测而已。我们完全可以把不可观察对象当成虚构的：它们对于得出预测很有用，但是在形而上学上不必认真对待。接受物理学理论，其实就是相信其可观察结果（有效），而不需要我们相信那些关于亚原子粒子的幻想（是真的）。

关于虚构的形而上学和虚构主义者所描绘的形而上学图画之间显然是有联系的。假设，其实虚构名称真的有承担者，虚构人物也真的存在，而且它们都是非存在对象。这就会对虚构主义者希望的形而上学存在物有所限制。例如，将涉及亚原子粒子的谈论处理成虚构或许可以让我们不必相信存在亚原子粒子，但这会让我们付出更沉重的代价：它要求我们相信有非存在的亚原子粒子。关于数学的虚构主义认为数学只不过是一个有用的神话故事，因而我们可以不必相信数字真的存在，但我们又必须接受一些不存在对象用来充当数字（numerals）的指称。显然，这样的结果会与数学虚构主义的某些动机相抵牾。

为了保证不偏离这一系列的目标，我尽量将各章写得比较独立、自足。如果你不想读完全书，我建议先看看前面的各章总结。这样，就可以计划出与你的兴趣相符合的阅读方式。

每一章都附上了建议进一步阅读的文献。这里有一个很一般的建议：现在网络上有数量极其丰富的材料，使用普通的搜索引擎就可以搜到它们。（比如说，你可以尝试搜索关键词“数学的虚构主义”。）最好的网站要数斯坦福哲学百科全书（plato. stanford. edu）了：里面的文章质量高、更新及时，而且附有详尽文献。

在写作本书的过程中，我得到了之前写作其他文章或书时从未有过的帮助。在策划和提交手稿之后的阶段，劳特里奇出版社都为我找了极好的评审人，他们提出了很有价值的评论。另外，以下人士为全书或部分草稿给出极有价值的建议：何塞·里斯·贝穆德斯

(Jose Lis Bermudez)、蒂姆·巴顿(Tim Button)、艾米丽·卡迪克(Emily Caddick)、蒂姆·克雷恩(Tim Crane)、麦特·埃斯库迪亚(Maite Ezcurdia)、马克斯·格罗德克(Markus Glodek)、维多利亚·古德曼(Victoria Goodman)、亚历克斯·格赞考斯基(Alex Grzankowski)、丹尼尔·希尔(Daniel Hil)、罗宾·杰森(Robin Jeshion)、巴利·李(Barry Lee)、艾登·麦格林(Aidaan McGlynn)、亚历克斯·奥利弗(Alex Oliver)、大卫·帕皮诺(David Papineau)、布莱恩·皮克尔(Bryan Pickel)、加布里尔·西格尔(Gabriel Segal),以及艾米·托马森(Amie Thomasson)。处理这些评论促成了相当数量的改进。我还要对德克萨斯大学奥斯汀分校 2008 年春季学期的研究生讨论班上学生表示感谢,他们对早期的草稿给出了很有价值的反馈。本书的一些部分曾在不同的场合做过演讲:伦敦国王学院、牛津乔伊特协会(Jowett Society)、巴塞罗那的逻各斯小组(Logos group)以及圣安德鲁斯的本原小组(Arche group)。最后我还要感谢德克萨斯大学在 2007 年秋季给我的研休假期(教员研究任务),我的第一稿就是在那时完成的。

# 引　言

> 我担心福尔摩斯先生也会像那些流行的男高音歌手一样，即使在人老艺衰之时，还要频频地给宽厚的观众举行告别演出。该收场了，真人也好、虚构也罢，福尔摩斯必须得退场了。
>
> ——柯南·道尔《福尔摩斯探案集·序》

生命开始于玩耍，而玩耍中往往包含了伪装、编造和虚构。肉食性哺乳动物差不多在刚会动时就开始演练追逐—猎杀的套路。[1]而人类幼儿最早在18个月大时就能以自发的假装活动取乐（完全没有外在的动机，比如说意图骗人），尽管他们的语言能力还极不成熟。比如，他们会假装手里的香蕉是电话，还拿着在那儿假装打电话；或者假装床底下有大怪兽，尽管那里什么都没有；或者假装干净的娃娃脸上弄脏了（Leslie 1987）。这样的行为似乎预示着高度复杂的虚构（“虚构”一次本意所指）：最典型的要数文学虚构，然后是戏剧和电影，或许还包括了绘画和雕塑。[2]

在最典型的例子中，虚构包含了表征（representation）。小说家在讲故事的时候，就要表征一系列的事件；有的绘画和雕塑也意在表征。本书讨论的一个主要问题就是：为了给正确刻画虚构中的表征留出空间，我们该如何刻画（一般的）表征。我们必须说的一点是：获得真理并不是虚构性表征（fictional representation）的根本目的。虚构对我们的价值在于其他方面的性质。正是这一点将虚构和哲学中的虚构主义(fictionalism)这个概念联系起来。

近年来,人们对虚构主义有一种比较宽泛的理解。这种理解下的虚构主义通常始于某种本体论上的顾虑:人们无法让自己相信有道德价值、非实在的对象、不可观察对象或者抽象对象之类的东西存在。但是,我们又不得不正视这样一个事实:(因为那些会引起本体论困难的对象而)简单地绝口不谈相关的话题(如道德、模态、基础物理学或是数学)是不可能的。这时虚构主义就可以大显身手了。对某个领域(如数学或物理学)持虚构主义的观点意味着承认那个领域的思想是有价值的,但是其价值并不在于它是真的。所以,我们对这些思想或理论的评价就不是以其真假为依据,也不以和真假相关的性质作标准。有两个典型的虚构主义者的例子:范·弗拉森(1980)认为我们不应该用真理的标准去评价那些涉及不可观察对象(如夸克)的科学理论,而要用"经验充分性"(empirical adequacy)的标准,即正确预测可观察事实的能力。哈特·菲尔德(Hartry Field 1980)也主张应该用类似的方式看待数学:数学的价值并不在于它正确地报告了包括数在内的一些抽象对象的事实,而是在于指导我们在其他那些和数没太大关系的事情上有用,比如说一座大桥要多厚的梁。对这两位哲学家来说,和虚构类比的意义在于:有些东西不需要是真的才能是好的。对虚构主义所适用的领域,我们的态度需要反映这一点:我们不该相信,而是要"接受",即认识到它们的价值(经验充分性,或具体效用[concrete utility])。这样,我们就能一方面获得基础物理学和数学带来的好处,另一方面又不必承诺那些出于本体论考虑而必须舍弃的对象(不可观察对象或抽象对象)存在。

虚构主义也可以(或已经被人)在一种更狭窄的意义上来理解。关于故事里发生的事情,即使整个故事是完全虚构的,讲的内容全是假的,也仍然会有些千真万确的事实与之相关。我们可以用我称作"虚构算子"的工具加以区别。根据福尔摩斯系列故事,他会拉小提琴,这是真的;但是,福尔摩斯会拉小提琴不是真的。所以,虚构主义的另一种理解就是,有些语境中或关于某些话题(前面说到的物理学或数学等)的语句前其实都被我们隐含地加上了虚构算子,或至少在加上这些前缀后并不会影响我们真正重视的信念。这些算子可以由本来不真的句子产生出真句子,或许可以这样以真假为依据,来揭示相关的领域中到底什么是有价值的。这样的虚构主义最为人熟知的例子就是在模态问题中的应用:那些表面上承诺了非现实对象(如非现实的可能世界)存在的陈述,应该理解成前面加了虚构算子,就像"根据可能世界的故事……"(Rosen 1990)。

虚构主义者往往不愿过多谈论虚构的本性及其语义学。然而,这些话题却因为它们本身的重要性一直以来都是哲学讨论的热点。所以,本书最主要的想法就是要把两方面讨论结合起来。前六章尝试对虚构是什么以及虚构的语义学如何工作给出一套理论,这其中既有对前人的综述,也有我提出的计划。随后三章主要讲虚构主义,其中包含了这样一个乐观的想法:如果对虚构的本性和语义学已经给出了一套说法,我们将会更好地理解虚构主义。最后一章则是把全书的主题汇拢到一起。

这样的(对两个话题)统一处理的价值可以用一个简单的例子说明。关于虚构的语义学中,有这样一种选择,即让虚构名称指称抽象对象——虚构对象(fictional characters)。如果所有的虚构都像这样处理,那么关于算术的虚构主义就没有正当理由来避免承诺抽象对象。就算承认算术是一个虚构故事,根据刚才那种语义学理论,算术引入的"虚构人物"(数)是抽象对象;这样一来,引入虚构主义并没有带来什么变化,算术陈述仍然是关于抽象的数的陈述。

再举一例。像"根据福尔摩斯系列故事……"这样的虚构算子,通常要明确提到故事,或更一般的,要提到虚构语境。而那些故事或虚构语境并不是具体的东西:要把它们跟讲述故事的行为相区分(因为同一个故事可以在不同的场合讲述),以及记录故事的文本相区别(因为同一个故事可以用不同的语言来写,因而使用不同的文本来记录)。如果故事或虚构语境是抽象的,那么关于抽象对象的本体论顾虑对于依赖虚构算子的那种虚构主义就没什么用处。

# 1

# 虚构是什么

## 1.1 虚构的意图

虚构是臆造和写实的结合。

——伍德(Wood 2008:xiii)

我们将事实和虚构相区分,但是要说清楚二者之间到底有什么区别却很不那么容易:说虚构不是事实,或者虚构不被表征为事实,或虚构不是以作为事实的方式被表征的都不够。一张过期的时间表可能会传达错误信息,因而不是事实,但它也不是虚构。很多虚构作品都包含了确凿无疑的事实,而作者也期望读者将其当作真的。在这样的情形中,作者会通过讲一些不仅真实而且读者往往也能意识到他们应该将其当作真实的事情,使作品更加"地道"(local color)。另外,还有很多故事被认为是在以更加复杂的方式揭示跟爱情、荣誉、人类境况等相关的真理,虽然这些真理并不是被明确表达出来的。《追忆似水年华》的作者普鲁斯特(Proust)或许想让我们相信他所暗示的那些"心理学规律",比如他的愤世嫉俗的观点——爱情只不过是投射,尽管这些规律是通过虚构的事件被说明的。

作者试图让我们真正相信的和纯粹虚构的内容,在主题和在表现方式方面看来都是密切相关的。比如:

> 就在昨天我还以为,只要看到希尔贝特就很美妙了,而现在我却觉得那还远远不够。因为只要她不在我身边,我就会焦虑不安。女人正是这样,总是在无意之间,给我们施加的新痛苦反而增加了她对我们的权力,但同时也越发加强了我们对她的欲求。(《盖尔芒特家那边》)

最后一句从叙事(我们不应将其看成报告事实)中很顺畅地跳出来,转而阐述普鲁斯特的爱情理论中的某个原理(这倒是我们应该当作事实而严肃对待的)。

在这个例子中,虚构的内容和事实性的内容很整齐地分到了不同的句子,但情况并不总是如此:有时一个句子里面就可能包含了这两种成分。宙斯(Zeus)和朱诺(Juno)曾让泰瑞西斯(Tiresias)比较男人和女人在性行为中所获得的快感。根据某种演绎,他回答道:

> 如果男人得到的快感是一
> 那么女人得到的就是十

按照这个故事的说法,这句话是泰瑞西斯说的;因而这属于虚构。但是奥维德(Ovid),这段神话历史的著名讲述者,也可以让他的听众相信上面这句话说的是真的。与此有些类似,安伯托·艾柯(Eco)毫无疑问想让读者相信傅科摆(Foucault's pendulum)的某些细节描写是真的,好让他们进而相信《傅科摆》中的无稽之谈。

要理解虚构是什么,我们可以分别从虚构的生产者或消费者的角度考虑,或同时考虑双方。虚构的消费者有可能犯错:普通大众有可能会错把小说当成事实叙述,或者把事实的叙述当作小说。纪录片可能会被当作一般的故事片,或者反过来。这些错误有一个有趣的特点,那就是它们丝毫不影响消费者对作品内容的把握。比如说,电影里出现车臣反抗者的画面;那看起来十分明显(因为画面里的那些人确实在反抗,而街上的标志和建筑也是车臣特有的)。但那并没有告诉我们画面中的是事实还是虚构,这是纪录片还是故事片。就算不知道这部作品到底是事实还是虚构,我们也能知道它讲了什么内容。这说明并不存在一种不同于普通意义的、特殊的"虚构的意义",而且它还表明文本或电影内容的内在属性中不包含它是不是虚构的这一点。

既然消费者可能会犯错,那么我们就应该看看虚构的生产有什么特别之处。[1] 某个事物是不是虚构,取决于它是如何产生的,特别是取决于生产者的目的和意图。这就已经表明了虚构是如何被个体化的一个特征。

如果有两个作者在机缘巧合之下写出两个一字不差的故事,我们应该说他们写了两部不同的作品,因为它们产生于不同的行为。与此相对,如果第二个作者其实并不是创作者,而只是誊写了第一部作品,那么实际上就只有一个故事。即使第二个作者确实持有某些虚构创作所特有的目的和意图(比如说,他试图让读者把那部作品看作虚构故事),但他同时也怀有一些阻止它成为虚构作品的打算:那个故事不是他编出来的,他完全依赖已经存在的文本。

柯里(Currie 1990:35)(尝试性地)提议,"一部作品是虚构的,当且仅当它是虚构表述(fictive utterance)的产物"。这似乎是个很有希望的提议,我们只要能很好地说明虚构性表述(即被作者有意地用在虚构作品的首次讲述——创作过程——的表述)就行。不是随便讲个故事就能看成是在创作。在给孩子们读睡前故事时,我确实是在讲故事,而且我也有虚构的意图(我想让孩子们把我所说的东西仅仅当作故事),但我不是在创作那个故事。对这一点,柯里的处理办法是强调在这种情形中那个作品并不是我表述的产物,所以这个例子对他的提议并不构成反例。

如果我们把表述理解为只是一句话的表述,那么这样的虚构表述是不能创造出虚构作品的,至少那会是非常不典型的情形。大多数成文的虚构作品不仅仅是用很多个句子创造的,而且创作活动通常还由不同的阶段构成,其间会历经数周、数月乃至数年,作者会停下来就餐、休假或进行别的项目。我们需要认识到,在创作虚构作品之时会有一系列的表述,这些表述可能分布在很大的时间跨度上,相互之间有非常复杂的关系,而且通常各自的地位都不一样。我们的作者这一刻描写发生在纯粹虚构人物身上的虚构事件(我们不应误以为是历史记录),下一刻他就通过描述布拉格查理大桥的雕像来试图传达一种地理的现实感。[2] 这时,作者应该把一切都弄对,而批评者也可能从中找出硬伤。虽然有的虚构性表述与现实无关,但确实有一些与现实是相关的。有时,作者会严肃地道出荣誉的本性,而我们应该认为那是真的,不仅仅在虚构里是真的,虽然这并不能使作品有地域色彩,而“把一切弄对”这个要求也并不是以直截了当的方式呈现出来的。但有时作者只是在故事里表达讽刺:我们甚至不必认为它在故事里是真的,而只需要看到作者用间接的表达方式表达了虚构性事实。简·奥斯汀(Jane Austen)的《傲慢与偏见》著名的开场句(“有这样一个众所周知的事实……”)不应该理解成:她想让我们相信它是绝对地真的,或者她试图让我们相信它在故事里是真的。(这个故事的主要人物就是反例。)相反,奥斯汀用这个句子是描绘她的一些人物的处境,人们普遍会认为这样的处境之下……而且她也同意这句话会受到普遍的认可。而且虚构创作中还涉及许多别的意图。但是,我们还是想找到虚构所特有的东西:尽管整个作品是由非常多条线索、多种成分构成的,但是一种特殊的意图能确保一个给定的表述属于虚构作品;一组表述要属于虚构作品的创作,其中某些表述就必须有那种特殊的意图。

我们可以对柯里的定义稍作改进:一部作品是虚构的,当且仅当它产生于这样一组有相互关联的表述:其中有相当数量的表述可以算作"虚构的"(fictive),即产生于独特的虚构意图。这个定义对小说是最适用的,但是我们也可以考虑更加宽泛意义上的表述,把剧作者、电影制作人、画家和雕塑家的创作活动考虑进来。(但是它不能延伸到神话,我认为神话应该被看作虚构,虽然神话不一定产生于虚构性意图。)所以,要完成这个定义还需要对虚构意图进行刻画。

柯里提出,要使一个表述的意图成为虚构意图需要满足两个条件。

假设被表述的句子 s 的内容是 p。此时的意图应该是让潜在的听众在那个语境听到 s 时会假装相信(make - believe)p。[3] 这是第一个条件。第二个条件是,p 不可以为真,或只是出于偶然为真。第二个条件要排除如下的情形:一位作者错以为他创作的东西是完全虚构的,因而第一个条件得到满足,但是他实际上写出了(一直以来被压抑的)自己个人生活的真实内容,所以他并不认为那些是回忆。对于这样的情形,我们说那实际上不是虚构作品而是自传。这是因为作品内容和作者早期的生活之间有着系统的、可靠的联系。

第一个条件十分重要。什么叫做"意图让潜在的听者假装相信 p"?(听到一个故事之后,)如果我们的反应只是"那是假的",我们就没有做到假装相信 p。用柯勒律治(Coleridge)的话来说,我们必须在某种意义上"搁置怀疑"。我们必须敞开心灵、融入故事中去,只有这样我们才会关心故事是如何展开的,去琢磨人物有什么动机。我们不必相信故事里的事件真的发生了,或者里面那些人物真的存在。但是,我们可以通过假装相信,把真实的和虚构的融合在一起,就像作者所做的那样。比如说,我们可以说,如果那个纯粹虚构的人物在白天经过查尔斯桥,那么就算她毫不留意也一定会看到桥上的雕像。在下一节,通过考察 Walton 对假装相信游戏的反思,我们会看到能否为假装相信的解释补充更多细节。

这里对柯里提出的说法有个简单的概括。虚构意图就是说话者想让潜在的听众假装相信某事的意图。如果一个作品从一系列有系统关联的表述中产生出来,其中相当一部分表述产生于虚构意图,而且它们顶多出于偶然而为真,那么它就属于虚构作品;否则就不是。[4]

## 1.2 假装断言

假装(pretending)似乎是一个很好理解的概念。我们能否用它来分析假装相信(make - believe)? 或者,我们能否用它替代假装相信?

约翰·塞尔(John Searle)曾经提出,"一个虚构的创作者假装做出语旨行为(illocutionary act),实际上他并没做出"(Searle 1975:326)。语旨行为"包括陈述、提问、下命令、承诺、道歉、感谢等等"(1975:319)。塞尔的主要观点在于,讲故事的人不一定要进行断言的语旨行为,这似乎是对的:编造或者复述一个虚构故事并不断言任何事。塞尔指出了一种很有说服力的情形:福尔摩斯系列故事中有些是以第一人称写的,华生是讲述人。在这样的情形中,说"在第一人称叙述中,作者经常假装成别人做断言"(Searle 1975:328)似乎也没有错。但是,这样的假装并不一定包含假装断言。比如说,我可以假装成别人在唱歌,而不需要假装在唱歌(而是真的在唱);同样,我也可以通过做出断言同时假装是别人,来假装是别人做出断言。

通常,虚构的作者最主要的行为并不是断言。但这并不意味着他们是假装断言,他们也没必要假装断言。当然,我们的观点并不需要:虚构的创作者假装断言;这里主要的想法就是:虚构的创作者(真的)试图让听众假装相信(make - believe)。

这一反思不能对虚构的作者假装断言的说法提供反例,但是肯德尔·沃尔顿(Kendall Walton)认为当我们回想起有些画作和雕像需要划入虚构作品时，就能找到明显的反例。他写道：

> 皮埃尔－奥古斯特·雷诺阿（Pierre－Auguste Renoir）的画《沐浴者》（Bathers）和雅克·李普希茨（Jacques Lipchitz）的雕像《吉他演奏者》当然都属于虚构的范畴。但是我非常怀疑在创作它们的时候，雷诺阿和李普希茨是在假装断言。（Walton 1990：82）

这个反例似乎并不是决定性的。也许有些绘画的确是“事实性的”，即它们意在表现某个特定场景（比如雅克·路易·大卫画的拿破仑加冕仪式）是什么样子的，而观众也意在把它们当作事实的记录。这是绘画中的“断言”。绘画中可能会包含虚假的东西，或者想当然的成分，就像大卫的画那样（其中画到拿破仑的母亲也在场，但实际上她因为讨厌约瑟芬［Josephine］而没有参加）。别的绘画可能也或多或少沿用这种习俗，因而雷诺阿（在作画时）是在假装表现事情是什么样的，即他是在假装断言。尽管沃尔顿不会同意这一点，但他的例子确实很难说服对手。

柯里对于虚构创作中假装断言的充分性提出了一个反例：某人通过“口头表演进行了一个愚蠢的推理”。那个人假装断言了推理的各个要素（即前提和结论），但是他的话“并没有因此成为虚构作品，无论它多么简单、粗陋”（Currie 1990：17）。这似乎很有说服力，假定我们强调作品，尽管假装断言是不是创作虚构的一个必要条件仍然是开放的。柯里对这个问题的处理办法是，证明他的提议（即意图让潜在的听众假装相信）是充分的；这样，在作者这一边就不再需要其他的态度了。假装断言并不能很好地让人假装相信。如果我们认为某人是假装断言因为他只是在练习演讲，我们就不会倾向于假装相信所说的内容为真。（想象一下，你明知道练习的内容是股东大会上骗人的讲话。）

这里还有一个疑问。讲故事的人不是有点像复述已知事实的人吗？通常他会注意不要让别人以为他在复述事实；但是，他讲故事时不也会多少模仿后者吗，做得好像是在复述他所知的事实一样？讲故事也好复述事实也好，观众都会提出相似的问题：接下来发生了什么？为什么她会说那些话？他去见她有什么目的？塞尔声称虚构作者是在假装断言时，他心里想的有没有可能就是这种相似性？在大卫·路易斯（David Lewis）手中，这一方案是这样实施的：

> 讲故事的人装作把历史信息传递给听众；而听众则装作从他们的话中获得了那些信息，并做出相应的回应。（Lewis 1978:276）

由于传递历史信息的标准方式就是通过断言，所以路易斯的观点和塞尔的观点离得并不远。[5] 塞尔和路易斯都得接受这样的刻画是不充分的（骗子也可以装作传递历史信息，但并不因此创造出虚构——在文学的意义上）。在现在的语境下，路易斯其实是强调虚构创造活动的互动性，讲故事的人和听众共同参与了"假装相信的游戏"（game of make - believe）。这说明讲故事的人就是想得到这样的结果；它不应该是故事讲述活动偶然或无意地得到的结果。所以，一旦将细节弄清楚，路易斯的想法中最关键的部分倒与柯里的想法很接近：讲故事的人试图让听众假装相信他所说的，[6] 但是，复述事实的人却努力让听众相信他说的话。

虽然假装断言既不是创作虚构的必要条件也不是其充分条件，但很明显相关的一些活动，比如想象，在创作和接受虚构的过程中起着重要作用。下一节（1.3）会对假装相信做初步的刻画，再下一节（1.4）将讨论沃尔顿的方案。

## 1.3 假装、想象和假装相信

假装、想象和假装相信是相似却不同的活动。

与它们对应的动词在搭配上有略微的区别。我可以假装是一头大象或假装擦窗户，但不能想象或假装相信是一头大象或擦窗户（但我能想象或假装相信我是一头大象或者我正在擦窗户）。我们可以想象一头大象，但是不能假装或假装相信一头大象。这些区别只是语法上的偏好？

我们不必做任何假装来创作或参与虚构。

虚构的创作者不需要假装他正在做讲故事之外的其他什么事；而且讲故事也不同于假装陈述事实，因为后者是说谎者做的，而讲故事的人可以不是说谎者。读者不需要假装他在做除了阅读故事之外的其他事情，进入故事，如果幸运的话，享受故事。所以在讨论虚构时，假装似乎没有什么特殊地位。但是，想象和假装相信却不一样。读者，以及作者，都必须想象，都得有想象力。然而，非虚构作品的创作和消费过程中也同样如此。所以，如果要寻找虚构所特有的态度，假装相信似乎是最有希望的。

假定一个无神论者想娶一个有神论者，他预见到宗教上的分歧可能会带来麻烦。如果他的倾向比较灵活，那么他可以假装信仰神（pretend to believe）。最自然的解决办法会涉及欺骗。[7]"你真的信上帝，对吧，亲爱的？""当然啦，谁能不信呢？"假装相信（make - believe）有神存在或假装相信（make - believe）神（如果这样说有意义的话），完全是另一回事。一个人要假装相信神存在只需要：避免做无神论的论断，在原则上不反对参与宗教仪式，以及乐意按照是否得到神的允许的标准去评判行为是否恰当。这位无神论者和信徒都知道那位无神论者确实是无神论者，他只不过是在取悦于那位信徒：这里不必有欺骗的成分，也没有什么能称得上是假装。要做到很好地假装相信，这位无神论者需要把他的无神论放到一边，“搁置怀疑”，与宗教观点和平共处。这其中既没有自欺也不涉及欺骗他人。虽然把无神论“放到一边”并不等于放弃无神论，但是这确实意味着将无神论置于不那么突出的认知地位。

在消费虚构作品时，消费者通常只是假装相信这个故事是真的，虽然她并不相信这是真的。这个过程中不需要欺骗别人或欺骗自己，或者任何虚假的信念。也没必要放弃或者遗忘那只是一个故事这一事实，但是不允许把它放到过于突出的位置而只能“放到一边”。对于虚构的场景，人们也完全可以问自己关于动机、未明确写出来的活动之类的问题，就好像处理事实性叙述一样。

（对待虚构的）这些反应要受到这样一个规范的制约：只有故事里说了 p 时，才假装相信 p。这与信念的真理标准相对应：只有当 p（成立）时，相信 p。这些原则让人们不要假装相信或相信不应该假装相信或相信的事。但是，人们也不应该假装相信故事里说的任何事（就算在那一刻故事里说的任何事），因为故事里说的可能会很无聊和无趣。关于假装相信的正确规则应该是这样的：如果是否要假装相信 p 这个问题出现的话，如果故事里说 p，那么就假装相信 p。类似地，人们也不应该相信所有的事实，因为有那么多无趣的真理，不然就会信息过载。相反，这条规则应该是这样的：如果是否要相信 p 这个问题出现了的话，那么如果 p 就相信 p。但与此相对照的是，并没有适用于假装的正确规则，这也就是为什么我们不能只通过刻画假装这一种态度来对虚构做出足够的说明。

像信念一样，但不同于假装，假装相信往往是不自觉的。怀着通常虚怀若谷的心理翻开一本小说就意味着开始假装相信。同样，以通常虚怀若谷的心理参与一场对话就意味着开始相信。也许事实表明某个人本不该假装相信或相信：因为对于虚构或是事实，都可能有不可靠的叙述者。

人们可以通过意志力来抵挡假装相信的诱惑，比如对自己说现在读的这个东西完全是不可接受的无脑胡话。对于描写生动而又煽情的虚构场景,人们通常会有情不自禁的情绪涌动,而这种有意识的破坏性态度是少数几种避免情绪涌动的办法。

如果能再多说一些假装相信的本性就更好了。但我们现在要转到沃尔顿的方案;他的方案应当能很好地处理我们对虚构的情绪反应。

## 1.4 假装相信与情绪反应

什么,被空枪吓住了?

——莎士比亚《哈姆雷特·第三幕第二景》

戏剧中的每一个转折都魔术般地,通过技艺娴熟的诗人传递给观众。他们哭泣,愤恨,欢呼,并受驱动着的剧中人物的各种激情所感染。

——休谟《道德原理研究》5.2

模仿也能产生痛苦或快乐,并不因为它们被误以为是现实,而是因为它们让人想起现实。

——约翰逊(Johnson 1765)

恐怖……已经写在可怖的事情之上了。

——芬德利(Findlay 1935:112)

沃尔顿鼓励我们通过考虑“假装相信的游戏”来增进我们对虚构的理解:

欣赏绘画和小说的活动差不多就是玩假装相信的游戏,

绘画和小说在这种游戏中只是充当道具的作用。(Walton 1990:53)

这段话强调的是怎样欣赏虚构作品,而没有说虚构作品是什么。我们可以设想两者之间有一种密切的关系:通常,虚构作品就是怀着让潜在的受众将其当作虚构来欣赏的意图创作的。所以,我们可以期待假装相信的游戏和“道具”(沃尔顿的一个技术性术语)的概念可以帮助我们说清楚虚构是什么。让我们跟随沃尔顿,看看能否利用假装游戏这一概念将假装相信的本性搞清楚;并且跟随柯里,看看我们能否利用假装的概念将虚构性表述所特有的意图说清楚。[8]

沃尔顿让我们设想这样一个儿童游戏,其中游戏参与者把树桩假装成熊。这样一个游戏玩起来非常容易,它只需要很少的舞台布景。比如说,和朋友在树林中走着走着,一个孩子突然指到一个树桩说“那头熊看起来很凶”。游戏可以这样继续:另一个孩子,指着另一个树桩,说“小心,那边还有一头熊”。游戏对参与者施加了某种规则:只要你参与到游戏中,你就应该把树桩当成熊。同样,阅读虚构作品也会让读者产生一些特定的想法和活动。游戏里面可能有真的东西,尽管参与者可能意识不到。比如,一个没人注意到的树桩在游戏里也要算作一头熊,无论是否可能有游戏参与者意识到。同样,虚构中可能有些事是真的,但从未有人发现。或许哈姆雷特有俄狄浦斯情结。这个论断,无论真假,也不会因为这部戏剧写成的几百年来都没有人相信它而被削弱。

这个游戏是一个假装相信的游戏,假装相信树桩是熊。这样的游戏带来了虚构事实(fictional truth)的一种理解,即根据这个游戏事实是怎样的(这个树桩是一头熊);同时,这样的游戏还要遵循各种各样的原则。比如说,树桩的某些性质要投射到熊的身上:大树桩就是大熊,远处的树桩就是远处的熊,被毒藤缠绕的树桩或许就得看成被毒藤缠绕的熊。但是,腐朽的树桩却不能看作腐烂的熊,被雷劈过的树桩也不能看成被雷劈过的熊;还有,我们最近坐过的树桩不能当成我们最近坐过的熊。

一般来说,能产生虚构事实并且作用和树桩在游戏中的作用一样的事物,都是奥尔顿所说的道具("道具是虚构事实的产生者",1990:37)。按照他的理论,虚构性的文本或图画都是假装相信游戏中的道具。受众应该像孩子们利用树桩一样利用文本或图画。

沃尔顿强调虚构的消费者的主动想象的重要性,这一点肯定是正确的:孩子们在游戏中就是在主动想象,那样才能最好地利用虚构。我们非常善于生动地想象某个特定场景会是什么样子,或者某种特定的人是什么样的,一个人物能有哪些选择,其他人物可能会有什么样的反应,等等。作者通常希望受众这样主动地想象。但是,主动想象并不足以构成假装相信,而且也不是虚构所特有的。主动想象完全可以与很多非虚构的文本相伴,比如旅游宣传册和历史书(Martinich and Stroll 2007:54)。而且,虽然为了给即将到来的旅行准备好行囊,主动想象自己正身在巴哈马群岛对我来说也是很合理的;但是,实际上正在伦敦瑟瑟发抖的我,却并不一定得假装相信自己已经在巴哈马群岛了。所以,尽管假装相信包含了主动想象,但它不仅仅包括主动想象。

让我们假设,树桩游戏那样的例子能帮助我们看清楚假装相信是怎样一回事。那么,我们能利用它来说清虚构是什么吗?两者之间有个不同之处(由卡罗尔[Carroll 1991]指出):在一般的儿童游戏中,道具的品质无关紧要。假装相信的乐趣正是在于它可以把枯树枝变成剑,把树桩变成熊,张开双臂就能当飞机。通常情况下,更像剑的树枝并不会让这个游戏更好玩,而后院里的真飞机更是会让游戏终止。相反,虚构文本的品质是非常重要的:它对于我们继续读下去的兴趣,对我们眼前浮现的画面的生动程度,以及我们对阅读体验的评价都是至关重要的。文本的品质对于乐趣的重要程度,通常是儿童游戏中的道具的品质不能比的。[9] 沃尔顿的类比无助于我们理解这一区别。

在玩游戏的时候,我们会给游戏加入别的东西,来"扩展"它。比如看到一个小木桩,我们说那是只小熊崽;这可能是首次在这个游戏中引入小熊崽的概念。这次扩展,其中一部分发生在游戏内部。有人会认为虚构中的情况会不一样:我们只是阅读虚构作品,而不会扩展或延伸虚构作品:那不是我们该做的。我们仅仅是受众,我们不是故事的参与者。沃尔顿反对这种观点,从而保留了虚构与游戏之间的类比。他认为,读者对虚构作品的反应在很大程度上构成了虚构的扩展,即根据该故事的一个扩展版本,事情是这样的。

这种想法在沃尔顿的理论中起着特殊的积极作用:他利用这一点消解了我们对虚构的情绪反应的一个所谓谜题。这个谜题可以表述为很吸引人但不能同时成立的三个论断[10]:

1. 至少有些情绪需要相应的信念。比如,我们只会怕我们相信有危险性的东西。而且,相应的信念在确定兴奋状态实际上属于哪种情绪也起了作用:因为它和有危险的信念相关联,而不是和其他信念相关,所以这种情绪是恐惧而不是兴奋或惊奇。

2. 在欣赏虚构作品时,我们会表现出真正的恐惧、悲伤、愤怒等情绪。

3. 我们没有相应的信念(比如,查尔斯[Charles]并不相信那部恐怖片里的绿色黏液是有危险的,因为他知道现实中根本没有那种东西)。

沃尔顿的解决方案是否认我们提到的那些情绪状态,比如说"被绿色黏液吓到"实际上只是观众看起来的样子;简而言之,他否认(2)。如果,在绿色黏液的例子中,查尔斯真的害怕那种黏液,那么他就一定会相信它很危险,然而他并没有相信。实际情况是,查尔斯自己使之如此,根据对电影的延伸,他害怕而且相信那种黏液很危险。在虚构之内,情绪和信念照常紧密相连;但是在虚构之外,那些情绪和信念都不存在。当我们说主角害怕绿色黏液时,我们能够合适地提到的心理状态只可能是虚构之内的状态(the within - the - fiction state)。那是一种情绪状态,而且甚至可以算作恐惧,但它不是对黏液的恐惧。

沃尔顿还有另一个理由反对(2)。恐惧是一种能影响行为的状态:害怕的人会逃跑,或者叫警察。但查尔斯并没有做这些事的倾向。自然的解释就是,他并不害怕:"被阉割掉特殊驱动力的恐惧根本不算是恐惧。"(Walton 1990:202)[11]

或许还能指出一个反对(2)的理由。如果"害怕"是以通常的(即外延性的)方式起作用,就像"在……左边"一样,那么在没有黏液的情况下"查尔斯害怕那种黏液"就不能为真,就像"查尔斯在黏液的左边"不能为真那样。并不清楚沃尔顿是否受到这种考虑的影响。他曾说"忧伤,就像同情和钦佩一样,似乎不需要知道其对象是否存在"(204),这个论断与(1)有很大出入:尽管信念可能是错的,但是一个人不可能知道某个不存在的东西存在。对此,自然的反应是接受"害怕"是一种特殊的动词短语,它与"在……左边"不同,即使填进去的名词短语没有指称对象也能构成真句子。这会引起很多问题,现在也只能放到一边(见第6章),但是这句话后面的注释中给出了简要的介绍。[12]

说查尔斯不怕黏液的人必须对他不安的心理状态给一个解释。按照沃尔顿的解释,查尔斯不安是因为他参与到一个利用电影做道具并且假装相信自己(在电影的扩展版本中)害怕的游戏当中。这样的解释至少有两个问题没回答:(1)为什么查尔斯选择在扩展的虚构中让他自己害怕这件事是真的?也许另一种扩展中,他很勇敢，根本不怕那种恶心的黏液；这样的场景难道不是查尔斯更加愿意假装相信的吗？（2）为什么他害怕这件事在虚构里为真却会让他的心跳加速？虚构的富有无助于日常开支，在虚构中4分钟内跑完1公里并不能真的让身体移动。

处理第一个问题会引出前面提到过的熊的游戏和虚构消费之间的不同之处。在熊的游戏里，参与者是有选择的。游戏里有一些基本规则（树桩是熊之类），但是参与者还是有广阔的自由空间（“那头熊好像很温和，我们过去看看”）。相反，对虚构通常的情绪反应通常不是自主选择的结果，而是强加给我们的，无论我们是否愿意做出反应。我们可以很容易地退出假装熊的游戏（“我累了；我要退出”），但是只要我们的眼睛扫到书页，我们就无法抵挡涌起的情绪；我们没法直接退出。想象一下我们在扩展的故事里面极其勇敢，这件事不大可能会让我们免于现实的不安；这个想象不能当作另一种“玩游戏”的方法。我们的情绪反应通常是不受我们控制的。

沃尔顿更倾向于反过来看这个问题。他写道：

> 或许是部分地因为他体验到类似恐惧的感觉，以及他感觉到自己的心脏怦怦直跳，肌肉僵硬等等，使得他害怕这件事是虚构性的。（1990：243）

他更加清楚地指出，构成被他称作类恐惧（quasi - fear）的感觉变化（比如强度上的变化）与扩展的虚构故事的内容（比如，查尔斯害怕的程度）是相关联的。但是好像仍然可以问第二个问题，即查尔斯的肌肉和脉搏为何会处于那种状态。一个自然的回答是，那是因为他害怕；但沃尔顿不能这样回答。他有另一套说法：

> 为什么知道某人在故事里处于险境还会导致类恐惧（相应的感觉、心率和肌肉紧张度等等的变化）呢？为什么它会产生

> 这种类似真实的恐惧的状态,尽管那个人知道自己不是真的出于险境?答案对于我们的目的来说无足轻重,但是这里可以采用达尔文式的解释。假装游戏中心理上的参与(psychological participation)对我们来说有极大的价值。它可能有生存价值。所以,可能是进化的压力使得我们成为一种(在那些能增强我们在假装游戏中的心理参与度的情形中)会受到类情绪影响的生物。(1990:245 n.)

这个解释很难理解。"增强"我们的参与度是不是指我们会更频繁地参与,还是指会有更大的乐趣?很难看出不愉快的感觉怎么可能对增强参与度有用。也许这里相关的增强是指我们应该得到的教训:这一类虚构事物会产生不愉快的体验,所以你知道如果在现实中遇到相似的事物你会或应该如何反应。这个教训很是晦涩:在投入到虚构作品当中时,查尔斯实际上就呆在自己座位上,那不太像是为了应对真实的危险而增加生存几率的策略。相反,允许查尔斯真正害怕的理论就不会有这个困难。他害怕是因为他看到了吓人的东西,他的身体做出那样的反应是因为那是标准的、由杏仁体激发的(amygdala - initiated)、构成恐惧的身体反应。

让我们回过头去看看沃尔顿提出这样的观点有什么动机。如果害怕那种黏液要求相信它很危险(因而相信它存在),那么查尔斯并不害怕它。沃尔顿避免承诺这个条件句的前提通常都是真的:"恐惧也许并不需要相信自己处在险境"(245)。查尔斯有可能是因为病理性的恐惧而做出的身体反应。还有,很多常见的情形中,恐惧是非特定的(unspecific):"鬼都很吓人,而且我也很怕它们,尽管我深信它们不会带来任何危害。它们只是会让人感到恐惧和不安。"这指出了另一种方法来处理那个不一致的三元组:只否定(1),即恐惧需要身处险境的信念这一论断。因为沃尔顿并不确定这个论断是否为真,所以他似乎应该告诉我们为什么不能否认它。

也许是因为它在通常情况下都是真的;但是沃尔顿好像愿意将病理性的恐惧(他可能还会加上非特定的[unspecific]恐惧)当作例外,那么为什么不把虚构产生的恐惧也排除在外呢?

那[否定(1)]是我自己比较喜欢的策略,它是从对情绪的本性(而不是针对虚构)的一般性思考得来的。我认为许多情绪跟知觉(perception)非常接近,虽然它们有着特殊的色彩(coloration)和效价(valence):积极的情绪中,比如快乐和惊叹,有某种好的或有益的东西以特定的方式被表象;在消极情绪中,比如恐惧和愤怒,有某种坏的或有害的东西以特定的方式被表象。就像在知觉中,事物被怎样表象通常会引起它们就是怎样的信念。这也就是产生这种观点(比如,恐惧需要身处险境的信念)的原因。但是,它有点言过其实了,把普通的情形当作了唯一的情形。

在缪勒—莱尔错觉(Müller - Lyer illusion)中,虽然我们知道两条线段是一样长的,但是其中一条确实看起来比另一条要短。这两条线段看起来好像长度不一样,知道再多关于它们一样长的知识也不会让这种表象消失。一个人由各种独立的根据所知道的东西并不总能影响他对事物的知觉。同样,在病理性的恐惧中,比如说对蜘蛛的恐惧,一个人虽然知道蜘蛛无害,但是他还是会觉得蜘蛛很危险。知道它们无害并不能阻止他胡思乱想。同样,虚构通常会生动地展现出极具情绪化的场景,这些场景能非常自然地引发恐惧、快乐、痛苦等等情绪。生动的表象引起人们常见的情绪,这不是什么值得大惊小怪的事情。[13]我们在这里讨论情绪的初衷是想搞清楚,假装相信的游戏能否帮助我们更好地理解虚构的本性。我们考虑了沃尔顿的极端观点,即对虚构的恰当反应就是在假装相信游戏中把它当作一个道具。这种策略对虚构产生的情绪持比较特殊的观点。因为沃尔顿认为我们通常对虚构的反应中并没有表现出真实的情绪,他需要对此给出另外的解释。他对虚构消费提出一幅高度主动的图画,其中有对现有虚构的扩展,这样一幅图画让他可以为类似情绪的心理状态找到一个位置。但是,如果这些举动都是不必要的,如果我们可以承认那些情绪状态都是真的,那幅图画就崩溃了。面对生动展现的情绪化场景,我们无法自主选择如何反应。我们根本没有沃尔顿的图画中所展现的那种控制力。所以,沃尔顿所理解的假装相信,即读者通过把自己当成故事人物而做出的主动扩展,在对虚构的本性的说明中并不是关键的。

打破情绪和信念之间的联系,并不意味着一定要放弃情绪在某种意义上是认知性的(cognitive)这种观点。事物的表象多少会受到情绪状态的影响。当情况顺利时,情绪状态就像知觉状态一样:主体相信表象给他的事态正好是它们被表象的那个样子;而且,如果顺利的话,的确就是那样(即主体所相信的是真的)。但有时出于某些原因,由表象到信念的自然路径被阻挡了。比如,否决性的(defeating)辅助知识就是一个障碍;而知道表象的虚构本性是另一个障碍。

早报的头条说孟加拉国昨晚有近百万人死于洪水。我们会继续往烤薄饼上倒枫糖浆,啜一口咖啡,然后翻到体育版。一场大悲剧对我们也没有丝毫的影响。相反,契诃夫(Chekhov)的戏剧《樱桃园》中借助斧子砍倒樱桃树的声音所述说的、相对来说不怎么重要的悲剧,反倒可能对我们产生很大的影响。虚构会因为其生动的表现方式让人产生情绪波动,而对更糟糕的事情的枯燥叙述反而不会让人有那么大的反应。

如此看来,我们没必要认为查尔斯的恐惧仅仅在故事中是真的。这不是什么坏事,因为在故事里他很害怕这件事,和他实际上一点也不怕或他想象故事里的某个情节使得他很害怕,是完全相容的。查尔斯是真的很害怕,而不仅仅在故事里害怕,就像一个对蛇有病理性恐惧的人一样是真的害怕。和沃尔顿不同,要把查尔斯看完电影之后说的"妈呀,真是吓死我了!"(Walton 1990:249)当作真的,我们并不需要多么复杂的说明。

## 1.5 各种各样的虚构

提到虚构，人们通常会想到小说；对于我们利用对虚构的讨论去评价各种形式的虚构主义这一总体计划来说，仅仅考虑小说这一种虚构作品也没什么不合适的。但是，在说虚构是什么的时候，我们应该为其他种类的虚构留下空间。戏剧可以很容易地加进来，但是我们得先为新增加的元素——演出，找到空间。

戏剧属于虚构是因为在它们的创作过程中涉及的相当数量的表述，这些表述的内容是其创作者想要让受众（不论看剧本的读者或者观看演出的观众）假装相信的。更准确地说，我们要假装相信的，不是剧中人物所说的东西都是真的，而是他们确实说了那些话（而且他们也确实像文本里所写的那样言谈举止）。类似的讨论可以把电影也纳入到虚构的范畴中。

沃尔顿的书有个有趣之处，那就是他对文学、戏剧和造型艺术给出了一个统一的说明。他说，绘画、摄影和雕塑能“约束想象”，因而满足他给出的成为虚构作品的标准。只不过满足标准的程度有差别。写实地记录一个真实事件的绘画（我们之前提到过大卫的《拿破仑加冕》），可能和同样写实的历史记叙所要求的想象力或假装相信是一样的。当然，我们得看到（或者想象?）画上巴黎圣母院的柱子是立体的，还有未画出的柱子表面，等等。同样，叙事散文告诉我们当时演唱了《赞美诗》（*the Te Deum*），我们当然会认为（想象?）当时也唱了 laudamus（勇敢）这个词。其他的绘画（沃尔顿提到雷诺阿的《沐浴者》）就没有这种叙事功能，因而例示了被用作虚构的绘画。我们不必假定雷诺阿想让我们相信人体和树木在某个时刻会出现画上展现的姿态，而雷诺阿认为说人体和树木不可能那样的评论与他的画毫不相干也是对的。另外，有些问题，比如虚构对象的形而上学状态，对造型艺术和小说都会产生：《独角兽挂毯》

(*the Unicorn Tapestries*)中的独角兽的形而上学状态是怎样的?

然而,虚构主义基本不关心非语言形式的虚构作品,所以我们可以将注意力限制到语言形式的虚构作品之上。有一类作品我们必须得囊括进来,但是柯里式的定义将其排除在外了:那就是神话。神话在产生的时候并不是神话故事,而是在一开始被当作事实而提出和接受。在那么早期的时候,我们应该把神话当作虚构吗? 恐怕不能。人们对它们的态度太严肃了。讲述神话是为了维护或巩固信念,而不是假装相信。当它们不再被人相信时,它们才开始成为神话,尽管它们仍然在某种意义上被人接受。它们是"虚构性(fictionality)只能产生于虚构意图"这一论断的反例。如沃尔顿所说,这其中包含了"启蒙的连续性"(Walton 1990:96)。同一部作品,由误导性的事实叙述转变成典型的虚构。这样的作品并不是产生于虚构意图。

所以我们需要一个选言判断:一部虚构作品,或者是虚构意图的产物或者在产生之初虽然是严肃的叙事,但到后面渐渐成为这样的作品:对它的合适的反应是假装相信,而非相信。虚构主义者只能说有些领域的谈论仍然是笼罩着神话。

## 拓展阅读

关于虚构的本性有三部经典作品:Currie (1990)、Wolterstorff (1980) 和 Walton (1990)。我们对虚构作品的情绪参与这个问题有着独立的研究趣味。Radford (1975)是当下讨论的一个源头,而 Kim (2005b) 对其有非常漂亮的阐释。

# 2

## 关于虚构对象的实在论

在处理生存问题时，纯逻辑总显得力不从心。

——马塞尔·普鲁斯特《盖尔芒特家那边》

虚构人物天生就是优越的，因为他们与现实中的人们相比更加鲜明、清晰且具有凝聚力。而且他们还有一个额外的优点，那就是能知悉的关于他们的一切都局限在书中。

希拉里·斯波林认为这个观点出自朱利安·巴恩斯

——《观察家》2008 年 3 月 2 日

大部分虚构作品都会提及真实的时间、地点（比如狄更斯在很多小说中都提到过 19 世纪的伦敦），乃至人物（比如《战争与和平》里的拿破仑）。当然，大多数虚构作品中还有着众多纯粹虚构的人物，比如像基尔戈·特劳特（Kilgore Trout）那样完全“凭空编造”出来的人物；有的作品中还包含了虚构的地点，比如特拉法马铎星（Tralfamadore），或者虚构的武器、衣饰和怪兽。我们该如何看待这些编造出来的人物、地点、事情？应该对它们一视同仁吗？我们是否应该把理想气体、没有大小的空间点，同基尔戈·特劳特、特拉法马铎星放在同一类？因为虚构对象并不占据我们这个世界的空间，所以我们绝不可能遇上或者造访它们。那么我们应该说它们是不存在的事物？还是仅仅可能存在的（merely possible）事物？或者，它们是存在但抽象的（即不占空间的）事物？还是说我们应该直接否认有这样的东西？前三种选择对应了三种实在论形态，它们都承认虚构对象存在，只是认为虚构对象的存在方式不一样：非存在的（nonexistent）、仅仅可能的或者抽象的。而第四种选择（根本不存在那样的东西）被我视为（关于虚构对象的）反实在论（irrealism）。前三种之所以被称为"实在论"，那是因为它们认为真的有虚构对象这样的东西，而且认为虚构对象是我们现实世界的一部分，虽然它们比较"奇异"（exotic）：它们是非存在的，或非现实的（nonactual），或非具体的（nonconcrete），不像普通的对象（如桌子、山峦）那样存在、现实且具体。实在论者（承认）的对象所具有的奇异本性是由这样一个公认的事实（agreed datum）所决定的：我们绝不可能像碰见小布什（George W. Bush）或廷巴克图（Timbuktu，马里城市）那样真的遇上虚构人物或地点；就像斯特劳森（Peter Strawson）说的，你不可能把咖啡洒到虚构人物的身上。接下来的三章将分别讨论三种不同的实在论立场；在那之后将会有一章来描述并辩护一种形式的反实在论。而本章的目标在于澄清实在论者和反实在论者关于虚构到底在争些什么。

## 2.1　我们何从下手？

世界上有没有神？一般说来，（对于这个问题）有三种可能的回答：有神论的（theistic）、无神论的（atheistic）和不可知论的（agnostic）。有神论者的答案是肯定的，无神论者的答案则是否定的，而不可知论者会说他们不知道该如何回答这个问题。在关于有没有神的问题上，有神论者就是（关于神的）实在论者，无神论者则是反实在论者,而不可知论者是——嗯,姑且称之为不可知论者吧。(实际上,哲学家大多是立场分明的,极少有不可知论者。除了 Rosenkranz 2007。)

关于现实世界的本性,有神论者相信:世界上存在着神(对于神的本性,他们普遍有更加进一步的信念)。关于虚构对象的实在论者相信我们的现实世界中真的有那样一些东西。不论是对于一般意义上的虚构对象还是对于这里所讨论的特殊的虚构对象来说,实在论者和反实在论者之间的哲学争论通常都会诉诸"直觉(intuition)"或"常识信念(folk belief)"。但是,这是否意味着我们放弃了探寻真理(什么是真的)的任务,转而去接受不那么有趣的任务——探寻人们通常相信什么为真?

乍看起来,我们能够区别这样两个问题:(1)我们(普通人,或具有常识的人)是实在论者还是反实在论者?这个问题具有一个描述性的社会学问题(当然,其中还包括心理学的和语言学的方面)所具有的一般形式。(2)实在论是真的,还是反实在论是真的?还是说两个都不对?这个问题具有一个形而上学问题所具有的一般形式。上述两个问题至少在表面看来是独立的,因为理论上来说,我们、普通人,或者常识都可能出错,因而会受制于错误的形而上学观点。在哲学史上,常有哲学家将实在论归属给普通人("庸众"),而自己则坚持认为某种反实在论才是对的,而这才是符合"饱学之士"身份的观点。(一个著名的例子是贝克莱[Berkeley],第7章将会简略地谈到他。)

把这个显而易见的区分应用到虚构上来,就会引起两个问题:关于虚构对象,普通人是实在论者还是反实在论者?以及(无论前面这个问题的答案如何)关于虚构人物的实在论是不是正确的?但实际上,某些哲学家不会容许将两个问题截然分开。在回答那个形而上学问题时,常能看到基于常识或大众直觉构造的论证。举个例子来说,这里有一个关于虚构的理论是否充分的标准:"一个好的理论应该与普通人关于虚构的前理论(pretheoretical)谈论相一致”(Martinich and Stroll 2007:10-11:作者考虑的“一致”[consonance]是指前理论信念应该得到该理论的辩护)。而且,这些哲学家在做这种更偏向社会学的论断时,如果能在常识中找到他们认为在形而上学上正确的观点,他们会很欣慰;而哲学理论和常识之间的冲突,则被他们看成“损失”(或者代价),这种损失可能会(或者不会)被其他方面的“收益”补偿。与此形成鲜明对比的是,其他一些哲学家至少会摆出一副藐视常识的样子,并隐含地宣称他们有更好的方法探寻现实世界的真实情况。所以罗素写道:

> 很遗憾,有太多的哲学教授自甘于谄媚常识,从而也会不自觉地俯首顺从于野蛮人的迷信。(Russell 1925:143)

在实践中,除了自然地出现在我们面前的常识观点之外,我们通常也没有别的出发点。即使是罗素这样一个急于破除野蛮迷信的人,也认为至少通过概括原始观点的结构,可以使得用来替代原始观点的、他那种更优越的观点会更容易让人接受。确实,有些情况下哲学理论会和常识相冲突。早已有哲学家反驳时间的真实性,反驳事物经历变化后仍能存在,反驳算术命题是真的,反驳山峦的真实性,以及反驳我们可能拥有任何知识。但是,这些不符合常识的哲学理论通常被人们认为有着来自常识本身或者科学的根据。比如说,邪恶精灵的怀疑论论证就诉诸了常识,尽管它的结论令人无法接受。在这样的情形中,并不是常识与理论之间发生了冲突,而是常识本身发生了内讧。除了一些基本属于常识的理由之外(比如,谈论像被弄弯这一性质的本质),还有什么可以使得,比如,没有什么东西在变化之后还能存在这种观点令人接受呢?问题在于,就算我们可以从常识的观点出发,并以此为前提按照符合常识的方式推理,我们还是可能得到奇怪的结论。罗素就曾调侃道:“哲学的意义就在于,从简单得不值一提的东西出发,最后得到没有任何人会相信的悖谬。"(Russell 1918:193)尽管哲学的意义并非如此,但这样的情况确实也经常发生。但是,这种情况并不表明哲学知识有两个来源:一个基于常识,另一个则基于理论。

常识的自相纷争是哲学家试图化解的冲突之一。还有一种冲突发生在常识和科学之间。根据关于物质的标准的科学理论,物体通常充满了空隙,不像我们通常以为的那么"坚固"。这是否意味着两种观点之间发生了真正的碰撞(这意味着必须放弃一个),或者两者之间的冲突能否被调和?我们对人类,特别是脑科学,知道得越多,就越难在这幅科学的图画中为自主性(agency)找到一个位置。这样,一个类似的问题就产生了:科学能否证明自主性只是一种幻觉?或者,我们能否使科学知识和自主性"重归于好"?在我们的讨论中,与这种冲突最接近的就是:也许理论家,比如文学评论家,对虚构对象有一种看法;而常识对虚构对象又有另一种看法。实际上,这里好像并不存在那样的冲突。所有哲学家都一致认为:要很好地回答实在论进路和反实在论进路之间的争论,就必须公平对待常识,以及文学评论家的观点。

接下来,我首先会挑出一些跟虚构有关的重要的常识信念,并采取批判的态度:不一定会接受它们(至少不是其表面的意义上接受),如果有理由不接受它们的话。然后,我会尝试列举一些支持实在论形而上学的(我认为)最好的论证。

## 2.2 字面论:忠实与真

> 外行人(非哲学家)声称并且相信,夏洛克·福尔摩斯原来住在伦敦的贝克街,而且就是他们能去游览的那个伦敦的贝克街。
>
> ——马蒂尼奇和斯托尔(Martinich and Stroll 2007:11)[1]

> 如果你说福尔摩斯原来住在贝克街,我敢打赌是你搞错了。…… 就算我谨慎起见给另一方下了注,而反过来说福尔摩斯不住在贝克街,那么就是你赢了。
>
> ——伍兹(Woods 1974:13)

> 那只是我们的直觉:“哈姆莱特是丹麦王子”这个句子能用来做真断言。
>
> ——马丁和斯格其(Martin and Schotch 1974:377)

> 我们确实可以说福尔摩斯住在贝克街。
>
> ——路易斯(Lewis 1978:261)

> 所谓虚构世界中的真并不是真。
>
> ——沃尔顿(Walton 1990:41)

> 有些哲学家认为被我称为“福尔摩斯语句”的福尔摩斯原来住在贝克街。

这句话通常被人们认为是真的,而且是严格的、字面意义上的、不打折扣的真。我把这些哲学家叫做字面论者(literalist)(沿用 Fine 1982 的用法)。他们的主张可以分为两个部分,其中第一部分是社会学的:它关注的是“人们”通常相信什么。而第二部分则是同意将这个信念(福尔摩斯住在贝克街上)看作字面意义上正确的。字面论(literalism),再加上一些适度的进一步假设,就能推出实在论。福尔摩斯语句只有在福尔摩斯存在(有某个事物是福尔摩斯)的情况下才能为真。所以,字面论者一定是实在论者。如果福尔摩斯语句通常被认为是真的,这就意味着普通人承诺了有某个事物是福尔摩斯,因而也就承诺了实在论。显然,福尔摩斯不是一个存在的、现实的或具体的对象。所以,实在论者承诺了福尔摩斯是一个奇异的实体(非存在[nonexistent]、非现实[nonactual]或非具体的[nonconcrete])。对实在论者来说,福尔摩斯是真实(real)而奇异的。

我认为字面论的立场对以下两点需要加以界定:人们并不认为"福尔摩斯原来住在贝克街"确实是真的,与此相反的现象可以很容易地被解释清楚;不相信这些句子确实是真的才是正确的做法。

对字面论中社会学论断的一个初步的反驳是:我们当然不会认为所有的虚构语句都是真的。在德国人赢得二战的幻想小说里可能有这样一个句子——"道路两旁的人们欢呼雀跃,纳粹坦克开进百老汇大街",我们当然不会认为这是真的。但是,在字面论者看来,即使对于我们确实相信为真的句子(如福尔摩斯语句),我们也表现得很奇怪:因为我们并不那么情愿接受与其等价的句子——"福尔摩斯是贝克街的居民之一"。这在其他的例子中更加明显。如果故事里说福尔摩斯和格莱斯顿(Gladstone,英国政治家)曾一起喝过茶,字面论者就会宣称,我们把"福尔摩斯曾和格莱斯顿一起喝茶"这个句子当作真的。但是,我们当然不会无条件地(比如说,在给格莱斯顿写传记的时候)把与其等价的"格莱斯顿和福尔摩斯一起喝过茶"这个句子当成真的(Woods 1974:41 -2)。

我们必须认识到,除了绝对真(absolute truth)的概念以外,还有一种相对于预设或假设(pretense)的真概念。设想,有位无神论人类学家对阿兹特克(Aztec)和玛雅(Mayan)文化有过多年研究,他十分关注两种文化的多神信仰(pantheon)。他对另一位持无神论的同行说:"两个文明的渔业神,阿特劳阿(Atlaua)和察瓦霍(Chac Uayeb Xoc)之间的区别在于,后者更关心鱼群自身的命运,而阿特劳阿则对渔民的命运负责。"他做出这样一个断言并(姑且假设)说对了。相对于这个前提——我们关心的是阿兹特克和玛雅的信仰体系——来说,他说的话是真的。这位人类学家有没有放弃无神论？当然没有。他的同行也许会跟他争论："不，你完全搞错了。"这个回应并不会因为神不存在而为真（在当前语境下自然地理解的"真"）。

设想你在驾校参加口试。考官问道："假设你正要驶向一个铁道路口。警铃正响着，警示灯也在闪，但是路障还没放下来。作为司机，你此时应该在做什么事？"你可能回答："我正在踩刹车，要让车在到达路口前刹住。"（在这个语境下）这么回答就是对了[2]，虽然你可能一辈子也不会开车经过铁道路口，而且你在说这话时肯定也没有真的在踩刹车。所以，你说的话不是（绝对地）真的[3]，但你却仍然可以断定它而且还说对了。

基于前提的真，以及跟它相关的基于前提的可断言性（assertibility），解释了前面几段中奇怪的不对称现象（asymmetry）：相比于"格莱斯顿曾和福尔摩斯一起喝过茶"，我们更倾向于接受"福尔摩斯曾和格莱斯顿一起喝过茶"为真。对这种现象的解释是，一个句子的第一个词往往确定了相关的预设。众所周知，福尔摩斯是虚构人物；这就表明，要在预设了福尔摩斯小说的前提下评判这句话。而大家都知道格莱斯顿是个真实的人，这就凸显出这句话应该从真正地真或绝对真的维度去评判。说那两句话时，我们并没有做出自相矛盾的判断。相反，前一句话所做的"真"判断是关于故事描述的（故事里说或我们假装，福尔摩斯和格莱斯顿喝过茶），而后一句话所做的"假"判断则是说的现实情况。

我们也能解释为什么我们根本不会想把"伴着道路两旁人们的欢呼雀跃，纳粹坦克开进百老汇大街"这样一个（理应是虚构的）句子当作真的。我们不知道哪部小说里有这句话，所以我们不能直接根据故事内容来评判它。自然的判断要么是真的要么是假的，此时我们只需要考虑一件事情。我们暂且假设有部很晦涩难读的小说里确实写了那句话。相关的预设（大家都知道有那样一部小说）只能在非常特殊的情形之下才能成功设定，所以只有在那样的情形下我们才会考虑把那个句子当成真的。

与此相反，福尔摩斯语句对我们来说不仅是极其熟悉的，我们或多或少知道它属于我们的文化遗产，所以我们知道我们碰到的（差不多）所有人都很熟悉它，而且我们知道他们也知道他们遇见的（几乎）所有的人都很熟悉福尔摩斯语句……

字面论本身并不是字面地真的。福尔摩斯语句并不断定真正的事实。只有在合适的语境下，福尔摩斯语句才能被断定，并且它的真也只是相对于语境里凸显的预设而言的。但是，如果去掉那个预设，我们就不能说那个句子是真的。如此看来，下面这个支持字面论的论证错在哪里就很明显了：

1. 我们知道福尔摩斯的住处——贝克街。
2. 被人知道的事情一定是真的。
3. 所以，福尔摩斯住在贝克街是真的。（Woods 1974：24）

这里，第一个前提引入了福尔摩斯系列故事的预设。如果我们坚持这一点，那么这个论证的结论只断定了基于这个预设的事实。如果我们抛开那个预设，要么第一个前提为假，要么这个论证就偷换了概念：验证第一个前提的真假依据的是相对于预设的真概念，而结论则转换成绝对的真概念，这个转换是不合法的。

“真”的一些使用是相对于预设的，这一论断可以从不同的角度来理解。首先，它可以理解成：在那个场景下使用的“真”这个词，对其最佳的语义分析就是把它处理成一种统辖整个句子的虚构算子，即在如此这般的故事或文化里……是真的。这要求我们认为说话者知道（尽管是隐含地）相关的条件。另一种看法则主张，是我们这些受众提供了语境并将说话者的话理解成落入那种虚构算子的统辖之下。接下来是对前面提到的第一位人类学家的话的不同报告，可以用来说明两种理解有何区别：

这位人类学家说，根据玛雅和阿兹特克两种文化，渔业神阿特劳阿和察瓦霍的区别在于……

通过对玛雅、阿兹特克两种文化的比较，人类学家说，渔业神阿特劳阿和察瓦霍的区别在于……

第二个报告并没有指明说话者对他自己的预设或者参考的框架(或参照系，frame of reference)有什么看法。比如说，他可能有这样一种(错误的)理论："阿兹特克"是个混乱的概念，其实是有两种完全不同的文化碰巧在某些地方和时间重叠了，而被人们错误地认为是同一个文化。这样的话，第一个报告就错了，而第二个则不会错。对于第二个报告，在理解约束人类学家说话的框架时，取决于我们听者对阿兹特克和玛雅文化的理解。

这种框架或预设的相对性的现象是非常普遍的。我们能很容易地进入到一个游戏、一个对手的立场或者一种世界观当中，而且一进去我们就能做出一些真诚的断言，尽管我们不认为它们是绝对地真的。在这样做时，以下的说法都不对：我们必须悬置或者搁置(bracket)自己的立场，或者按照不太严格的理解，我们需要预设我们采纳的看法是正确的。这样一种说法才是最合理的："你我都知道不存在神(而且我们也能在如何解释人性的脆弱导致人们相信这些鬼话上面达成一致)。我们千万不要忘记、悬置或者搁置无神论立场。但是，我最近的研究得到这样一个有趣的结果：渔业神阿特劳阿和察瓦霍之间的区别在于，后者更关心鱼类的命运，而阿特劳阿则对渔民的命运负责。"这里的头两句话应该能推翻任何泛神论的预设，而最后一句话也不会跟无神论产生冲突：它不会让说话者做出任何有神论的承诺。

让我们回过头来看字面论者：他们与其反对者都同意，他们声称能在福尔摩斯语句这样的虚构性语句中找到的真，是故事里的情况使然(而不是伦敦的现实情况使然)。我们都知道写一个其中 p

为真的故事并不会使得 p 真。根据字面论者的说法，福尔摩斯语句具有“为真”（being true）的性质。如果这一性质仅仅从故事内容中就能得到，那么它不可能是现实世界中的真（real - world truth），而只是对于故事所说的情况的忠实。

这似乎会推翻字面论，但是字面论者还有一招可用：就像猩红色是一种红色一样，难道相对于一个故事的真不是一种真吗？如果是这样的话，那么将真归属给福尔摩斯语句是有一定道理的。

严肃对待这个想法的字面论者也许可以提出这样的论证：

1. 我们都同意福尔摩斯语句在这个故事中为真（true - in - the - fiction）。

2. 故事中的真是真的一种：它是为真的一种方式，就像必然为真一样[4]。

3. 所以，福尔摩斯语句是真的。

我认为，虚构中的真并不是一种真。如果它是的话，那么所有的虚构事实都会是真的（就像上面的论证所假设的）。根据一般的看法（当然我也同意），如果某事物 A 是真的，那么它的否定，非 A，就不是（真的）。但是，有可能根据某个故事 A 是真的，而根据同一个故事或某个别的故事非 A 是真的。那些 A 和非 A 发生在同一个故事里的情形中，那些因作者的疏忽大意而造成的情形不是很有趣，只有那些矛盾情节对故事起着关键作用的情形才有趣。比如说在某部科幻小说中，主角在他出生很多年之后，穿越到过去杀了自己的祖母，并因而从未出生。[5]所以，这个主角出生了这件事根据故事是真的，而他没有出生这件事也根据故事为真。但是，无论哪一种真，也无论如何界定，都不可能具有这样的特征。我们的主人公既出生了又没出生，这不可能是真的。所以，这里我们找到一个有说服力的理由让人拒绝成为字面论者：因为成为字面论者就会承诺把某些句子及其否定看作同时为真。(Woods 1974:48 意识到这一挑战。)虚构中的真和事实的真会发生冲突。我们已经提到那个说1944 年纳粹军队在喝彩声中开进百老汇的令人不快的小说。在那个故事里面,纳粹确实做了那件事,所以对于字面论者来说,那就是真的。但是,我们都知道那又不是真的。总之,字面论者(字面地理解)能以三种可能的方式承诺矛盾。

1 可能在同一个故事里,p 和非 p 根据故事都是真的。

2 可能在某个故事里 p 是真的,而根据另一个故事非 p 是真的。

3 可能在某个故事里 p 是真的,而事实上非 p 是真的。

在以上所有情形中,字面论者都承诺同时相信 p 和非 p。

即使是最狂热的字面论者也接受这一点:要证明福尔摩斯住在贝克街这个陈述为真,需要诉诸柯南·道尔的小说。(Woods 1974:25)不是说柯南·道尔起了见证者的作用。这里的"证明"也不是指提供证据,而是(直接)使得那个陈述为真。现实世界使得贝克街在伦敦这件事为真;而柯南·道尔的故事使得福尔摩斯住在贝克街为真。真相大白了:由于福尔摩斯语句完全是因为有这么一个故事使得它为真,它只在故事里为真,而不是在现实中为真。所以,它不是字面地真的。

尽管福尔摩斯语句的真似乎要求"福尔摩斯"指称某物,但是其(对故事的)忠实性是否有如此要求就不清楚了。忠实于故事就是要再现故事所承诺的内容。除非内容这个概念会把我们导向实在论(下文 2.4 节将会讨论),否则忠实性不会要求("福尔摩斯"指称某物);仅仅相对于预设的真也不会有此要求。但是,我们将会在2.5 节看到,实在论还有其他的资源可以利用,比如说有一些跟虚构有某种关联的信念,它们要求按照真的为真(genuinly true)而非忠实与否的标准进行评价。

## 2.3 "当然存在虚构人物"

> 王后:这完全是你脑子所虚构之物,疯症所善造之无体幻觉。
>
> ——《哈姆雷特》第三幕第四景

我们都同意在某种意义上存在着虚构人物。这样的话,实在论不就是简单的常识吗?为什么我们需要论证来支持它?

有这样一种理解:"存在虚构人物"只是说有些故事里描绘了一些人物,但现实中并没有这样的人。就像"存在着神话中的独角兽"一样,这句话并不是说存在着一种特殊的神话中的独角兽,而只是说有些神话故事里面说有独角兽存在。如果"存在虚构人物"以这样的方式理解,那么它的意思与反实在论并不矛盾:有些故事中描绘了人物。这样的理解确实是老生常谈,也不需要什么论证。[6] 然而,关于虚构人物的实在论不是陈词滥调,它确实是而且也旨在成为一个能引起争论的论断。它说,现实(我们的现实世界)中存在着诸如基尔戈·特劳特和夏洛克·福尔摩斯这样的事物。实在论所支持的是被我称为"实在的虚构人物"(robust fictional characters)的东西,我指的是实在论声称虚构人物属于我们现实世界,而不只属于某个虚构的世界。我们都会同意说,虚构世界中有各种各样的东西、事件、人物等等,它们都可以被称为"虚构的"。这当然是废话。但是,那个实在论特有的、极具争议的论断是说,虚构人物没有被限制在虚构世界里,它们同时还属于我们的世界——唯一真实而现实(real and actual)的世界。

实在的虚构人物不可能占据空间,因为他们不处于任何一个地方,也不会产生任何碳排放。因而,他们一定是奇异的对象:非存在的、非现实的或者非具体的东西。所以,接下来的三章将讨论三种形式的实在论。

哲学家们当然想要两全其美:他们希望自己的论断要有实质内容并且能引起争论,同时又希望它明显为真或者只需要非常弱的论证。这里就有一个既能证明实在的虚构人物存在又很容易构建的论证的例子:

> 给定一部文学作品(其中包含一些纯粹虚构的名称),不再需要别的东西,不需要额外的材料,就能“得到”一个虚构人物;就像只需要能匹配的一只左手手套和一只右手手套,而不再需要别的东西,就能得到一双手套一样;只要接受一些法律原则,并且满足了它们的标准,婚姻关系就存在了,不需要更多的东西。在以上情形中,根据我们通常对“双”“婚姻”和“虚构人物”的理解,后一类实体的存在就是保证前一类实体的存在。
>
> (Thomasson 2003:221 - 2)[7]

由于故事存在,所以虚构人物存在;故事存在这件事是毫无争议的;所以,虚构人物存在也应该是毫无争议的。

我们已经看到,这个结论在某种意义上是对的。但是托马森(Thomasson)采用了一种更具争议性的方式来支持实在论论断:在她看来,虚构人物和一双双手套、一桩桩婚姻一样,都属于我们的现实世界。它们是完全真实却抽象的实体。那么,她的这些考虑是否如愿地证明了:存在着那样一些实在的虚构人物?让我们来看看从和手套的类比中到底能得到什么结论。那个类比仅仅表明,一双手套是由两只配对的手套组成的,仅此而已。所以说要得到一双手套只需要两只相配的手套,而不需要更多的东西。

让我们暂且同意故事、小说、电影等等是我们现实世界的组成部分。它们是抽象事物,因为它们是独立于纸张、文本、放映或叙述等具体的呈现形式而存在的：就算所有具体的书本都没了，故事仍然可以存在；另外，人们还可以用不同的语言讲述它。

根据手套配对的类比，或许我们应该把人物看作故事的组成部分，就像我们把某一只手套当作那双手套的组成部分一样。这样，我们为虚构人物属于现实世界这种说法找到一个强有力的证据：

1. 故事属于我们的现实世界。

2. 虚构人物是故事的组成部分。

3. 虚构人物属于现实世界。

这个论证在我看来是有效的，而且第一个前提看起来也无懈可击。反实在论者可能会担心前提(2)。说故事表现了人物、地点、事件等似乎并无争议。但是，很难从 X 表现了 Y 得出 Y 是 X 的组成部分。语词或思想表现了对象或者事态；但是被表象的对象或事态并不是语词或思想的组成部分：飞多(Fido)那条狗并不是"飞多"那个名字的组成部分，飞多在吠这一事态也不是飞多在吠这样一个思想的组成部分(特别是设想一下这个思想为假的情形)。

托马森可能得增加一些让人相信(2)的特殊理由才能将这个论证(如果这是她意指的那个)补充完整。否则她就可能被人指责说，只是简单地认为从"根据这个故事，存在着这样的人物，他们……"到"存在着这样的人物，根据这个故事，他们……"这样的推理不言自明是正确的。我们知道像这样的推理，我称之为"导出推理"(exportation inferences)，在很多情况下都可以被证明是错误的。我们不能从"根据约翰的说法，有会飞的猪"推出"有这样一些猪存在，根据约翰的说法，它们会飞"。说有些猪会飞的时候，约翰也许脑子里并没有特定的猪，这时也并没有他所说的会飞的猪存在。

这个对比为实在论指出了一个特殊的问题。在虚构作品中出现过的人物中，我们会区分真实存在的人物和纯粹虚构的人物。前者的典型例子是拿破仑，他在《战争与和平》中出现过。这部小说部分是关于真实人物的。非常常见的情况是，小说中的人物可能有一个真实原型,故事是围绕原型编的。与此相对,纯粹虚构的人物(比如《安娜·卡列尼娜》中的列文和凯蒂)在现实中并不存在。这个对比可以这样刻画:X 作为一个真实人物出现在虚构作品中,当且仅当如下推理模式有效:如果故事里说 X 是如此这般的,那么 X 的确就是这样的:故事里说他(她)是如此这般的。

也许有人会说,虚构语境中的真实人物支持导出推理,这正是他们有别于纯虚构人物之处。

实在论者却不能这样表达这个区分。因为在他们看来,列文和凯蒂同拿破仑一样属于现实世界。实在论者需要接受一系列这样的导出推理:既然根据《安娜·卡列尼娜》,列文娶了凯蒂,列文和凯蒂确实像故事说的那样,他们结婚了。

这样,实在论者就必须分辨出根据一个真实人物编故事和用另外的方式凭空编造一个人物之间的区别;也许两者的区别就像围绕普通对象(存在的、真实的、具体的)编故事和围绕奇异对象(非实存、非现实、非具体)编故事之间的区别一样。我们把它看作引入虚构作品的真实对象和仅仅存在于虚构中的对象之间的对比。在这一点上,我们的直觉是反实在论的。虽然直觉的观点不能被直接当成是正确的,但是它们也不能被轻易地忽视。

所有人都必须承认,"虚构的"不是一个普通的"可交叉的"(intersective)形容词:一个方形盒子既是方形的同时又是个盒子(所以"方形"是可交叉的),但是包括托马森在内的很多实在论者[8]都否认一个虚构的侦探既是虚构的又是侦探。所以,"虚构的"这个词发挥着什么样的作用呢? 反实在论者会说,它的作用在于将事物限定在虚构世界而非现实世界之中。但是,实在的虚构人物被认为属于现实,而不仅仅属于虚构。的确,如果不能对"虚构的"发挥什么作用给一个详细说明,我们就不能从"存在着虚构人物"推出存在着实在的虚构人物。这样的说明需要先推翻反实在论的说法:"虚构的"用于修饰限制整个短语或整个句子。反实在论者会说,它能解释

“存在着虚构的圆的方，而且不存在真实的圆的方”为何是不矛盾的。这其实就是说：虚构中存在圆的方，但是现实中没有圆的方。实在论者如果想要利用我们直觉上接受“虚构人物存在”这一事实，就需要对“虚构的”给出另一种解释；但是，我不知道从何处着手去寻找这样的解释。

故事和人物最突出的关系是表征性的：故事向我们讲述，或者描写了人物。这应该是没有争议的。但是，确定虚构人物是否属于虚构之外的现实时，我们又回到了原点。有些人认为，意向性（intentionality）、关于性（aboutness）或者表征（representation）总是需要有一个对象，而且这个对象被认为是属于现实的；这是实在论的观点。应用到虚构时，这样的观点就是说：只有当虚构作品所关于或表征的东西（在现实中）存在时，它才能关于或者表征那一事物。而根据与其对立的反实在论观点，这是不成立的。反实在论者会断言，就像即使没有真的独角兽，甚至不需要有独角兽的抽象替代物（abstract ersatz），也仍然可以存在独角兽的图画一样；即使独角兽或福尔摩斯不存在，我们也可以有关于独角兽或福尔摩斯的故事。

总结一下：实在论者和反实在论者双方都可以在某种意义上接受虚构人物存在。实在论者认为这意味着实在的虚构人物（存在于我们现实世界当中的）存在。而反实在论者则认为那只不过是说有些故事里描绘了人物；而且就像没有人会相信故事里的事情在现实中以某种方式存在（一样），我们同样应该认为虚构人物也是如此。简而言之，反实在论者否认有实在的虚构人物存在。我们将在下面（2.65）看到，除了“虚构人物存在是显而易见的”这一论断之外，反实在论者还必须对付一系列的实在论论证。

## 2.4 实在论的一个理论依据：名称的语义学

一个简单句如果包含没有指称的专名的话，它甚至都不是有意义的。

——扎尔塔(Zalta 1988:123)

关于专名(如"伦敦"、"丘吉尔")有这样一种很吸引人的观点,即专名仅仅代表了它们的承担者,而且正是因为这一点专名才有了意义。这暗示了人们普遍接受的一个观点——任何有意义的专名都需要有一个承担者,其中非常流行的例子就是关于名称的语义学的"直接指称"(direct reference)或"密尔主义"(Millian)的观点。[9]面对虚构时,直接指称论者只有两条路可走。第一,保留自然的观点,即像"特拉法马铎星""基尔戈·特劳特"这样的虚构名称都是有意义的;然后尝试为它们找到合适的承担者。而那些合适的承担者应该就是实在的虚构人物。由于我们知道不可能在现实的空间中找到他们,所以他们一定是奇异的对象。

第二条路是,主张虚构名称没有意义。这个看来大胆的立场也曾有过支持者。一个更加容易让人接受的表述是:当我们参与到虚构中,我们只是假装那些名字是有意义的(Evans 1982; Walton 1990);或者,虽然那些名称没有意义,但是可以通过它们获得信息(Adams 等 1997)。如果走这一条路,直接指称论者就不需要引入虚构实体,所以这样的直接指称论可以很融洽地与反实在论结合在一起。

相信有意义的专名不需要承担者的那些人还是有其他选择的。这种关于名称的观点正确与否在哲学史上已经争论了很长时间。在那些认为没有承担者的专名也可以有意义的人中,弗雷格(Frege 1892)或许是最杰出的代表。弗雷格论证说,具有相同承担者的几个专名可能具有不同的语义学性质。"昏星"(Hesperus)被用来命名晚上出现的第一颗星,而"晨星"(Phosphorus)则被用来命名早上最后消失的那颗星。事实证明昏星就是晨星,这与"昏星是昏星"这种不足道的真理是完全不同的知识。

根据假设,这个区别不能用名称的承担者不同这个理由来解释,因为"晨星"和"昏星"的承担者是同一个。所以弗雷格设定了另一个语义维度,即涵义(sense)的维度。涵义是我们理解一个名字时所把握到的东西,它决定了名称的承担者(如果有承担者的话)。有相同承担者的名称可能有不同的涵义,比如"昏星"和"晨星"。有些名称有涵义而无指称,弗雷格举的例子是虚构名称"奥德修斯"。

我将假定我们不能直接诉诸密尔式的观点来支持关于虚构人物的实在论。因为即使我们接受了这样的名称理论,我们仍然可以拒绝接受关于虚构人物的实在论,因为我们可以做大胆的密尔主义者(heroic Millians)。(在我看来)更有趣的是,我们可以彻底丢掉密尔式的图画,而采纳一种(至少精神上是)弗雷格式的进路。这就是我在这本书里要做的事情。在本节的附录中,我将更加详细地展开我支持的那种弗雷格主义(最早见于 Sainsbury 2005),这种观点被我称为 RWR(即无指称对象的指称)。熟悉这一观点的读者可以略过附录。

采纳弗雷格式的立场(更确切说,RWR)就意味着我们不能从"虚构名称是可理解的"得出"它们有承担者"的结论。但这并不意味着我们可以宽容对待包含了这些没有承担者的(虚构)名称的句子的真。这里一定假设了:当没有承担者的名称出现在像福尔摩斯语句那样的简单句中时,那个句子就不是真的;而根据 RWR,这样的句子为假。[10]这其中的理由也没什么特别的:直觉上,"福尔摩斯住在贝克街上"为真的充分必要条件应该是有 x、y 两个对象以及关系 R,使得:"福尔摩斯"指称 x,"贝克街"指称 y,"住在"指称 R,并且 x 和 y 之间具有 R 关系。因为反实在论认为"福尔摩斯"不指称任何东西,所以福尔摩斯语句不是真的。这本身不会产生什么问题。

这个句子为什么应该是绝对地真呢?在很多语境下的确可以断言它,但是我们已经看到那种情形并不要求绝对的真。

但是,在下一节我们将看到即使是反对字面论的人也不得不接受有些包含虚构名字的简单句是真的;这些人所辩护的实在论的观点是:虚构名字有承担者,尽管是奇异的。

如果把福尔摩斯语句嵌入合适的算子中,我们就能得到一个现实世界的事实:根据《血字的研究》,福尔摩斯住在贝克街。

这是因为整个句子要为真并不要求嵌入的子句为真,所以就算嵌入的福尔摩斯语句为假也不会妨碍它为整个句子为真做出贡献。这就是被哲学家们称为"非外延性"嵌入的一个例子。[11]其他的例子则属于命题态度归属。通过相信某事,相信者被关联到一个内容:伦敦是一座城市,或者地球是平的,或者福尔摩斯和华生是室友。就算相信的内容不是真的,但他相信某事这件事仍然可以是真的。只要能够解释虚构专名的可理解性,我们就为解释一系列使用了虚构专名而且那些专名只出现在非外延性嵌入之中的句子为什么是真的铺平了道路。对那些虚构名称出现在非外延性算子辖域之下的句子,实在论者最好不要利用它们来为实在论辩护。

因为,就算实在论的众多反对者都承认这些句子是真的,他们也不一定会同意那些句子中的虚构名称必须有承担者才能使它们为真。实在论者别想利用福尔摩斯语句那样的句子作为支持。因为反对者不会接受这些句子是字面的、绝对意义上的真,所以也不会同意:因为那些句子是真的因而虚构名称有承担者。在下一节,我会提供一些对反实在论者真正造成问题的例句。那些才是实在论的辩护者应该关注的。

## 附录:

### 没有指称物的指称

我支持的这个弗雷格主义版本有一个最重要的特征,那就是它能容许可理解的空名,因而允许我们把纯粹虚构的名称划定为空的但却是可理解的那一类。这是一个初看起来就非常吸引人的观点，但是它已经得到一些谨慎的(如果不是明显负面的)评论，因为它与这样一个观点有关联:一个专名的意义与某个限定性描述(definite description)的意义一样。两者的关联在于:如果一个名称是空的，你就不能通过说它指称了什么对象来给出其意义。所以，要给出它的意义，你就只能借助某种描述。描述论(descriptivist)观点已经遭到克里普克(Kripke 1972)和其他很多人的声讨，现在已经不得势了。可能有读者会假定反对描述论的人一定会接受密尔主义(Millianism);如果这样做的话，本书就会变得很不一样。

但是，我在《无指称物的指称》(*Reference without Referents*)中提出的理论，我称之为RWR，既不是密尔主义的也不是描述论的。它不是密尔主义的，因为它允许有意义的空名存在;但它也不是描述论的，因为它否认名称的意义能够被某个限定性描述准确地捕捉。怎样才能达到这种中道呢？首先，不能期望用一种还原的理论来给出我们语言中所有词汇的语义贡献(semantic contribution)，至少，如果认为一个词的语义贡献就是它被我们用来表达的内容的话。毫无疑问，就某些目的而言这么说是很有用的:“雪”这个词指称了大气中凝结成冰晶、以白色薄片的形式下降或者以白色的形式铺在地上的水蒸气。但是，一个人说“雪是白的”并不等于说如此这般的那种水蒸气是白的，他说的是雪是白的。所以，“雪”的语义贡献只能这样分析:它指称或者引入了雪。关于颜色的词提供了一系列语义不可还原的表达式:“红”表示红色的，或者只能由红色的事物满足。从语义的角度来看，我们只能这么说。

虽然“红”也表示消防车的颜色，但是如果有人问“消防车是红的吗?”，他并不是问:消防车的颜色是不是消防车所具有的那种颜色。所以，我们由此可知关于“红”这个词的这一事实并不属于它的语义贡献。

很多人能接受不可还原的大概想法，但会断言:为词语提供意义的是它们与世界上某种事物之间的联系。说“雪”表示雪时，我们指出了一个词与世界之间的关系。有时，为了在世界中挑出那个正确的对象或方面，我们只能再次使用那个词：雪才是“雪”这个词表示的东西。这就是不可还原的标志。

但如果沿着这种思路往下走，世界上没有那样一个东西和那个词相关联的话，你就没法给出那个词的语义说明。倘若有些专名没有承担者，你就不能把那个名字同世界上的某个事物联系到一起。所以，关于这个名字到底有什么语义贡献就没法给一个融贯的说明，那就表明它没有任何语义贡献，即它是不可理解或没有意义的。

RWR 另一个主要的想法就是说上面这种推理是不对的。我们可以很好地处理不可还原性，而不必在所有的情形中都借助词语—世界的联系。标准的语义学的确会把一个名字和一个承担者联系起来，比如“昏星”表示昏星。现在，让我们考虑标准语义学的一种变体：“昏星”表示那个是昏星的东西。这种说法有一个优点：这个版本里，“昏星”被与“是昏星”这种性质联系到一起，而不是直接与昏星相关联。现在，让我们把这个应用到空名上：“夏洛克·福尔摩斯表示的是夏洛克·福尔摩斯的那个东西。”我认为，没有哪个东西是夏洛克·福尔摩斯；所以，这就得出了“夏洛克·福尔摩斯”不表示任何东西的正确结论。

这里有个问题。在经典逻辑中，这个被很多人视为正统的逻辑系统中，即使像“‘夏洛克·福尔摩斯’表示某物，当且仅当那个东西是夏洛克·福尔摩斯”这样一个论断也能蕴涵夏洛克·福尔摩斯存在。在我看来，唯一的补救方法就是修改逻辑。我们不妨使用一种所谓的“自由”逻辑（没有存在预设的逻辑），特别是那种“消极的”版本。自由逻辑允许名称没有承担者，而且从简单的主谓句“a是F”推出“有某个x是F”的存在概括在这个逻辑中不是有效的。消极的自由逻辑说，包含空名的简单句（如“珀加索斯会飞”）都是假的。由此可以得出一种非常自然的处理存在性论断的方法。“珀加索斯存在”为假,就像“珀加索斯会飞”那样,因为这个名字是空的。所以,“珀加索斯存在”的否定为真,即“珀加索斯不存在”。在消极的自由逻辑中,我们推不出有某个东西不存在的结论。

RWR 策略的实质是说一个指称性表达式即使在没有指称对象的情况下也完全可以做出语义贡献。我们其实很熟悉关于限定性描述的这个一般想法,限定性描述直觉上也能算作指称性表达式(尽管存在着发源于一个罗素[Russell 1905a]的著名传统,其中这种自然的观点被抛弃了)。“我明年将要写的那本畅销书”就是一个完全可以理解的指称性表达式,但是恐怕它没有指称对象。把这个想法延伸到名称上来,就可以得到 RWR。弗雷格曾说,“奥德修斯”是完全可以理解的,即使奥德修斯不存在。弗雷格的策略与 RWR 的不同之处在于,弗雷格认为包含空名的简单句既不真也不假,而 RWR 说这样一个句子是假的。

这样的 RWR 绝不可能为实在论者给出的那些问题句(见第 2.5 节)提供简单直接的处理方法。RWR 只能保证,这些包含空名的句子是有意义的或可以理解的。它并不能确保它们是真的。实在论者会强调那些包含纯粹虚构名称的句子在直觉来说是真的。RWR 理论家把这些名字处理成空的,因此他就必须要丢掉那样的直觉:包含这些空名的句子是真的。

我怀疑本书是否真的依赖于 RWR 而非其他版本的反密尔主义理论。但我认为读者至少应该知道这种特殊的反密尔主义理论,因为在谈到相关问题时我会使用这种理论。

## 2.5 支持实在论的证据

> 实在论的动机应该来自这样的一系列特殊命题:我们相信这些命题,而且它们会让我们承诺对象。
>
> ——帕森斯(Parsons 1980:32)[12]

我们在这一节将要考察一些给反实在论者带来麻烦的例句，因为这些句子似乎要求我们接受实在论者假定的奇异对象。其中的理由是：这些句子是真正地而且绝对地（而不仅是虚构地）真的；但是，承认这一点就要求我们必须接受实在的虚构人物。

1. 安娜·卡列尼娜（Anna Karenina）比爱玛·包法利（Emma Bovary）聪明。

2. 尤利西斯（Ulysses）就是奥德修斯。

直觉上这两个句子都是真的。很难看出如何用忠实性来解释这一点，因为没有任何一部小说当中同时提到这些人物；比如说，没有一部小说告诉我们说安娜·卡列尼娜比爱玛·包法利聪明。出于类似的理由，我们也很难看出虚构名字出现其中的事件有可能隐含地处在某个非外延性算子的辖域之中。所以，由此得出结论说虚构名字有承担者或者为其寻找实在论的解决方案，还是有吸引力的。

3. 夏洛克·福尔摩斯是一个虚构的人物/侦探。

这个句子看起来是真的，但是根据福尔摩斯系列故事，福尔摩斯是个真人而不是虚构的。所以，(3)这句话不能算忠实于故事。这不禁会让人想到，(3)中的“福尔摩斯”指称的是一个虚构人物，而且是个虚构的侦探。由于那个对象不占据空间，所以它只能被看成仅仅抽象的、非实存的，或者仅仅可能的。

4. “尽管《古典学大辞典》中列出的人物中，有相当一部分是神话里的人物；但是还有大多数的人真的存在过。”（Strawson 1967：195）

斯特劳森通过向我们指出“思维的漂亮的流动性”（1967：197），证明了把神话人物和真实人物一起放进一个“异质类”（heterogeneous class）中是多么自然。似乎只有在神话人物存在的情况下我们才能这样做，所以这一提议也支持了某种实在论。

5. 托尼·布莱尔很钦佩法厄同（Phaeton）。

我们可以毫不犹豫地假定(5)是（绝对的）真的。但是，这个论断似乎具有这样的形式:a 和 b 之间具有 R 关系(简写成 R[ab]);但是,只有当 a 和 b 存在时这个关系才能成立。

6. 希腊人崇拜宙斯。

很多人都认为这个句子是字面地真的。这就会产生类似(5)的问题:只有当被崇拜的东西存在时,崇拜才能发生;但是一个存在的、现实的或具体的宙斯并不存在。实在论者因此下结论说,有宙斯这样的神存在,尽管祂是非存在的或非现实的或非具体的神。

7. 有些 19 世纪小说里面的一些人物展示出来的身体特征比 18 世纪任何一部小说的任何一个人物都要丰富。(van Inwagen 1977:302)

范·因瓦根用这样的例子来支持一种抽象论形式的实在论。论证过程是这样的:像(7)这样的句子是真的,并且很明显它要求真的存在虚构人物来保证其为真。这种现象不能通过以下的方式被证明是错觉,比如,通过改写这个句子而将(存在)量词嵌入虚构算子中,因为任何充分的改写都必须承诺真的存在虚构人物。所以,必须按照字面意思理解(7):它是真的,真正地真的,并且需要真的有实在的虚构人物才能保证其为真。

8. 我一上午都在想珀加索斯(Pagasus)。

这看起来也是一个关系句,它的真要求我跟珀加索斯之间有某种关系,而这就要求珀加索斯必须存在。这是一个所谓的"意向性"(intentionality)的经典例子:心灵具有能够思想事物的能力,即使那个"事物"不存在。尽管虚构提供了不少例子,但这个现象本身则更加一般和普遍。设想癌症无药可医。即使是那样,有人梦想有一种治癌症的药这句话仍然可以是真的。所以,我建议我们应该把关于虚构的问题放到这个更一般的语境下来谈。

9. 福尔摩斯很有名。

这句话有两种理解方式。一种理解是,这句话试图忠于原著故事。只不过它并没有做到,因为福尔摩斯的功劳都让雷斯垂德探长

(Lestrade)和苏格兰场给抢去了。[13]还有一种理解是,(9)是关于文学社会学的。它告诉我们福尔摩斯是一个著名的虚构人物,读者大众(或是听众)对他很熟悉。在这种理解下,(9)无疑是真的,而且似乎也支持了实在论的立场:(9)看起来是一个简单的主谓句,除非它的主语肯定得指称某物,否则很难想象它如何可能为真。另一方面,这个例子也给实在论的进路设置了一些障碍:实在论者必须恰当地处理这种理解的歧义。

以上的例子表明,对虚构的实在论进路还是存在着有力论据的,尽管我会在后面(第6章)对其进行反驳。接下来的三章将分别讨论我们提到过的三个版本的实在论。第3章将讨论迈农主义的观点,这种观点认为虚构人物是现实的、具体的,但是非存在的。第4章讨论可能世界(以及不可能世界)在解释虚构时所起的作用,以及虚构人物是非现实世界中的非现实对象这样一种观点。在第5章,我将转而讨论或许最流行的一种实在论形式,即认为虚构对象是抽象事物的观点。

## 拓展阅读

实在论的三个鼓吹者:范·因瓦根(van Inwagen 1977),托马森(Thomasson 1999),沃尔托里尼(Voltolini 2006)。对他们的评论会在下面几章出现。埃文斯(Evans 1982)为这样的观点提供了一个有趣的辩护:我们假装虚构名称具有承担者,并因而假装它们是完全有意义的(当它们事实上没有意义时)。沃尔顿(Walton 1990)就采纳了这种观点的一个版本。关于 RWR,参看 Sainsbury (2005)。

# 3

# 虚构对象是非存在的

美国自然历史博物馆正在举行新的大型展览,展品是实际上不存在的生物,主题叫做“神奇生物:龙、独角兽和美人鱼”。

——《纽约客》2007 年 6 月 4 日刊第 38 页

哲学不能仅仅关注存在的事物。

——罗素(Russell 1905b:531)

## 3.1 表述迈农主义

“存在”这个词有一种极为常见的意义,在那种意义上,夏洛克·福尔摩斯不存在;正是在同样的意义上,我说福尔摩斯是一个非存在(nonexistent)对象。

——帕森斯(Parsons 1980:11)

不存在非存在对象;如果有的话,那当然会是自明之理。

——斯坦利(Stanley 2001:39)

本章讨论的迈农主义观点的基本思想是：虚构人物（以及其他纯粹虚构的事物）都是真实的（real）、现实的（actual），甚至在某种意义上具体的，但却是非存在的。他们的非存在性解释了为什么我们不会碰上他们，他们也不会对温室效应产生贡献。他们的真实性意味着我们可以指称他们，并且做出一些关于他们的真正属实的断言。说一些非存在对象是具体性的，这其实是说（如果可能的话），任意一个存在的对象如果复制了它们当中的某一个，它就一定在时空中有一席之地（或你认为的足够成为具体事物所需要满足的任何条件）。这些非存在的事物属于我们现实世界，而不仅仅属于虚构的世界。

我们都认为，比如说，独角兽不存在。我们可以这样表达我们的观点：独角兽是非存在的。如果这种说法和说独角兽不存在是一个意思，那么它就没有什么可争议的。如果它被看作谓述独角兽的一种性质，即非存在的性质，那么它就是一个真正的迈农主义（Meinongian）的论断，属于我们现在要谈的主题。就这一点来看，本节开头引用的帕森斯的话就有误导性。如果他说“福尔摩斯是一个非存在对象”时无非就是指“福尔摩斯不存在”，那么他的观点也就没有什么可争议的。但是，在他著作的其他地方，很明显他的意思不止如此；比如，他认为我们可以名副其实地把一些性质（非存在性以外的性质）归属给福尔摩斯。

迈农主义者（Meinongian）（这是我的叫法）持有这样的本体论观点：

MO　有些东西不存在。（Some things do not exist.）

有些迈农主义者会接受把这个观点表述为“有一些不存在的东西”（There are things that do not exist）。[1] 其他人则认为我们不可能一以贯之地区分 there is 和 there exists，这样另一种表述方式就可能会沦为自相矛盾的观点：存在一些东西，它们不存在（Priest 2005：

13)。为了谨慎起见,保持 MO 的表述是最好的。

另外,(我所设想的那种)迈农主义者持有如下的语义学观点:

> MN　一些专名指称不存在的事物,并且可以用于陈述关于不存在事物的事实。
>
> MQ　一些量化不仅涵盖了不存在的东西,并且可以用于陈述关于不存在事物的事实。

最后,迈农主义者将这些观点应用到虚构:

> MF　虚构的人物、地点以及其他事物,都属于不存在的事物(因而可以证明 MO),虚构之中的或者关于虚构的谈论都例示了 MN 和 MQ。

人们可能很容易将 MF 与其他一些被广泛接受的观点相混淆。很多非迈农主义者赞成纯粹虚构名称不指称存在的事物。但是这和虚构名称指称不存在的事物完全是两回事。对于 MO 也是一样:我们都赞成独角兽不存在。而这和说有些或所有独角兽都是非存在事物完全是两回事。我们认为最好把 MO 表述为"有些事物是非存在的",而我也认为这个表述很有用。但是,不能保证这个表述一定会得到迈农主义者想要的那种理解,那就是,将非存在性归属给对象。相信布什总统对阻止全球变暖的贡献不存在,这并不要求我成为迈农主义者;我的意思只是说他没有做出贡献,而不是他做出了某种非存在的贡献。

迈农自己表述说 Sosein(如此这般地存在,或是如此这般的)独立于 Sein(存在)。事物即使不存在也可以是如此这般的。很多人都持有一些结构与此类似的观点,比如,有人认为那些在某种意义上不存在的对象仍然具有一些性质。

苏格拉底现在不存在(并且在这个意义上不存在),但是他具有死了(being dead)的性质。他现在的Sosein独立于他现在的Sein。迈农主义可以被理解成在此基础上去掉了时态的限制。这样说来,迈农主义也许没那么奇特;但我不是想暗示:迈农主义并不比那种类似的关于带时态的存在(tensed existence)的观点更有争议。

## 3.2　迈农主义的动机

> 我们都准备好援引非存在物的例子:珀加索斯、夏洛克·福尔摩斯、独角兽、人马…… 那些都是可能对象,但是我们也能找到不存在物的例子;比如,蒯因提出的贝克莱大学那个圆方(round square)的穹顶…… 既然有这么多的例子,下结论说非存在对象存在(而且有很多!)应该再自然不过了。
>
> ——帕森斯(Parsons 1980:2)

有四种可能的理由接受一部分或全部迈农主义观点,这里主要关注MO。

首先,迈农主义是实在论的一种形式,所以可能有助于我们理解某些直观信念怎么能为真。我们都相信福尔摩斯是个虚构的侦探。按照某些迈农主义观点,这是严格地且字面地正确的。"福尔摩斯"指称了一个非存在对象,即夏洛克·福尔摩斯,而且这个对象真的具有虚构性(即在故事里被写到,但不是存在或现实的东西)而且还是侦探。我们还相信有些虚构人物比其他虚构人物更有趣。比如,盖尔芒特伯爵夫人比她丈夫——公爵,就要有趣得多。按照一些迈农主义观点看来,这可以是严格而字面地真的。两个非存在对象,其中一个可以真正地具有"比另一个更有趣"这一性质。

其次,(这个理由)或许有些出人意料,即MO只是普通的常识。常识说很多东西都不存在:龙、独角兽、珀加索斯等等。我们也都同意有否定的存在性真理,即表达某些事物不存在的真句子,比如:龙不存在,独角兽不存在,珀加索斯不存在。那个诱人的结论说很多东西不存在,由此可以直接导出 MO。

这一推理思路很具诱惑性,同时它也的确注意到了一些重要的东西。但我们不能毫无保留地接受它,因为龙不存在的信念可以很容易地改写成没有龙或者没有什么东西是龙这样的信念,而这似乎与 MO(有些龙不存在)相矛盾。很明显,如果我们前理论地相信没有什么东西是龙,那么也就没有特殊种类的龙,即非存在的龙。[2]虽然说迈农主义仅仅是常识是错误的,但是这个论证所关注的现象是值得强调的;这在第三个理由中将会详细讨论。

第三个支持非存在对象的理由是基于它对否定的存在性真理(即有些人所谓的"存在之谜")所给出的解决方案。否定存在性真理的问题在于:直觉上有这样一些真句子(龙不存在,珀加索斯不存在),但是这些句子似乎指称了它们声称不存在的东西:龙或珀加索斯。如果我们按照其表面的样子完全接受这种现象,那么龙和珀加索斯就必须被看成非存在对象:它们能被指称,但不存在,而且这正好就是否定存在性真理关于它们所说的内容。

在罗素早期的一本书(《数学原理》,*The Principles of Mathematics*)里,我们能找到这样的观点:

> "A 不存在"(A is not)一定是假的或无意义的。因为,如果 A 什么都不是,那么不能说它存在;而"A 不存在"蕴涵有一个词项 A,它的存在(being)被否定了,所以 A 存在。…… 数、荷马史诗里的神灵、关系、奇美拉、四维空间等都存在(being),但是如果它们不是实体,我们就不能表达关于它们的命题(即使是说它们不存在的命题也不行)。(Russell 1903:449)

这里的罗素是一个迈农主义者,将存在(being)归属给不存在的事物,如荷马神祇和奇美拉。即使是在《数学原理》中,并不能明显看出来他一贯地坚持这一观点;但是可以肯定的是,仅仅在几年之后(见 1905a),他批评了这种观点。当今大多数理论家都支持他的批评。现在大家普遍认为,解决关于复数形式的或一般词项的存在之谜,还有另一种直接的方法。虽然“龙”是“龙不存在”这句话语法上的主语,但是在这里这个词并不是用来指称龙(无论存在或非存在)。相反,当看到这句话可以改写成“没有龙”时,我们能更好地体会“龙”在“龙不存在”中所起的作用。如果我们把存在或非存在看作一种谓述对象的性质,那么似乎一定得有非存在对象来让不存在(或非存在)这一性质得到满足。与其相对立的观点,现如今已经相当常见,说“龙”引入了一种性质,而这个句子说的就是没有任何东西具有“龙”的性质。说没有龙,不是将某种性质归属给龙;相反,它是说没有东西具有“是一条龙”这种性质。

这种替代的常见观点,或“量化的”观点,有时被总结为:“存在”应该被看作量词而非谓词。量词即是,非常粗略地说,说有多少对象具有某种性质的表达式,比如“所有”“有些”和“没有”。说龙存在(虚假地),就是说有些东西是龙,这一论断似乎并不需要指称龙;说龙不存在(真实的),就是说没有任何东西是龙,这个论断也同样不需要指称龙。对“有多少龙存在?”的回答是“没有”。人们通常认为,即使有非存在的事物,也不能由复数或一般形式的存在之谜得到支持,因为量化的观点就是一种很好的解决方案。

相比之下,单数情形(的存在之谜)对于量化的观点来说就困难得多。“珀加索斯不存在”是真的(想象你要让一个不知道自己听说的飞马只不过是神话的人醒悟)。按照量化的观点这或许等价于“没有什么是珀加索斯”。即使这一等价关系成立,也很难让人放弃两句话中“珀加索斯”一定指称某物的观点,甚至就算量化形式(“没有什么东西是珀加索斯”)是真的(结果也一样)。

在哲学史上,量化观点的支持者认为专名(至少在否定存在性真句子中出现的那些)"实际上"是限定描述语(definite descriptions),即形如 the so - and - so(那个如此这般的)的表达式。(这句话里的"实际上"到底由什么确定也很难说。)所以,"珀加索斯"被认为是等价于像"服侍缪斯女神的那匹飞马"。"服侍缪斯女神的那匹飞马不存在"这个句子据说等价于"没有什么东西是唯一的、服侍缪斯女神的飞马";所以,"珀加索斯不存在"说的就是这个意思。"一匹飞马"不像是一个需要指称对象(referent)的表达式,所以不诉诸非存在对象也能解决这个存在之谜。实际上,单称的否定存在性真理,按照这种方案,被还原成了一般的否定存在性真理。

量化方法的这一应用具有争议性,因为它采纳了有争议的专名理论。当然,没有哪个名字拥有一个限定性描述使得它的所有使用者都必须知道,而这会对量化方案中提到的等价性产生疑问。相比之下,迈农主义者对此有一个直截了当的解释:"珀加索斯"指称一个非存在的飞马,说它不存在其实就是说了一件直截了当地为真的事。在讨论的这个阶段,或许迈农主义的方法占据了上风。

然而,还有很多别的不诉诸非存在对象的解释单数的否定存在性真理的方案。我自己倾向于这样的一种:首先,像"珀加索斯"这样的名字没有承担者,无论是存在的或非存在的。一般来说,当一个没有承担者的名字和一个谓词构成句子时,得到一个假的句子,所以"珀加索斯会飞"(在严格的且字面的意义上)是假的。(这和根据神话为真是相容的。)所以,"珀加索斯存在"根据同样的理由也是假的。如果你否定一个假句子,得到的就应该是一个真句子,所以"并非珀加索斯存在"是真的。我们经常将其表达且写成:"珀加索斯不存在。"[3]

在当前语境下,我不能考察其他的替代方案,也不能尝试证明其中哪个是对的。但是,这些替代方案的存在使得迈农主义者严重依赖于存在之谜来论证非存在性对象的做法显得不太明智。

在转到其他话题之前,我们需要回到那个有诱惑性的论证思路，即前面提到的支持非存在对象的第二个理由。毫无疑问这是常识，因为根据常识，比如龙、珀加索斯等很多东西都不存在。让我们假定，我们可以欣然接受某种非迈农主义的方案。这意味着我们可以接受类似下面的论断而不假定有非存在对象：

龙不存在。

珀加索斯不存在。

设想我们想要将此推广一下。很自然地，上面两个句子列举了不存在的事物，即非存在的事物，而且我们还能举出无数的例子；所以，有很多东西都不存在。但是，如果像我们假定的那样，我们不需要非存在对象来说明两个例句的真，那么我们也不能拿它们说明这样的真句子有很多。

像例句那样的真句子不管有多少，如果任何一个都不需要非存在对象，那么它们作为一个整体也不需要。诉诸常识的做法肯定是错误的。常识可以接受个别否定存在性句子为真而不接受非存在对象。由这些假定为不需要非存在对象的特例进一步推广，并不能得到非存在对象。“有很多东西都不存在”就会被反迈农主义者理解成一种不严格的说法，在认真考虑本体论时需要放弃的说法。此时，那只不过是说像两个例句那样的真句子有很多。

没有人会接受从“有 F 存在的例子”到“F 存在”这样的一般性推理。迈农不认为性质的任意组合都会有与其对应的东西。他们会认为，比如说，并不存在此刻在我桌子上的存在的圆的方(existent round square)那种东西，也不可能存在那样的东西。所以，这就有了一个不可能存在的东西的例子，即此刻在我桌子上的存在的圆的方，但是此刻我的桌子上并没有一个存在的圆的方。这就是上述推理(从 F 的例子推出 F)的反例(因而推理无效)。

支持非存在对象的第四个理由是，它们能被用来妥善地处理我们已有的很多信念,特别是那些与“相关性”(aboutness)或意向性(intentionality)有关的信念。心理状态的一个显著特征是它们可以指向或导向对象。身在奥斯汀市,我可以心念伦敦,设想我伦敦的朋友们正在做什么。更让人关注的是,我可以思考不存在的事物,比如龙、珀加索斯。我似乎承认这些思想是关于非存在对象的,所以与我思想相关的非存在对象存在。

上面做出的推理肯定是不正确的。(我们在上一章就看到:不是所有的输出推理都是有效的。)设想我正以如下方式想一条帆船:我想知道帆船是什么,我觉得也许人们可以在帆船上获得乐趣,或者我会想要一条帆船作圣诞节礼物。这些想法里面并没有涉及某条特定的帆船,这些思想与任何帆船都不相关。因而,不能从“我现在想着一条帆船”推出“有一条我正在想的帆船”。所以,我们应该对“我现在想着不存在的东西”到“有一些我正在想着的不存在的东西”的推理保持怀疑。这个结果不能仅根据逻辑得出,它还需要一些其他原则来保证,可能是针对非存在对象的原则。

这个支持 MO 或 MQ 的一步到位的论证,虽然是以无可争辩的事实——人们可以思考不存在的事物——为前提,但仍然不成立。或许可以更循序渐进地构造类似的论证。我们已经看到有各种各样实在论的论证,它们都是基于解释我们认为是正确的某些信念为什么正确的需要。我在这里就会提到这样一些论证,特别是展示明显支持迈农版本的实在论的论证。

“安娜·卡列尼娜比艾玛·包法利更聪明。”这是一个真的关系语句,所以他陈述的是一个关系性事实。一个关系性事实通常由一个关系 R 以及具有 R 关系的两个对象 x、y 共同构成。由于我们这个句子所陈述的关系性事实没有涉及存在对象,所以那两个对象一定是非存在的。

尽管《古典学大辞典》中列出的人物中,有相当一部分是神

话里的人物;但是大部分真的存在过。(Strawson 1967:195)

这句话说得没错,但是正如斯特劳森说的,它的真预设了一个"鱼龙混杂"的对象类,其中有些是存在的,有些是仅仅存在于神话中的因而是非存在的。

"希腊人崇拜宙斯。"这个句子也陈述了一个关系性事实,其中涉及了作为主体的希腊人,和作为客体的宙斯。但是,宙斯不存在。所以,有些东西,至少有一个,不存在。(人们可能还是会对希腊人如何能跟一个非存在对象发生如此亲密的关系感到迷惑不解。)

"有些19世纪小说里面的一些人物展示出来的身体特征比18世纪任何一部小说中的任何一个人物都要丰富。"(van Inwagen 1977:302)[4] 这句话的真要求我们能对虚构人物量化,所以的确有虚构人物这样的对象。由于虚构人物不存在,所以它们是非存在的。

"福尔摩斯很有名。"因为这句话被认为是真的,所以它确实将真正地有名这个性质归属给了一个非存在对象。[5]

不能否认这些论证的确有些很诱人的东西,我会暂且接受它们。(我会在第6章仔细考察它们。)所以,不妨说我们至少有一种接受MO的表面证据。这些例子同样可以支持MN(有些专名指称非存在对象,并且被用来陈述关于那些对象的事实)和MF(虚构人物属于不存在的对象)。

接下来谈论的焦点是仅仅预设了有些东西不存在这一条件的相关问题:不存在的对象什么样?有多少?它们具有什么性质?

## 3.3 迈农主义的内在矛盾?

迈农现在的立场在我看来是清晰而一致的,而且会对哲学产生很多有价值的结果。

——罗素(Russell 1905b:538)

我们已经有理由拒斥迈农的理论了,因为它违反了矛盾律。
——罗素(Russell 1905a:491)

在迈农主义者看来,非存在对象在某种意义上是真实的。没错,它们的确不存在;所以,如果你的实在感(sense of reality)将你限定在存在对象的范围之内,那么,这里用“真实”(real)可能会显得不恰当。迈农主义者不会承认这种支持存在对象的偏见。像夏洛克·福尔摩斯那样的非存在对象也属于我们的现实世界。根据一种可以被称作字面论的迈农主义(literalist Meinongianism)的观点,这些虚构对象真的具有故事中归属给它们的那些性质。这个版本的迈农主义招致了几乎所有形式的字面论(都会面对的)的批评。同时,还存在一种非字面论的版本:[6] 虚构对象是真实的,尽管不存在,但是它们在故事中具有很多它们实际上没有的性质,比如说是侦探。它们的确具有一些性质(比如福尔摩斯具有是虚构人物、被柯南·道尔创造,以及被描绘成一个侦探等等性质),但不是那些故事里面描述的那些。这样一个迈农主义者,和许多其他的理论家一样(包括反实在论者在内),都把包含纯粹虚构名称的典型的虚构语句看作假的,而且并不会因此遇到特别的困难。

无论是字面论的还是非字面论的迈农主义,它们都认为非存在对象是现实的,而不是仅仅可能的对象。它们是,或者被表象为具体的存在:因为福尔摩斯抽烟斗是真的,或至少“福尔摩斯被表象为在抽烟斗”是真的;而另一方面,必须要占据空间才能抽烟,所以福尔摩斯占据一定的空间,或至少他表象为占据空间。而抽象对象则与之相反,则被认为是不占据空间的。[7] 要解释我们为什么不能找到福尔摩斯(无论我们多么彻底地搜查贝克街),以及为什么他不留下任何痕迹,我们都要诉诸他的不存在。非存在对象通常对存在物只有很弱的影响,而且它们可能产生的影响全部都要借助思想作媒介。想到福尔摩斯和他那让人无法忍受的自负时,我就会生气;但这是非存在对象能影响存在对象的唯一方式。

激发迈农主义的最强的想法在于把思想的对象看成典范式的非存在对象。思想对象中囊括了所有纯粹虚构的对象,因为很明显虚构的一定是思想的对象,而且是属于分布在很多不同思想者中的、系统的思想。其他的非存在对象还包括像金山、圆的方等哲学家们的最爱。大部分迈农主义者至少对待某些非存在对象倾向于字面论,他们会认为,比如说,圆的方确实是圆的。我们已经看到,有些迈农主义者可能对待虚构对象时持非字面论,认为福尔摩斯并不真的是一个侦探(虽然故事里是这么写的)。

要妥善处理这一系列的迈农主义观点,(关于非存在对象有什么性质)我们需要:对字面论适用的情形给一种回答,对字面论不适用的情形(如果有的话)需要给出另一种回答。这里有两种建议:

> $M_L$(字面论的迈农主义)如果 S 在想着 F,那么有个东西是 F。
>
> $M_{非L}$(非字面论的迈农主义)如果 S 在想着 F,那么有个东西被表象为 F。

F 可以换成一个单独的词或者一个合适的词组(如,“金山”或“顶上竖着一圈自然形成的 7 个 15 英尺高的金色柱子的山”)。[8] 也许有类似的原则让我们可以用限定描述语 the round square(那个圆的方)或者像“珀加索斯”那样的专名来替代“一个 F”:$M_L$ 蕴涵式就会变成:有个东西是圆的方或珀加索斯;而 $M_{非L}$ 则会是有个东西被表象为圆的方或珀加索斯。一般地,如果一个对象具有 $M_L$ 蕴涵的性质,那么它同时也一定具有 $M_{非L}$ 所蕴涵的性质,但反过来不成立。

传统的迈农主义者是关于圆的方的字面论者(通过一种合适版本的 $M_L$),所以他们承诺存在圆的方,因而也承诺有既圆又方的东西存在。这听起来自相矛盾。迈农主义者可以选择放弃 $M_L$，比如说用 $M_{非L}$ 来替代。但是，说有个东西被表象为既圆又方不会产生任何矛盾。更常见的回应是说在非存在的世界里，矛盾的地位(和在存在物的世界里相比)是大不一样的，这种观点通常还会将 $M_L$ 限制到性质集合的一个真子集。让我们来考察一下迈农主义的这些新进展。

任何圆的东西都不是方的，所以圆的方既是方的又不是方的，这在经典逻辑里面蕴涵了矛盾。[9]迈农主义者会说，圆的东西一定不是方的，只对存在物适用；我们不能假定非存在的事物也是如此，而圆的方本身也应该让我们更加怀疑这一点。

类似的回应只能回避问题。我们的确可以思考一个东西既是圆的又不是圆的。根据 $M_L$，有个东西既是圆的又不是圆的。这不是矛盾吗？严格说来，它并不是 A 且非 A 的形式，而后者才是矛盾的通常定义，即由一个合取支及其否定构成的合取式。迈农主义者可以说，我们能够推出一个矛盾，除非：有个东西存在且它既是圆的又不是圆的。而这正是我们缺少的条件。为了支持这个立场，迈农主义者必须得改变经典的量词规则，但是那样无论如何都是不自然的。虽然在经典逻辑中，“存在一个东西是如此这般的……”(There exists something such that ...)以及“有个(某个)如此这般的……东西”(Something is such that ...)是毫无区别的，都要被形式化成“$\exists x$(...)”；但是在迈农主义的视野下，两者就有着巨大的差别。对迈农主义者来说，“有个(某个)东西不存在”是真的，因为“某物”(something)在存在或非存在的问题上是中立的。理论家没必要做出一个自相矛盾的断言，说存在某个不存在的东西。所以，迈农主义应该把“存在”(there exists)看作“某个东西是如此这般的，它存在而且……”(Something is such that it exists and ...)的缩写：经典的量词被理解成将中立量词限制到所有事物的一个真子集上，即存在物上。我们现在关于 $M_L$ 提出的这个问题所造成的结果无法用经典的量词表达出来。迈农主义者会否认量词的经典规则适用于中立量词;注解 9 里的那个论证无法使用(因为最后一个存在量词消去步骤对中立量词无效),所以最后推不出矛盾。非存在对象很古怪,它们可以在不产生矛盾的前提下证明“有个东西既是圆的又不是圆的”。

这种辩护思路是不能令人满意的,原因有两点。第一,若某物既是圆的又不是圆的,那么根据 MN,我们可以给它取个名字 ρ。那么,我们应该肯定 ρ 是圆的而且 ρ 不是圆的;而这是一个矛盾,它具有“A 且非 A”的形式。

为 $M_L$ 所做的这个辩护之所以不能令人满意的第二个原因在于,$M_L$ 会受到这个理论内部矛盾的影响。罗素就曾指出,我们可以思考一个存在的圆的方。(比如,我们可以这样开始构造一个论证:假设存在一个圆的方……) 由 $M_L$ 可以得到,有个东西存在,并且它既是圆的又是方的。但是,它又承认没有一个存在的对象可以既是圆的又是方的,因而矛盾。给出这个论证的一个缩减版之后,罗素说(1905a:183),我们最后得到的结果是对不矛盾律“不能容忍的违背”。[10]

罗素这个论证是用来攻击迈农的。从这个角度理解的话,这个论证可能会被人批评说忽略了迈农对存在着(existing)和是一个存在物(being an existent)的区分(这一区分在 Smiley 2004:104 – 5,特别是注解 13 中得到非常漂亮的刻画)。迈农承认我们可以把不存在的东西想成是存在的。如果我们知道自己在做什么,那么我们甚至可以没有错误地继续这样思考下去。(比如,像上一段提到的那样,可以以如下的方式开始构造论证:假设有一个存在的圆的方……)这要求迈农否认从“一个存在的圆的方是存在的”(An existent round square is existent),它表明相关的对象具有思想中赋予它们的性质,到“一个存在的圆的方存在”(An existent round square exists)的推理是可靠的。“是一个存在对象”是一种性质,但它不是由

“存在”归属给对象的。

即使一个迈农主义者可以用这种方法反驳罗素的论证，仍然还有其他理由认为 $M_L$ 会导致矛盾。根据格拉汉姆·普利斯特（Graham Priest 2005：83），$M_L$ 能让人证明可以思想的任何事情，所以必须放弃。令 A 是一个任意可思考的命题（A 可以是一个矛盾命题）。我们可以思考一个自我同一并且能使 A 成立的对象。根据 $M_L$，可以得到：有个东西是自我同一的，并且能使 A 成立。所以，A 成立。[11]

对付这个问题的一种方法是将 $M_L$ 所说的性质限制在一定的范围内。某些理论家（如 Parsons 1980）将性质区分为“核心的”（nuclear）和“非核心的”（extranuclear）。核心性质是属于对象本性的那些性质；而非核心性质则与对象的形而上学状况（metaphysical status）以及其他方面有关，包括它是否存在。像 $M_L$ 这样的原则只对核心性质成立：我们可以下结论说有圆的方，因为“是一个圆的方”是一种核心性质；但是我们不能下结论说有存在的圆的方，因为“是存在的”（being existent）是非核心性质。为了阻止 Priest 的论证，我们不得不说“自我同一且能使 A 成立”是非核心性质（至少对于很多 A 来说）。

这个区分可以用来解释“福尔摩斯很有名”这个句子的模糊性。迈农主义者会说“有名”既可以引入核心性质，也可以引入非核心性质。如果是作为核心性质，那么福尔摩斯是没有名气的，因为虚构对象的核心性质就是虚构所归属给它们的那些。而作为非核心性质，那么有名和非存在性一样，福尔摩斯的确拥有它。

核心性质和非核心性质这个区分是出了名的麻烦，而且已经有很多聪明才智都花在让这两者更清晰、在直观上更能接受这件事上了。这里有一个很常见的问题：核心性质背后的直观想法是，核心性质是在思维活动中被归属给对象的性质。但是，在那些虚构人物是否存在依赖作者来赋予的情形这一点尤其明显。（根据《哈姆雷特》,哈姆雷特存在,而贡扎古不存在,因为在《哈姆雷特》里面他也只是一个虚构人物。)但是,存在应该算作非核心性质的典范,否则会导致罗素的矛盾。总的来说,我们完全可以想象某个东西具有任何可理解的一种或一堆性质,所以没有充分的理由让人对思维对象有什么性质加以限制。

对非字面论的迈农主义者来说,这些困难不会出现,因为他们的核心主张是 $M_{非L}$。[12]把某物表象成具有矛盾的性质,这并不是什么矛盾。而且,非字面论的迈农主义缺少一些字面论类型资源。要远离矛盾,似乎需要将非存在对象所具有的性质限制为表象性的性质(representational properties),如"被表象成一个侦探"。这样一来,迈农主义就无法对有疑问的全部情形提供一个直截了当的解释。它无法解释安娜比艾玛更聪明怎么可能是真的(最接近的说法是:就被表象出来的聪明程度来看,安娜比艾玛更聪明)。对"福尔摩斯很有名"的错误理解之所以错误,是因为其理由不对(我们假设有名不是一种表象性的性质,第 6 章会对这个假设提出质疑)。它也不能轻易地解释,比如柯南·道尔创造了福尔摩斯,因为"被柯南·道尔创造"似乎不是一种表象性的性质。[13]

最后这一点提出了一个更具一般性的问题:迈农主义(无论哪种版本)要如何处理作者的创造性?下一节将讨论这个问题。

## 3.4 创造性和非存在对象

夏洛克·福尔摩斯 = 柯南道尔的小说里正好具有人们所认为的那些核心性质的对象

——帕森斯(Parsons 1980:54)

狄更斯创造甘普夫人的方式更像是在此在(Sosein)的领域中将她发现,这种观点使得小说家的创造力很像插花师的

“创造力”。

——范·因瓦根(van Inwagen 1977:308)

任何版本的迈农主义都要面临为创造过程给一个实在论解释这个问题。直观上来说,虚构的作者创造了人物,他们使得虚构人物存在。但是,迈农主义者没法这么说,因为迈农主义观点认为虚构人物不存在,因而也没有被作者创造出来。另外,作者通常是在时间中慢慢发展他的人物的。换句话说,作者通常先引入一个人物,然后再慢慢给那个人物赋予各种性质。我们会看到很多版本的迈农主义都要求我们放弃这种说法。

作为最直接的一种尝试,迈农主义者也许会说,尽管他不能把虚构人物的创造当作使其存在的过程,但是可以将创造理解成让虚构人物成为非存在的过程。柯南·道尔对福尔摩斯所做的就是让他成为非存在的。然而,迈农主义者一般都接受由“x 不存在”到“x 是非存在的”的推理,所以假定他们接受一个时间相对(time - relative)版本的迈农主义,那么他们就会接受:“福尔摩斯 1780 年时不存在”,所以“福尔摩斯 1780 年时是非存在的”。这样一来,福尔摩斯在柯南·道尔出生之前就是非存在的,那也就意味着柯南·道尔不可能使其成为非存在的;他已经赶不上了。

更有希望的想法是这样的:非存在对象在时间上没有起点,但是在某个时间点上它们的 Sosein 会得到丰富。

创造过程是这样的:它不像变戏法一样无中生有,而是给一个本来只有最小 Sosein——无论是那些现在时的(present - tense)性质(非存在以及其他的现在时的否定性质)——的对象增加性质。这种想法的问题在于,作者如何给正确的对象增加性质是不清楚的,我称之为选择难题。或许,根据迈农主义的观点,在柯南·道尔写福尔摩斯系列小说之前,福尔摩斯被赋予住贝克街这一性质就是真的,或者更直接的,他住在贝克街就已经是真的。[14]但是,这对于同样非存在的安娜·卡列尼娜,或者对于一个非常像福尔摩斯的、唯一区别是他住在丹佛街的非存在对象就不是真的。柯南·道尔得确保他是赋予福尔摩斯(而不是安娜或者那个抽烟斗的丹佛街居民)住在贝克街的性质,他如何能做到这一点是非常神秘的。

这个问题可以在具体讨论哪些非存在对象存在以及它们具有什么样的生活史的理论中得到充分的处理。ML 原则的作用是确保有足够的非存在对象来给所有的思想提供对象。它并不能回答,比如说,在一个场景下想到 F 而在另一个场景下想到 G 时,我们思考的是否是同一个对象。直觉上,如果要为编故事给一个实在论解释的话,我们可能就需要给出肯定的答案。讲故事的过程,对于读者和作者双方来说,都是一个不断递增的过程。在《血字的研究》中,福尔摩斯起先是作为"一个在医院的化学实验室工作的人"介绍给我们的,他需要有人跟他一起分担房租。随着情节的推进,更多细节被逐渐补充进来;显然,这些细节属于我们刚才已经"见到"的那个虚构人物。同样,这个创造过程的自然解释是:柯南·道尔先是想出他的这个人物,然后给他润色、加上冒险经历和他的过去等等作为这个人物的特征;那个人物在创造过程的初期就已经被确定了。迈农主义者必须对这个动态过程说点什么。

根据一种经典的迈农主义观点,对象或者至少非存在的对象,可以通过核心性质的集合被个体化。(必须限定为核心性质,因为我们不希望像存在这样的性质进入个体化性质集里。)一种极端的可能解释是,福尔摩斯由所有那些已经被归属给他或可能会归属给他的那些核心性质所组成的集合所个体化。[15]这意味着,他的个体化在某种意义上是不完全的,因为谁能知道将来还会出多少有他出现的小说?或者,有多少哲学家或其他的人会在理论工作的过程中给福尔摩斯赋予性质?根据一种不那么极端的解释,我们可以把福尔摩斯看成是由柯南·道尔的小说归属给他的那些核心性质所个体化的。帕森斯在本节开头的引文里提出了这种解释,而且扎尔塔似乎也受此启发：

> 讲故事的行为是一种广义的命名行为，它是一种更接近定义而非断言的言语行为。…… 所以，在讲故事的情形中，要问作者在故事讲完之前使用人物的名字时他是否指称，是不合法的提问。（Zalta 2003：8）

无论我们采纳更激进还是更温和的观点，如何处理讲故事是一个双重的动态过程这一事实仍然不是轻而易举的。一方面，叙述行为是在时间中展开的。故事讲到后面，人物被赋予的性质会比故事开端时被赋予的性质多。另一方面，故事中的人物也会发生变化，他的处境和行为会随着情节的推进而出现变化。第一点似乎对迈农主义者来说特别棘手。如果完全接受它，那就表明：在某个既定的时刻，我们既不能把一个对象想成他在那个时刻被赋予的那堆性质，也不能想成这样的一堆性质——在某个时刻他被赋予的一些性质；随着时间的推移，同一个人物又会被赋予的不同性质。这一点就阻断了解释思想者心里想的是某个确定的对象而非其他对象的一条路。而另一条路就是诉诸因果关系，对于存在的具体对象来说这是最自然的。但非存在对象按理说与存在的对象在因果上是相互隔绝的，所以因果关系也不会有助于解释非存在对象如何能为我们所思考。

基于性质的观点同时还会产生模态问题。（能）将一个个体对象个体化的性质对于那个对象来说是本质性的：个体化性质不同，对象就不同。关于福尔摩斯是否要同莫里亚蒂一起掉下莱辛巴赫瀑布，柯南·道尔曾改过主意。如果掉下瀑布这个性质个体化了福尔摩斯，那么柯南·道尔所说的没有掉下瀑布的那个人就不是福尔摩斯。但这就与我们的信念有很大的出入。

扎尔塔虽然非常同情我们正讨论的（这种）迈农主义，但是也认为它会产生一些后果，而那些后果在我看来会对迈农主义带来致命的打击。[16]

> 夏洛克·福尔摩斯这个人物拥有那么多的性质，我们甚至都不能说道尔心里是否有这样一个完整的人物。(Zalta 2003:9)

当然，柯南·道尔很早就知道福尔摩斯是谁了，我们读者也一样。(所以，矛盾出现，归谬成立。)但是，这个荒谬的结果没法得出：扎尔塔从形而上学(一个虚构人物由他的全部性质所个体化)到认识论(只有当我们知道一个对象的全部个体化性质时，我们心里才能有或思想那个对象)的推理不可靠。这并不是坏事，因为很明显：只要能够有意识地指称某物(一位朋友、一座城市)，我们就可以思想它，即使对它的性质没有全部了解或者了解得很少。

"个体化"的如下两种用法掩盖了扎尔塔的推理不可靠：一种是纯形而上学的个体化，某物的个体化 M 性质就是使一个对象成其为其所是的那些性质；另一种是认识论的，将某物个体化 E 就是把它想成它所是的那个个体，在思想中将它凸显出来。单个的动物由其发源而来的配子(精子和卵子)个体化 M，这种说法很合理；但是，说我们只有知道一个动物是从哪对精子和卵子发源而来才能个体化 E 它(即把它挑出来)，这是很荒谬的。所以，我们可以坚持扎尔塔立场中的形而上学那一面——虚构对象由它们的性质个体化 M，而不必接受那个荒谬的结论——我们只有知道对象的全部性质才能将其个体化。[17]

即便如此，我们仍然很难接受这样的观点，即虚构人物由相关的故事赋予它的全部性质所个体化 M。困难包括两个方面：第一，这个观点使得虚构人物"在模态上很脆弱"；第二，它又让我们回到了选择难题：在创造过程的开端，作者如何能选出那个正确的对象？

柯南·道尔当然可以把福尔摩斯写得和我们在书上看到的有

些许不同。如果福尔摩斯是通过事实上他（在书里）被赋予的那些性质所个体化M的话，那么因为被赋予不同的性质而产生不同的个体就是不可能的。这似乎决定性地反驳了虚构人物是通过创造者赋予他的性质所个体化的观点。

无论如何，选择难题仍没有解决：柯南·道尔怎么能把福尔摩斯，而不是其他的非存在（或者存在的）对象挑出来思考？虽然我们已经允许了一个人可以在不知道某个对象的个体化M性质的情况下仍能够个体化E它；但是，早在写《血字的研究》时，柯南·道尔还从没想过莫里亚蒂这个人物，说他当时就能想出这样一个（柯南·道尔自己都不知情的情况下）未来会与莫里亚蒂斗法的对象，这也太过神奇了。一种自然的处理是在个体化M性质中划出一个初步的真子集，让柯南·道尔可以在写作初期用作个体化E性质。那么，哪些性质应该包括在这个初步的真子集当中呢？或许是那些最早提到的性质。这样，对于《血字的研究》，就能得到这样一个清单：

1. 今天第一个对斯坦福（Stamford，华生的一位老熟人）说要“找住处”的人。

2. 在化学实验室工作。

3. 为没能找到合租的人而在不停地抱怨。

4. 叫夏洛克·福尔摩斯，而华生还不知道。（这个名字最先是由斯坦福口中说出：“你还不认识夏洛克·福尔摩斯呢。”）

5. 精通解剖学。（或者，据斯坦福说他精通解剖学。）

对于这些初步性质可以提一个结构性的问题，即它们能不能与其他的虚构实体发生关系？除了（5）以外，上面列出的性质都是关系性（relational）的：（1）提到了斯坦福，（2）提及化学实验室（据我所知，应该是虚构的），（3）提到了福尔摩斯，尽管是所有格形式

(“他的住所”),而(4)提到了华生。但是,要求迈农主义者刻画何为“纯粹的”个体化E行为(不依赖于已经个体化E的其他虚构人物或对象的),似乎也不无道理。除非真的有这种纯粹的个体化E,不然很难看出怎么可能有不纯粹的个体化E。

实际上,我们相当清楚(虽然是比较粗略地)在编故事的时候到底发生了什么。柯南·道尔只需要暗想道:“我想写罪案题材,但不是从警察的角度来写。我要写一个私家侦探作主人公,他喜爱法医学而且……” 从直觉上讲,这应该已经足够了(补上省略的部分之后)。假设柯南·道尔在当时(1886年)真的是这么想的,那么他就已经(毫不费力地)想到了福尔摩斯,他就开始了福尔摩斯这个人物的创造过程。现在的问题不在于这是如何可能的,而在于一个迈农主义者怎样解释这是可能的。对于非实在论者而言,柯南·道尔与一个对象(福尔摩斯)无论处于什么关系都不会产生问题。他们只需要解释故事是怎么写出来的。而对于任何一个实在论者来说,他必须把故事写作表象成与真实对象正处于或将会处于某种关系。

让我们勾勒一种非迈农主义的观点。有两个问题要强调:第一,我们可以毫不费力地理解新的单称表达式;第二,即选择难题,这种理解是怎样以及在什么条件下将我们与对象联系起来的。

在写实的和虚构的叙事当中有一个非常值得注意的现象:我们可以非限定性的(indefinite)谈论直接跳到限定的(definite)谈论,比如“昨晚我遇到一个很有意思的人。他是个律师”。第一个句子中只有对一个人的非限定性说明。而第二个句子则假定了我们已经可以转向一种限定的说明。[18]这怎么解释?就(听者或我们)理解这两句话来说,我认为一个非限定名词短语的这种用法是用来引入一个个体概念的。要理解第一个句子,就要用那个引入的概念来整合如下信息:被昨晚跟我对话的人见到以及很有意思。然后,这个概念就能用来理解第二个句子,第二个句子要求它能整合更多的信息:是一个律师。无论是否有对象,那两句话总是可以理解的。比如说,那个说话者本可能一个人度过整晚,没遇到任何人。如果只考虑(听者对那两句话的)理解,选择难题不会出现。[19]

选择难题的出现并不依赖于(听者的)理解。假设那个说话的人实际上整晚一个人待着,只是编造了他见到律师这件事。那么,听话者和说话者双方"心目当中"实际上都没有那样一个对象。现在假定说话者说的是真话,他见到的那位律师叫亚历克斯。这时,我们可以合情合理地问道:听话者心里面真的有亚历克斯吗?或者,听话者是否成功个体化 M 了亚历克斯?问题或许有点含混,但是有一种说得通的回答:是的,因为从亚历克斯开始有一条因果链,通过说话者的语词传到了听话者,知识可以在这种因果链上传递。这个回答无需细究,一个关于虚构对象的反实在论者会认为,对于虚构情形这一现象根本不会产生:因为根本没有那样一些对象,也就没有人能想到它们。听话者顶多能理解那个虚构的故事,而不会跟什么对象扯上关系。选择难题是虚构的实在论理论才会遇到的问题,但是那些理论往往无法诉诸因果性来解决。对于实在论者,即使解释完了虚构故事是如何被理解的,还有进一步的问题要问:思考者心里到底有没有非存在对象?如果有,是哪些?非存在对象由于没有因果力,也就不能像现实的、存在的、具体对象一样诉诸因果性来回答这个问题。

作者要"创造一个人物",最起码必须得"心目当中有那个人物"。非实在论者只需要将这件事解释成为作者的心里有这样一个可以理解的思想,它使用了恰当的个体概念而没有指称对象。而实在论者就必须对"心目当中有一个人物"作比较强的解读:思想将我们与大量的非存在对象(非具体对象或非抽象对象)中的一个联系起来。我承认,我实在看不出来迈农主义者如何能合理地说明:作者或读者的思想是怎样与特定的某一个(而非另外一个)非存在对象联系起来的。这对于虚构对象的迈农主义理论来说是一个打击。

## 3.5 非存在对象的其他问题

对于一般的实在论,特别是对于字面论的迈农主义观点,有一点是非常有利的:我们一般被假定为倾向于相信福尔摩斯曾经住在伦敦。在对待这个假定的信念时,字面论的迈农主义者相较于其他实在论者更有利。对他们来说,某个实际对象,福尔摩斯,曾具有住在伦敦这个性质。相反,非现实论的观点(下一章将详细介绍)仅仅认为有一个非现实的对象住在伦敦,这很难与作为一种纯粹可能性的某个对象住在伦敦相区分;但那个信念似乎还有更多的内容。如果福尔摩斯只是一个抽象,那么他就不能真的住在伦敦,这就需要一个更加复杂、精致的解释。而迈农主义者则貌似可以欣然采纳字面论的观点。

我在前面已经说过,我们不应该太在意我们会倾向于相信福尔摩斯住在伦敦,或者"福尔摩斯住在伦敦"这个句子是绝对真的(见第2章)。但是,这里暂且将此放到一边去,先承认迈农主义可以为那些假定的信念或事实提供非常直接的解释,这对于迈农主义是有利的。各种迈农主义观点都断定"伦敦曾经住着福尔摩斯"是(绝对地)真的;但是,其后果恐怕不是那么容易承受的。如果伦敦真的曾经有福尔摩斯住过,那么为什么他住在这里竟然没留下一点痕迹?人口普查时他怎么没出现?还有选民花名册呢?如此等等。回答说那是因为福尔摩斯不存在,那看起来又像是回到我们开始的地方:如果他不存在,他就没有(真正地)抽烟斗,或者住在伦敦,或者……在第2章中我们就已经看到,迈农主义最好还是不要太看重那些认为通常的虚构性论断(比如,福尔摩斯住在伦敦)为真的直觉。所以,最好还是发掘一下非字面论的迈农主义。

虚构之中的虚构(如,戏中戏)对迈农主义者提出了一个结构性的难题。虚构可以以任意的深度嵌套。在《哈姆雷特》中,哈姆雷特是真人而贡扎古是虚构的。或者,比较一下麦克白腰间的匕首和他幻觉中的匕首:前者根据故事来说是真的,而后者则不是。直觉上讲,我们需要三种区分或三个层次:现实(没有哈姆雷特,也没有麦克白),第一层虚构(有哈姆雷特却没有贡扎古,有腰带上的匕首而没有幻觉中的匕首),以及第二层虚构(贡扎古,幻觉中的匕首)。迈农主义者区分了存在对象和非存在对象,但这只是二元区分,无法用来处理刚才提到的三重区分。哈姆雷特和贡扎古,腰间的匕首和幻觉出的匕首,都是非存在的;这样的迈农主义理论言尽于此了。[20]

毫无疑问,这里还可以加上循环(epicycles)。[21]但最直接的办法还是干脆绕开迈农主义的本体论。现实情况是这样的:既不存在哈姆雷特,也不存在贡扎古。根据《哈姆雷特》,世界是这样的:哈姆雷特存在,而贡扎古不存在。根据(《哈姆雷特》戏中的)那一出意在拷问国王良知的戏剧:贡扎古存在。这样的算子叠加可以无穷无尽进行下去:根据虚构-1存在虚构-2,并且根据虚构-2,还有虚构-3,等等。这里的解释诉诸的是在不同的虚构算子之下的所说的不同事物,而不是诉诸不同种类的对象。

还有一种不存在的情况(failure of existence)迈农主义理论没法区分出来的。艾米·托马森(Amie Thomasson)指出,在简·奥斯汀的小说里,艾玛·伍德豪斯没有"烦人的弟弟"(2003:205)。艾玛是个虚构人物,她的妹妹伊莎贝拉也是。但是她并没有一个虚构的兄弟。迈农主义者最直接的反应就是把那个弟弟处理成非存在对象。怎样将他与伊莎贝拉相区别呢?他们都是非存在的。最明显的答案应该是区别哪些根据小说是真的,哪些不是:根据小说,艾玛有姐妹但是没有兄弟。[22]这个区分不仅不需要非存在的概念,引入非存在反而会掩盖这个区分。

意向性有一个众所周知的性质,它可以是非特定的形式。前面我们就已经提到过,我可以想要一条小船,即使并没有哪艘特定的小船是我想要的：我只是想“脱离没有小船的状态”（Quine 1956：177）。即使小船不存在，我也可以想要一艘小船；就算没有不老泉这种东西，我也可以去寻找；就算世界上没有珀加索斯，我也可以思想珀加索斯。我们期望迈农主义可以解释最后一种情形：思考珀加索斯就是思考一个非存在的东西。同样，庞塞·德莱昂（Ponce de León）寻找不老泉也可以说成是在寻找一个不存在的东西。但是，迈农主义能否用来解释没有特定对象的欲望（以及其他命题态度）？表面看来，非存在对象根本掺和不进来，因为即使在有很多艘船存在并且我熟知其中的很多艘时，我们仍然可以以不特定的方式想要一艘帆船。就算没有我想要的船，我还是想要拥有一艘船。要解释这是如何可能的，完全不需要诉诸非存在对象。

我唯一知道的迈农主义者可以给出一个不错的解释、必须要涉及非存在对象的情形就是，存在着很多不特定的帆船。不同于特定的帆船（比如说，我拥有的那艘），不特定的帆船不存在。这个想法就是我那个不特定的欲望指向某艘不特定的帆船。[23]但是，这不能给出正确的回答。要说明我欲望的到底是什么东西，就必须确定哪个东西能够满足我的欲望。但是，只有实际存在的帆船才能满足我的欲望，而所有存在的帆船都是特定的。

非特定性（unspecificity）还会以另一种方式出现，给所有（关于虚构的）实在论者带来难题。实在论者很自然地倾向于接受某种形式的导出原则（exportation principle）。由于实在论者认为虚构对象属于我们的现实世界，所以它们很可能接受：如果有个关于……的虚构或故事，那么就存在那样一个或一些事物。前面我们已经看到，从“《安娜·卡列尼娜》提到了列文”推出“列文是《安娜·卡列尼娜》所提及的一个人物”对实在论者来说是很自然的。虚构中的非特定性与任何一个这样的原则都是格格不入的。路易斯指出，根据《皮纳福号军舰》，约瑟夫·波特爵士有一个由姐妹、表亲和七大姑八大姨组成的亲友团陪着他。按直觉来说，这些姐妹、表亲或阿姨,没有一个是虚构人物,因为任何一个故事里都没有被特指出来。根据朴素的导出原则,迈农主义者就能推出:有一些姐妹、表亲和七大姑八大姨出现在《皮纳福号军舰》中。但是,直觉又告诉我们这些人不存在,因为她们没有一个是虚构的人物。难道迈农主义者只好说,非存在的姐妹们存在,而非存在的某一个姐妹不存在?希望不要这样。

帕森斯(Parsons 1980:56,181,191)讨论了两个类似的问题。有的小说会写到一大群人。但是,这群人中到底有哪些人却从未被特别指出。迈农主义者可能会轻松地从这样一群人推出:有一个人群被这个故事写到了。但是,他可能不乐意说有这群人中到底哪一个出现在故事里。所以我们就有了一个没有(具体)非存在成员的非存在人群。帕森斯的第二个例子是关于下了福尔摩斯吃的那个鸡蛋的那只母鸡的。根据故事情节,这样一只母鸡是存在的,但是它并不是故事里的人物。所以,同样地,导出推理不成立:故事说有这样一只特定的母鸡,但是故事中却没有出现一只特定的母鸡,甚至是非存在的母鸡也没有。

帕森斯(非常粗略地)说:只要导出推理在直觉上看起来是没错的,我们就有了一个虚构人物。而且他就是接受:可能存在没有成员的非存在人群以及没有单独的非存在姐妹的非存在姐妹们。这样,他就彻底推翻了我们的讨论,他粉碎了我在两个自然段之前曾表达的一个希望。但就算他的立场严格来说是融贯的,那也是非常不符合直觉的。

## 3.6 回顾迈农主义观点

很多人会出于“本体论奢侈”的原因就不假思索地拒斥迈农主义。但是,这样的批评是否得到辩护尚不清楚。关于何物存在,迈农主义者与所有理论家都意见一致;而为什么关于何物不存在上的

“奢侈”应当遭到批评则是不清楚的：如果我认为不存在的东西比你所认为的要多，那么看不出为什么是我更奢侈。要是你觉得我错了，难道你会认为（我认为不存在的）那些东西存在？显然不会，这说明这个问题的水很深。

另外一些人则一声不吭地接受迈农主义，认为很多东西不存在这样一个常识就足以证明迈农主义。我们已经看到，这种想法没有考虑到常识还承认世界上不存在龙或独角兽，以及那些可能被用作不存在事物的例子的东西。常识观点的解答确实是必要的，但是并不是通过很简单的观察就能得到。

接受或者拒斥迈农主义都不是一蹴而就的事情。我们在这一章看到，虽然迈农主义立场没有解决全部的意向性问题，而且在作者的创造性问题上还面临着困难，但是对于一些直觉上肯定为真的句子，它能解释它们为什么为真。我们已经指出来还剩下的主要问题有：要为 $M_L$ 找一个前后融贯的替代，或许需要诉诸核心性质和非核心性质的区分；要找到解决选择难题的办法；要恰当处理虚构的不同层次；要将非存在对象整合进意向性问题（包括可能出现的非特定情形）的完整理论中。与其他替代理论的比较很可能会影响到我们对于迈农主义的看法。在接下来关于实在论的两章（第 4、第 5 章）以及关于非实在论的第 6 章中，我们将会探讨一些替代理论。

## 拓展阅读

通常被划定为迈农主义的经典作品，有 Parsons （1980）和 Zalta（1988）。两位作者都对重建所谓的作为（存在的）性质的（存在的）集合的非存在对象这个方案抱有同情；因此我将他们划定为抽象论者，但是我不会以“抽象论”为主题讨论他们的观点。关于他们的计划可能面临的问题，他们有很多有趣的事情要说。Priest （2005）是一个坚定的迈农主义的文本，写得大胆而不失精致。通常被引用的迈农本人的观点见于他的《论假设》(*On Assumptions*, Meinong 1910)。一个经典的攻击见 Quine (1948),虽然并没有明确区分出是对非存在对象还是非现实对象的攻击。(非现实对象存在,尽管不是现实的。)一些好的综述,见 Jacquette (1996) 和 Perszyk (1993)。Miller (2002)是一个关于“存在之谜”的很好的综述。

# 4

# 世界与真:虚构世界、可能世界、不可能世界

> 怀曼认为,珀加索斯是作为一个未现实化的可能对象而存在的。
>
> ——蒯因(Quine 1948:22)

我们可以轻松地谈论虚构世界,想象其中住满了故事里的人物。在一个虚构的世界里,故事里的事情完全和书中写的一样发生着;故事的人物也都生活着,行动着,存在着。哲学家用可能世界的概念来解释模态性,特别是解释模态逻辑。哲学家的这个概念能否有效地用来解释与虚构世界、虚构人物相关的直观概念?对此,本章将讨论两种理由来支持肯定的回答。第一个理由是这样的想法:虚构的人物和地点不是现实的,而是仅仅可能的事物,属于非现实的可能世界(像模态逻辑中所理解的);像这种关于虚构对象的实在论观点,我称之为"非现实论"。另一个诉诸非现实世界和对象的理由是,我们可以把虚构算子,比如"根据《三个火枪手》……"当作对可能世界做量化的量词,大概可以理解成"在每一个情形都与《三个火枪手》里所说的一样的所有可能世界里……"我们的第一个任务就是要简要地概括一下模态逻辑学家是怎么处理可能世界的(熟悉这种进路的读者可以忽略)。然后,我会考虑这种可能世界怎么

能说明虚构中的真或事实,来表明这种可能世界没有也不能给出很多理论家所追求的那种还原。剩下的部分,我将讨论非现实论怎样才能通过修改来克服一些困难,其中特别会讨论一种非现实论观点,它认为一部分乃至所有虚构对象都是不可能对象,属于不可能世界或矛盾世界。

## 4.1 模态逻辑中的可能世界

凡是可能,必定存在。

——莱布尼茨(Leibniz 1686)

早在莱布尼茨时代,哲学家们就认为:说一个事实在所有可能世界成立,有助于解释什么叫做一个事实是必然的。当克里普克借它为模态逻辑给出了模型论的语义学之时,这个非形式的想法在1963年也就获得了一定的技术精确性。这里的核心想法就是,把绝对的真(或假)概念用相对的真(或假)代替,所谓相对的真就是在(或相对于)某个可能世界的真。相对于现实世界,"奥斯汀是德克萨斯州的首府"是真的;但是,有这样一个可能世界(山姆·休斯顿[Sam Houston]走上了邪路),其中这句话是假的,而德州首府是休斯顿。有些命题,像数学真理,在任何世界都是真的,因而是必然真的;而它们的否定在任何世界都不是真的,因而是必然假的。

逻辑学家对这样的问题感到疑惑:必然的事物就必然是必然的吗?或者,必然真理的范围能否和实际的不一样?这样的提法,很难看出人们如何能开始谈论这样的问题。克里普克证明,如果借助可能世界以及它们之间的相对可能性("可通达性")关系来理解必然性,我们至少可以换一种提问题的方式,尽管没有明确地回答它们。

对于模态逻辑,我们至少可以先对可能世界作出如下的假设:

1. 我们可以有意义地谈论包含全部可能世界的集合。

2. 我们的世界是其中之一。

3. 一个句子相对于一个世界为真或为假的说法是有意义的。

4. 至少有些可能世界组成的对之间有相对可能性的关系,或"可通达关系"。

5. 世界是完整的:对任意句子 p 和世界 w,如果 p 在 w 中不是真的,那么¬ p 在 w 中就是真的。("¬ p"即"非 p")

6. 世界是一致的:对任意句子 p 和世界 w,如果 p 在 w 中是真的,那么¬ p 在 w 中就不是真的。

举一个相对可能性的例子:假设现在还没到中午,我还能赶上下午 1 点的航班,但是要半个小时之内赶上就不可能了。

赶上航班是相对于目前情况(还没到中午)的可能情形,但不是相对于半个小时之内情况将会如何的可能情形。一个定义条件是这样的:$w_2$ 相对于 $w_1$ 是可能的,仅当所有相对于 $w_2$ 为真的相对于 $w_1$ 是可能的。直觉上,所有世界相对于它自身都是可能的(因为所有真的都是可能的),所以相对可能关系是自反的。[1]

要定义常见的逻辑常项(命题连结词),就必须把非模态定义中的"真"换成"相对于一个可能世界为真":

对所有可能世界 w,¬ p 在 w 上为真,当且仅当 p 在 w 上不为真

对所有可能世界 w,p & q 在 w 上为真,当且仅当 p、q 在 w 上都为真(& 即合取)

对其他常见的常项也是类似。相对可能性的概念用在定义"必然 p"(即"□p"):

对所有世界w,p在w上为真,当且仅当在所有w可通达的世界w′上p为真。

回到那个非形式的问题:必然的(事物)必然是必然的吗?

我们可以将其表达成下面这个公式是否有效的问题:

□p →□□p (“→”表示蕴涵)

如果可通达关系具有传递性,那么答案就是肯定的。[2] 这并没有给出一个不加条件限制的答案,但是指出了寻得答案的途径。比如,设想可通达关系被理解成相似性。相似关系不是可传递的(很可能A和B、B和C很相似,而A和C并不相似);这样,我们就不能指望可通达性是可传递的。可能世界的解释为许多模态逻辑问题提供了新的解决方法。

可能世界要成为可能的就必须要有一致性,因为通常认为矛盾的事物是不可能的。如果一个世界是不可能的,那么一个命题在其中为真也不足以使其为可能的。

用于模态语义学时,可能世界的完全性并不是一个绝对的要求,但是通常模态逻辑中都默认可能世界有完全性。[3] 下面我们会看到,完全性对于将虚构“世界”等同于标准的可能世界是一个难以逾越的障碍,因为虚构世界明显不是完全的。故事没有告诉我们福尔摩斯的头发是向左偏分、向右偏分,还是中分,所以“福尔摩斯的头发向右偏分”或者它的否定在福尔摩斯系列故事的“世界”里都不是真的。

如果非现实的虚构人物要成为真实的,那么他们所在的世界也一定得是真实的。认为可能世界是真实的观点一般被称为“模态实在论”,起源于大卫·路易斯的著作(特别是1986)。(下一节将更加详细地解释这一观点。而关于可能世界的虚构主义将会在第8章讨论。)对于模态逻辑来说,可能世界的形而上学毫无意义:可能世界主要起的是结构上的作用,就像真值在标准命题逻辑中的作用一样。

命题逻辑的经典语义学通过指派真值的方式来解释命题符号(p、q),而更复杂的公式则借助真值函数来解释(比如说,“A & B”为真,当且仅当 A、B 都为真)。语义学的主要目的是要定义诸如重言式那样的概念:一个公式是重言式,当且仅当对于所有的真值指派它都是真的。如果真值的作用仅限于此,那么我们没必要太担心真值的形而上学。任意的简单对象都能胜任这个任务:数字 1 和 0,或者我脚上穿的这两只鞋。这里真正起作用的是结构。设想我们承认有很多数存在。那么我们就可以用这些数来扮演可能世界的角色。比如说,可以把“在所有世界上为真”解释成在“在所有的数上为真”,而标准的递归定义可以解释一个句子“在一个数上”为真是什么意思。关于有效性的常见问题都可以在这个新框架上重新提出,而答案和诉诸可能世界的答案具有同样的价值。所以,结论就是模态逻辑根本不需要关心可能世界的形而上学本性。[4]

如果可能世界对模态语义学的作用就是这样的,那么模态逻辑学家也就没有特别的理由支持这个意义上的模态实在论。他们可以把可能世界看成是现实的抽象物(这是 Lewis [1986] 称为 ersatzism 的观点),它们为模态语义学提供了它所需的那种结构,而不需要把可能世界当作真实但不现实的东西。可能世界可以就是数;也可以是句子的极大一致集,此时,一个句子在一个世界上为真其实就是属于那个极大一致集。但是,这些关于可能世界的替代方案不会把实在的虚构人物处理成可能而不现实的对象。非现实论将虚构人物视为真实而非现实的可能世界中真实而非现实的居民。关于可能世界的实在论是非现实论的一个关键部分,它并不是模态语义学所需要的。

## 4.2 关于可能世界(及其居民)的实在论

例如,门口那个可能的胖子,还有门口那个可能的秃头。

他们是同一个可能的人，还是两个不同的可能的人？我们如何判断？门口到底有多少可能的人？

——蒯因（Quine 1948:23）

门口有多少可能的人？……至少有可数无穷多个。

——帕森斯（Parsons 1980:28 - 9）

“门口有多少（仅仅）可能的胖子？”这个问题的答案是：零个。…… 一个仅仅可能的事物不能与一个现实的事物发生纯物理性的关系。

——劳特利（Routley 1980:417）

门口有多少个可能的人？一个也没有。在门口是一种具有蕴涵了存在意义的性质。所以，没有一个非实存的对象能有那种性质。

——普利斯特（Priest 2005:114）

可能世界是什么？我们现在是从实在论的角度问，即假设了可能世界是真实的。

只有这样理解可能世界，我们才能得出虚构人物是真实的（虽然不是现实的）。实在论的回答首先是指出我们的现实世界具有特殊地位。虽然关于现实世界的形而上学观点各不相同，但一般都承认：现实世界有物质、人、思想等等。现在，设想一个与现实世界只在某些细小的地方有所不同的可能世界：当我实际上输入前面这个句子时，忘了“地方”这个词，我得重新退回去插入它，但是在一个相似的可能世界里我一开始就打了这个词。如果这个可能世界跟现实世界是那么接近的话，那么它其中也一定有物质、人、思想吧？

对此，大卫·路易斯的回答是“是的”。他是“模态实在论”的领军人物:他认为可能世界是真实的世界,真实的可能情形在可能世界被现实化了,而且很多可能世界跟我们现实世界非常像,只不过我们不把他们当成是现实的。对路易斯来说,真实与现实之间有很重要的差别。真实性涵盖的范围非常广泛,包括了所有的可能性和可能世界。现实性则是一个狭窄得多的概念。现实通常就是指我们所处的这个世界。其他可能世界的居民会认为他们的世界是现实的,他们的想法并没有错。所以,现实性是相对的。

路易斯曾这样论证:

> 我相信事物本来可以有无数种变化;经过转述之后的信念,我仍然相信;如果按照那些转述的字面意思来理解,那么我相信存在着可以被称为"事物本来可能存在的方式"。我倾向于称其为"可能世界"。
>
> ——路易斯(Lewis 1973:84)[5]

如果虚构世界是真实却非现实的可能世界,那么它们的居民中就会有相关故事里的虚构人物;他们也是真实而非现实的。哈姆雷特的世界就会有那位丹麦王子、奥菲丽娅、杀手以及剧中写的独白。尽管实在的虚构人物是真实的,但是他们的非现实性解释了为什么我们在现实世界无论如何也找不到他们,以及为什么即使找到再多的虚构人物也不会对实际的全球变暖产生任何作用。关于虚构的这种实在论与迈农主义和抽象论都不同,因为后两者都认为虚构人物是现实的(尽管一个认为他们不存在,而另一个认为他们是完全抽象的)。

Quine 提出的理由(参考本节开头的引文及其他文献)能否轻易地拒斥(关于虚构的)非现实论观点? Quine 论证说仅仅可能的对象没有同一性标准,而我们不能对门口到底有多少个可能的人这个问题提出合理的回答正好说明了这一点。其他的引文则表明,

(对于 Quine 的观点)其实可以给出不止一种回应。这里有两点与(关于虚构人物的)非现实论相关的评论。首先,由于他们是非现实的,所以他们并不现实地在任何一个门口(或现实世界中的其他什么地方)。至少,当我们从一个非现实论的角度思考虚构人物时,我们应该站在劳特利和普利斯特一边来反对帕森斯。[6] 另一个评论是,同一性问题对虚构人物的确也会成为问题,而即使很难回答,但至少这些问题是十分融贯且条理清晰的。我们会问皮埃尔·梅纳德(Pierre Menard)的《堂吉诃德》是否跟塞万提斯的一样,[7] 罗马神祇朱庇特和希腊神宙斯是不是同一个。虽然理论家们众说纷纭,但他们从没有人甩甩手说:"这个问题没有什么实质内容。"这样的问题通常都被认为是有内容,而且是可以给出正确或不正确的答案的。

关于虚构对象的非现实论者希望将这些对象放到可能世界里;所以,他们就得对可能世界持实在论(他们得成为"模态实在论者"[8]),而实在论不会轻易地被门口可能的人那个问题给驳倒。要把福尔摩斯算作一个真实的人,尽管不是现实的;故事中描绘的那些事件也得看作真实而非现实的。虽然路易斯是模态实在论的最经典的出处,但是他是否承认(关于虚构人物的)非现实论则并不明显。虽然非现实论和模态实在论听起来应该会意气相投,但在路易斯明确讲虚构的作品(Lewis 1978)中,虚构人物的形而上学状态并不占据中心地位。相反,他的主要目标是虚构算子("根据福尔摩斯系列故事……"这样的表达)的语义学。他说他关注的是对"虚构中的事实"(我称之为忠实性)这个概念的分析。我们会看到这样的分析在一定程度上独立于虚构实体的形而上学状况问题。[9] 所以,我们现在要用较大的篇幅岔开去谈那个对忠实性的分析,最后再回到模态实在论如何能对虚构人物提供非现实论解释这个问题。

## 4.3 作为量词的虚构算子

说福尔摩斯有肾是否忠实于原著故事?书上从来没有明确说

过这件事。无可置疑的是,根据故事,福尔摩斯是一个人。而人都有肾也是毫无疑问的。这两个前提不能保证,故事里福尔摩斯有肾;但是,相信它也是合情合理的。根据故事,情况如何有可能会超出故事的文本字面所说的内容。但也有可能比文本的字面内容更少:如果某句话是在反讽,或者只是记录人物的对话,那么它对于事物应该怎样才能算忠实于故事也没有多少限制。

这样,我们关于故事的忠实性就有了一些模糊的想法。但是要进一步精确则很困难。按照理想状况,我们希望对下面这个模式给出明确而不循环的补充:

1.(根据虚构 F,p)当且仅当……

路易斯认为可以这样开始补充:"在每个 - - - 的可能世界里,p。"这就将替换(1)中省略号(为有助于确定相关世界的描述)的任务转化为将破折号替换为对相关可能世界的描述的任务。

路易斯的第一个尝试:

> 福尔摩斯探案集中为真的,也会在所有满足如下条件的可能世界中为真:其中存在着一些对应的人物,那些人物具有属性、所处的关系,以及所做的行为都与故事中赋予福尔摩斯、华生以及其他人物的一样。(1978:265)

套用上面的框架,路易斯将破折号替换成了"其中有这样一些人物,它们具有虚构 F 中归属给他们的属性、关系和行为"。路易斯提出两个理由来拒斥这种说法。首先,"可能产生循环"(1978:265)。我们把可能世界说成是其中发生的一切就像福尔摩斯系列故事里的一样。但是,这到底是哪些世界呢?在目前的分析中,我们只能回答说是那些忠实于故事的世界,而这恰恰是我们想要分析的概念。

路易斯提出的第二个理由首先给出福尔摩斯是纯粹虚构的人

物这个前提。福尔摩斯并没有现实的原型。但是,有可能出于极大的巧合,现实当中恰好有个叫"夏洛克·福尔摩斯"的人,而且他做了故事中福尔摩斯所做的全部事情。按照这样的假定,我们的世界就是一个演绎着福尔摩斯系列故事情节的世界;我会称之为"福尔摩斯世界"。

> 在我们现实世界(即使它碰巧是一个福尔摩斯世界)中,"夏洛克·福尔摩斯"这个名字并不像故事中那样被用来指称某个人。但是在故事中,这个名字的确是用来指称一个人。(1978:265)

对于被否决的那个提议,"'福尔摩斯'指称一个人"这句话在故事中是真的,但是它在一个福尔摩斯世界(我们这个世界)中为假。所以,我们不能把福尔摩斯故事中为真的句子等同于在所有福尔摩斯世界中都为真的句子。

路易斯说,我们应该从讲故事的行为这个角度来看待故事,而不应该把故事看作是句子的集合。这样,我们就可以说皮埃尔·梅纳德版本的《堂吉诃德》跟原著故事是不一样的,尽管它与塞万提斯的版本一字不差。

将注意力集中到讲故事的行为之后,路易斯接下来考虑将相关的世界限制到那些故事被当作已知事实讲述的世界(这就是"0号分析")。这就排除了我们这个世界,因为它不是并没有真的发生在我们这里:故事仅仅是故事而已。所以,第二个问题也就解决了。对于第一个问题,路易斯自己对0号分析的批评表明,他认为实际上;0号分析将虚构中的事实定义成了虚构中明确指出的事实。比如,他说,虽然我们应该相信根据福尔摩斯系列小说,福尔摩斯穿了内裤,但是还有很多可能世界当中这些故事被当作已知事实,而且福尔摩斯是不穿内裤的。如果他说对了,这就表明0号分析很有局限性,但这同时也表明了循环问题已经得到缓解了:或许我们可以先随便定义根据虚构什么事情是明显的,然后用可能世界的概念不断扩充并定义什么事情是隐含的。

这就是路易斯尝试在1号分析中要做的。它是受这样的想法所启发,即我们需要考虑的世界是那些:(a)故事被当成事实讲述的,以及(b)其中没有不必要的变化(即那些世界与现实世界的区别仅以故事演绎需要为限)。在我们的世界,贝克街距离帕丁顿(Paddington)比距离滑铁卢(Waterloop)要近。虽然作家完全可以忽略甚至篡改这样的事实,但没有证据表明柯南·道尔在福尔摩斯系列故事中这么做了:他没有明确提到这个空间关系,而且故事情节也没有要求这三个地点的空间位置发生改变。所以我们应该下结论说,根据福尔摩斯系列故事,福尔摩斯住得更靠近帕丁顿而非滑铁卢。按照1号分析的说法,我们应该排除那些不必要的与现实世界不同的可能世界,因而也应该排除那些伦敦地理发生了变化的可能世界。在所有那些故事被当作已知事实讲述并且与现实世界的差别尽可能小的可能世界里,福尔摩斯住得离帕丁顿更近。

路易斯告诫我们不要设想对于每个故事都存在着一个属于它的唯一的"虚构的世界"。不同的可能世界之间存在着差异,正是这些差异体现出虚构对象是不完整的。根据原著故事,福尔摩斯第一次见华生时头上的头发到底是偶数根还是奇数根,是不清楚的。在故事被当作事实讲述的可能世界中,只在非常细微的程度上跟我们的世界不同,即:有些世界中福尔摩斯的头发是奇数根,而另外一些则是偶数根。实际上,不完全性对虚构是很重要的,它体现在"虚构世界"这个概念中,而且是通过对完全的可能世界进行量化而得到重新刻画。

1号分析实际上将现实世界的很多特性投射到了故事中。那些认为精神分析揭示了人性真理的人可能会觉得它很有吸引力。这样的分析也许会支持这样的观点,即根据《哈姆雷特》,哈姆雷特可能有俄狄浦斯情节，一些文学理论家认为它会对1号分析构成支持。但是，这个分析面临着很多困难。设想现实世界的黑斯廷斯战役(the Battle of Hastings)中一共只发射了1,756支箭。每一个差异与现实世界尽可能小，并且福尔摩斯的故事被当作已知事实的可能世界中，会有这样一场战役，而且其中一共只发射了1,756支箭。根据1号分析就能得出，根据福尔摩斯系列故事，黑斯廷斯战役中共发射了1,756支箭。这个结论不太令人满意。因为根据直觉，福尔摩斯小说跟黑斯廷斯战役完全是风马牛不相及。

路易斯承认1号分析会受到挑战(他提出的反例更加复杂[10])。他也给出了1号分析的替代(并让读者自己选择)，那就是2号分析，它要求：在决定哪些世界与虚构事实相关时，需要做出微小变化的不是事物实际如何，而是故事讲述者明确相信并且他想要听众相信如何("起源的共同体")：

> 夏洛克·福尔摩斯故事里的事实，就是起源的共同体明确相信为真的事实，如果那些故事是被当作已知事实而非虚构故事被人讲述。(1978:273)

一个共同体明确相信某事，当且仅当几乎所有人都相信它，并且几乎所有人都相信共同体中的几乎所有人都相信它。只有那些所有这些信念在其中都为真的可能世界会被考虑到量化中。这恐怕不会对那些想要做精神分析式的解读的人的口味(比如说，他们会宣称，根据《哈姆雷特》，哈姆雷特有俄狄浦斯情节)，因为就算精神分析理论是真的，莎士比亚戏剧的起源共同体并不相信它，因而量化就不会被局限在精神分析为真的世界中。[11]

对多数情形，1号分析所做的判断与2号分析一致。比如，对于两种分析来说，根据福尔摩斯系列故事，福尔摩斯住得离帕丁顿更近。但两者会在其他事情上产生分歧。

如果把故事的时间用时态标记,那么实际上伦敦将会对汽车征收拥堵费。考虑1号分析所涉及的可能世界时,改变这个事实是没有理由的;我们没有必要为了让故事里明确表达了的事说得通而改变它。这时就会有一个不希望出现的结果:根据福尔摩斯的故事,伦敦会对汽车征收拥堵费。这个例子不会伤害到2号分析,因为起源共同体中没有人相信伦敦将会对汽车征收拥堵费。

一个共同体可能明确地相信错误的东西,或者与某个故事不相干的东西。也许福尔摩斯故事的起源共同体明确地相信海王星之外没有行星。这样,由2号分析就可以得出,根据福尔摩斯系列故事,海王星之外没有行星。这是违反直觉的。其实福尔摩斯小说没有说过任何关于海王星的事。特别地,指责这些故事承诺了一个与故事本身不相干的错误,似乎是不对的。这与罗塞尔蝰蛇形成鲜明的对比(在 Lewis 1978:271 中有讨论):说《斑点带子案》(*the Speckled Band*)承诺了蝰蛇能爬上铃绳这一谬误是合理的,因为故事里福尔摩斯就是这样解释谋杀案的;而我们通常也倾向于假定福尔摩斯不会犯错。

有些明显的反例是两种分析都要面对的。因为路易斯的世界是蕴涵封闭的,所以其中包含了所有的重言式,比如说"如果乔治·布什在2004年成功连任,那么他就在2004年成功连任"。对于这两个分析来说,所有的重言式应该在所有的故事中都是真的;而这是不合理的(Proudfoot 2006:21 - 2)。[12]

有个问题很明显是路易斯很担心的,他在后记中还特别提到了:很多故事里都提到不可能发生的事。有时那只是作者粗心大意造成的,那些情况有比较容易的方法对付。但是有时那些不可能的情形构成虚构不可分割的部分,可能世界的解释就会遇到困难。在第3章,我们这样考虑一个时间旅行的故事:26岁的时候,我们的主人公回到过去并杀了自己的祖母,结果导致他的父亲和他自己都没有出生。他出生了,然后他又没出生。[13]在任何一个可能世界,这样的故事都不可会被当作已知事实讲述。因此,对于任意一个句子p,它在我们的故事被当作已知事实讲述的每一个世界里都成立,这不言自明是真的。所以,根据我们这个故事,p 成立(无论 p 是什么);这显然是个不能接受的结果。

路易斯清楚地意识到了这个问题,他称之为空洞真理问题(the problem of vacuous truth)。在那篇文章的主体部分,他对其不以为意。说到“在不可能的虚构中,无论什么都空洞地真”这个结果,他说:

> 如果不可能性很明显,那似乎是完全可以接受的:如果我们要处理关于有人化圆为方的难题的幻想故事或者很烂的那种前后矛盾的时间旅行故事,不应该指望在明显不可能的故事中拥有不平凡(non - trivial)的真理概念。(1978:274 - 5)

雷·布拉德伯里(Ray Bradbury)的故事(注 13 中引用的)很明显有一个不平凡的真理概念。比如说,在那个故事里,埃克尔斯和基思是同一个人,那里没有政府机构,或者时间旅行不可能,等等都不是真的。路易斯在后记中更详细地讨论了这个问题。他认为,根据一个不一致的(前后矛盾的)故事,如果某事在那个故事一致的片段中为真,那么它在整个故事中也是真的。一致的片段可以在不同的可能世界被当作已知事实讲述,并由此可以得到不空洞的虚构事实,这样的事实可以根据 1 号分析或 2 号分析进行分析。我们会期待,根据不一致的故事,p 成立,而另外根据那个故事,非 p 成立;但是我们不会得出:根据那个故事,p 和非 p 都成立。

把故事分成各自一致的片段并非总是可行的。普劳德富(Proudfoot 2006:27)让我们想象这样一个故事,其中有个人能画出圆的方。她认为把故事分成一致的片段之后不可能还能重组起来。与上一段引用的路易斯的话刚好相反,她认为原来的故事在某种意义上可以是一致的。普利斯特的短篇故事(2005:125 - 33)也是用来反对把故事拆成片段的,虽然在某种意义上是融贯的:即它并不能推出任意命题。[14]

路易斯将虚构算子分析为对可能世界的量化的尝试没有成功。那么,我们应该说他的工作还需要进一步细化?还是说应该对他的计划持怀疑态度?我认为应该持怀疑态度。对于反讽,或许没那么明显的反讽,也可能是隐藏得太好而只有少数行家才能看出来的反讽来说,我们甚至都不能方便地确定一个故事明确说了什么。更有甚的是,对于更加麻烦的故事可能隐含地说了什么那就更难有明确的答案了。这里先举一个很琐碎的例子。路易斯深信,根据故事,福尔摩斯穿着内裤。就算把我对内裤历史(据我所知,内裤直到20世纪才被广泛使用)的无知放到一边,而且假定对于故事里描绘的福尔摩斯所属的性别和阶层,内裤是正常地穿着,我还是不清楚我们是否应该认为故事里说了福尔摩斯穿了内裤这件事。我们完全可以想象这样一个情节:福尔摩斯急需材料用来做一条止血带。在紧要关头,内裤是可以用的;但是(我们可以设想)他没穿,所以不得不另想办法。虽然很可笑,但是这样的情节也不是完全不可能出现在柯南·道尔早期写的故事中。所以,早期那些故事并没说福尔摩斯穿内裤。如果这个测试是合适的,我们甚至不能说:根据故事,福尔摩斯没有三个鼻孔。这个测试其实是说:如果某事可以融贯地加到故事明确的内容中,那么它就没有事先被隐含地排除掉。

对这个测试感到左右为难也属正常。一方面,应该容许仅仅可能的情节这个原则也很合理。另一方面,就第三个鼻孔的例子说明的那样,这会将故事说了什么限制得非常狭窄。我认为可以下结论说我们的标准其实是非常灵活的(因而很难确定)。如果现在的问题是什么东西会限制人们拓展原作、限制人们讲出旧人物的新故事,我们会同情一种非常宽容的回答,允许新的故事里福尔摩斯有三个鼻孔。自然地,这与严格限制原著故事说了什么(故事里没说福尔摩斯没长三个鼻孔)的想法相对。另一方面,如果我们不是在考虑故事有什么可能的发展,而只是想进入原著情节当中,那么,根据故事福尔摩斯是否有三个鼻孔这个问题的答案就只能是"没有"。

有时在考虑一些重要问题时,更加自由地"解读"故事,即把故事里面没有明确写出来的东西加以澄清似乎也很合理。读出字里行间的言外之意通常也是非常自然的(就算读不出福尔摩斯到底穿没穿内裤);而解释学也被认为是一门科学,究其一生也难以掌握的学问。根据《包法利夫人》,艾玛是否和鲁道夫进行过肛交,这是可以合理地讨论的;而且即使是意见双方最狂热的支持者也不会认为己方的观点是压倒性的。双方都会赞同,福楼拜不可能明目张胆地谈论这种性行为;而且如果故事里真的写了的话,也只能被认为是以隐秘的方式写到的。要得出一个有价值的观点,就必须对 19 世纪法国的文学习惯以及福楼拜个人的情感有深入的了解。

这里有一个比较新的文本解读的例子,它表明故事到底说了什么这个问题有多么微妙。在对威廉·崔佛(William Trevor)的一个短篇小说集的评论中,克莱尔· 梅萨德(Claire Messud)从一篇名为《信仰》的小说中引了下面的段落:

然后——当它发生的时候,是在一个周日的晚上——巴塞洛缪(Bartholomew)(伴随着残酷的意外)刹那间意识到,刚才的一个想法让他感到自己好像遭受重创,虽然不疼,但是他已经心神不宁。这就发生在卧室里,在他准备脱衣之前。床边的灯还亮着;他解开鞋带之时,已经关上门,拉下床帘,站在床边。他一时以为自己要跌倒了,但是他没有。他以为自己看不见了,但他能看见。手里拿着一只鞋,坐在床边,他多少又被带回到现实。鞋从他手里滑落,掉在地上的声音让他更加清醒。坐着时满心的茫然现在已经消去。

梅萨德称,虽然故事并没有"告诉"我们巴塞洛缪突然丧失了信仰,"我们这样推测是因为故事的标题,而且更重要的是,巴塞洛缪是一个经历了不可言传的启示的信徒,他……除此之外,还能有什么其他的震撼生命的启示是他这样的人能够领略到的?"(《纽约书评》,2008 年 2 月 14 日,第 20 - 1 页)。梅萨德换了种说法,她说根据这个故事,巴塞洛缪失掉了信仰,虽然故事里并没有明确说(故事没有"告诉"我们)。这个推测的基础很微妙:我们要为正在讨论这种人物会有什么样的境遇找到一个最佳解释。这个标题确实可以用来作暗示,虽然没有"信仰的丧失"那么直接;而且故事标题未必总是有益的暗示(试想想《木兰花》《刀锋战士》《银翼杀手》这样的电影名字,或者像《丹尼尔 · 德隆达》《禅与摩托维修》这样的书名[15])。很难相信刚才这个推测故事内容的过程可以用公式表达并应用到其他故事。最好的建议就是,我们要尽可能地利用文本、背景知识以及我们自己的经验来(很有可能不系统地)达到一个最融贯、最满意的理解。(过去 50 年里,很多小说都故意写得让读者难以揣摩。)

这里的问题不只是说,关于故事里说了什么还可能存在合理的分歧;而是说,相关的考虑涉及多个极为不同的方面,因而需要恰当运用到高超的鉴赏力和文学技能。这就是为什么说指望用一个我们通常在哲学分析中所期待的那种简洁的公式来概括它们是没有道理的。但这并不是说我们不能对虚构算子的逻辑特征进行刻画,并在不同的算子之间做出一些有用区分,我在第 6 章会提到。我们现在关心的是怎样才能给出一个背景框架用来考虑虚构对象是真实而不现实的这一观点,所以我们现在要回到这条主线上来。

## 4.4 到底哪一个可能对象是福尔摩斯?

路易斯对虚构事实的分析并没有真正建立起(关于虚构对象的)非现实论的形而上学。假设他对虚构事实的分析是对的。这并不意味着虚构对象不是非现实对象。对比一下路易斯对模糊性的解释。

内陆从哪里开始是模糊的,其原因并不是说有内陆这样一个东西而它的边界不清晰;而是,有很多不同的东西,有不同的边界,没有人会蠢到想从中指定一个用作"内陆"的"法定的"指称对象。(Lewis 1986:212)

结果得到"内陆"一词的语义学:"在内陆很容易迷路"为真,当且仅当对每一个内陆的候选项它都为真;它为假当且仅当对所有的候选项为假;其余则既不真也不假。"内陆是什么"这个问题没有一个形而上学的答案。有很多不同的东西,它们没有一个是内陆,但我们可以利用它们在语义学上刻画"内陆"。类似的,路易斯可以说存在着很多不同的可能对象(possibilia),没有一个是夏洛克·福尔摩斯,但是我们可以把这些对象用在对虚构事实的分析上。这样就行了。

前面就指出过,路易斯的模态实在论(以及类似的理论)是非现实论的前提条件,因为非现实论得说虚构对象是真实的(虽然不现实)。他们采纳和路易斯类似的对虚构事实的分析也是很自然的,虽然也不是非得这样。我现在要讨论非现实论本身,不假定它承诺了路易斯对虚构事实的分析。

非现实论者说夏洛克·福尔摩斯是一个可能但不现实的对象。那么,他到底是哪一个非现实对象呢?这里有一个很自然的原则可以帮助我们:

(*)福尔摩斯在一个他存在的可能世界具有F属性,当且仅当根据故事,福尔摩斯有F属性。

这个原则反映了这样一个想法:所有相关的可能对象(即可能的福尔摩斯)都会在某种意义上在他所在的世界"实现"故事中福尔摩斯所具有的那些性质。该原则认为根据故事福尔摩斯拥有那些属性是理所当然的。如果路易斯的说法是对的,即根据故事福尔摩斯穿了内裤,那么只有那些穿了内裤的人才有可能成为福尔摩斯。

(*)确立了字面论的而不是非字面论的理解方式。关于虚构对象的字面论者认为虚构对象真的具有故事里所说的那些性质,而非字面论者则认为虚构对象具有的性质只能是这样的:故事里写了它具有如此这般的性质。对非现实论者来说,非字面论的理解根本不在考虑的范围之内。把虚构对象放到非现实的可能世界中,是为了给它们那些麻烦的性质腾出空间,比如说抽烟斗这个性质。相反,如果表象还需要对象的话,它们也不一定非得是非现实的:它们可以是非存在或非具体的现实事物。虽然要抽烟斗一定得存在而且占据空间,但是被描绘成抽烟斗就不需要。所以,我只会考虑字面论版本的非现实论,它认为福尔摩斯真的是侦探而且抽烟斗。

虽然原则(*)对非现实论者是很自然的选择,但它可能会给一些思想单纯的非现实论者带来严重的困扰。考虑福尔摩斯系列故事没有提到的性质,故事里没有说福尔摩斯有、也没说他没有那个性质。比如,故事里面就没说福尔摩斯身高不足 6 尺 2 寸(1 米 88)。

故事里没说福尔摩斯身高到底是 6 尺 2 寸还是更高。所以,根据(*)就可以得出,福尔摩斯既不低于 6 尺 2 寸也不高于 6 尺 2 寸。也就是说,他根本没有身高。但是,任何一个物理的对象肯定有一定的高度,而福尔摩斯一定是一个物理的对象。所以,没有一个可能对象是福尔摩斯。[16]

与此不同的推理让克里普克相信福尔摩斯不可能存在,这也蕴涵了没有哪个可能对象是福尔摩斯(因而非现实论不对)。他写道:

> 仅仅发现真的有个侦探拥有福尔摩斯那样的光辉事迹,那也不会证明柯南·道尔写的就是那个人。柯南·道尔写的是一个纯粹的虚构故事,结果碰巧和现实雷同了,这虽然在理论上可能,但在实践中是绝无可能的。…… 类似地,我持有这样的形而上学观点,如果世界上没有夏洛克·福尔摩斯,那么我们就不能说有一个可能的人,他如果存在的话就会是福尔摩斯。不同的几个可能的人,甚至实际的人,比如达尔文或者开

> 膛手杰克,都可能有福尔摩斯的事迹,但是我们不能说这其中任何一个如果真的完成那些事迹的话就会是福尔摩斯。因为如果那样的话,到底哪一个才是呢?
>
> 所以,我不能再像以前那样,说"福尔摩斯不存在,但是他可能存在于其他的事态(可能情况/世界)中"。(Kripke 1972 [1980]:157 – 8)

克里普克说的第一个要点是,即使现实中碰巧有个人具有柯南·道尔归属给福尔摩斯的全部性质,也不能说福尔摩斯存在。因为柯南·道尔想要写的是一个完全虚构的故事,存在那样一个人完全是巧合:他不会是故事里说的那个福尔摩斯。第二个要点是,有不同的可能人物具有福尔摩斯的那些性质。如果其中有一个是福尔摩斯的话,那么他们都是。但这是一个矛盾。[17]

有人可能会认为上面那个论证[以及我给出的那个用了原则(*)的论证]一定有问题,因为(该论证)好像完全相悖于这个想法:用可能世界间的差异来描述个体对象的各种可能情况。苏格拉底实际上有个漂亮的鹰钩鼻。但是他也可能是塌鼻子,即存在那样的可能世界,他在其中的确是塌鼻子。这样的话,好像我们也得到了矛盾:我们的苏格拉底不是塌鼻子,有个可能的苏格拉底却是塌鼻子,而他们本应该是同一个苏格拉底。

类似的考虑让路易斯提出了对应物理论(counterpart theory)。根据这种理论,任何事物都不能存在于多个可能世界。这样,我们就得将苏格拉底可能是塌鼻子这种可能情形理解为,苏格拉底在别的某个世界中的对应体(counterpart)是塌鼻子。可能是塌鼻子这个性质被理解成与某个别的可能世界里某个塌鼻子的人有对应关系(counterpart relation)这种性质。路易斯也很清楚,除了对应物理论之外,还存在着替代的选择。我们可以用这样一种方式来理解(一个世界中的)真概念:说一个人在一个世界里有某种性质而在别的某个世界里则没有应该是没有矛盾的。“a 是 F 且 a 不是 F”当然是一个矛盾,但是“在一个世界里,a 是 F 而在另一个世界 a 不是 F”不是矛盾。这使得现在的讨论即使脱离路易斯的对应物理论也没有任何危害,我们认为同一个对象可以在不同的世界具有不相容的性质。

按照这种想法,苏格拉底在不同的世界有不同的甚至是不相容的性质。这正好体现了苏格拉底的不同可能情况。这样,我们不是就能推翻前面的论证了吗?因为根据(*),有福尔摩斯的不同可能世界表示的是福尔摩斯的不同可能性。有的世界里,他有 6 尺 2 寸或更高,而在别的世界里,他身高不足 6 尺 2 寸。但这并不能说明高一点的福尔摩斯和矮一点的福尔摩斯不是同一个人。

这是没抓住原来那个论证的要点。这里的问题不是福尔摩斯在不同的世界有不相容的性质,而是(*)使得他在所有可能世界都有不相容的性质,而在任何一个可能世界也没有哪个东西可以有那样的性质。那个论证的本质在于:直觉上,根据(*)福尔摩斯是不完全(incomplete)的。但是,一个可能世界里的所有对象都是完全的。所以,福尔摩斯并不是某个可能世界中的对象。所以,福尔摩斯不是可能对象。这句话的注释里附上了一个更清楚的论证,对此还有怀疑的人可以看看。[18]

非现实论者必须放弃基于(*)的朴素立场,重整旗鼓。[19]一种激进的策略是扩大要考虑的世界的范围:如果加入不可能的世界,我们就能把福尔摩斯看作不可能对象,处于一个或多个不可能世界;如果我们加进不完全世界,对于某些合适的蕴涵关系而不封闭的世界,我们就能将福尔摩斯划为不完全对象,处在一个或多个不完全世界。这些办法将在下一节讨论。一种不那么激进的修改是使用超赋值(supervaluation)的办法。[20]

如果选择后面这种方法,我们可以把代福尔摩斯或福尔摩斯的替身(Holmes - surrogate)定义为具有故事明确说了的福尔摩斯具有的全部性质的可能对象。这样的替身有很多,这也表明了福尔摩斯具有不完全性。

> (＊＊) 对任意世界w,对象x和性质F,x是w中的代福尔摩斯,当且仅当
>
> (i) x在w中有F性质,如果故事里说福尔摩斯有F,而且
>
> (ii) x在w中没有F,如果故事里说福尔摩斯没有F,
>
> (iii) 在w中,x要么有F,要么没有F。

(＊＊)使得被故事赋予属性F对于代福尔摩斯拥有F属性来说是充分而不必要的。就像最初所期待的那样,不同的代福尔摩斯可以随心所欲地补充那些故事里没有提到的性质从而能根据(iii),获得完全性。所以,每一个代福尔摩斯都是完全的,但是没有一个是福尔摩斯。

这种方案通过对代福尔摩斯进行量化为"福尔摩斯是个侦探"这样的句子给出真值条件。[21]这个句子为真当且仅当所有的代福尔摩斯都是侦探,它为假当且仅当没有代福尔摩斯是侦探,否则既不真也不假。这里出现的真值间隙(truth - value gap)标志着福尔摩斯是不完全的。这正是,比如,"福尔摩斯背上有颗痣"会掉进去的间隙,因为有的福尔摩斯替身有痣,有的没有。

这个语义学当然会有详细的反驳。(比如说,有人就说这样的语义学太字面论了。[22])也许在细化、改进中会处理这些反驳。但是,我们现在考虑的是形而上学问题,所以更值得注意的一个事实是这种方案根本没有提福尔摩斯本人的形而上学状况,因为这其中几乎没有提到他而只提到了他的替身。我们得到的这个理论根本没有说福尔摩斯是个不现实但可能的对象。相反,它说的是我们可以把谈论福尔摩斯的句子替换或重构成谈论其他对象的句子。被谈论的那些对象是真实的(尽管不现实),但是都不是福尔摩斯,所以这种理论不能算作关于虚构对象的一种非现实论的分析。[23]

## 4.5　奇怪的世界和对象:不完全的与不可能的

福尔摩斯不是(典型的)可能对象,因为所有的可能对象都是完全的而福尔摩斯不是。这就是我们在上一节考察过的那种非现实论的问题,它足以用来反驳如下观点的任何一种直接版本:虚构对象是非现实的。

这种反驳太过武断:有些虚构对象,比如说化圆为方的人、西尔万之盒的持有者(Priest 2005:130),由于被赋予了可能对象不可能具有的性质因而是不可能的。所以,不是所有的虚构对象都是可能对象并处于经典的可能世界之中。就此停住我们追寻的脚步也是可以接受的。

但是,普利斯特(Priest 2005)已经仔细研究过不可能世界,所以我会简要地提一下。如果应用到我们这里的形而上学问题上,我们就可以说虚构对象是非现实的对象,其中有些是可能的,有些则是不可能的。

如果,就像在经典逻辑中,矛盾蕴含一切,那么最多有一个世界包含了矛盾。非现实主义的经典理论家就没有资源来区分:普利斯特的故事《西尔万的盒子》(2005:125－33)所说的世界和普劳德富想象的关于一个画出圆的方的人的故事(2006:18, 27)所说的世界。但是,普利斯特强调,包含矛盾的故事,比如《西尔万的盒子》,在某种意义上是融贯的:

> 可以确定的是:不是所有的事都会在这个故事里发生;而且人们行事理智,即使有矛盾出现的时候。
>
> ——(Priest 2005:121)[24]

只有当它们的逻辑比经典逻辑弱时,矛盾的(不一致的)或不可能的世界才能起到重要的作用。或许它们完全不封闭[25];或许它们在比经典的蕴涵弱的蕴涵关系下封闭。我会假定相关的世界会在某个逻辑(普利斯特倾向于弗协调逻辑,但他也考虑了相干逻辑)下封闭,这个逻辑有一个比经典的更弱的蕴涵关系,而且不允许矛盾推出一切。在用世界来解释虚构真理时我们仍然会碰到一些问题,因为很多较弱的逻辑(包括一些弗协调逻辑在内)把"A 或非 A"的所有实例当做逻辑真的;但是我们已经看到这对于虚构里的真是有问题的(Proudfoot 2006:11,16)。但是,让我们在考虑虚构对象是非现实世界(包括不可能世界)中的对象这一论断时先将此搁置一旁。

按照经典逻辑的观点,不完全的对象就是不可能对象。假设在有没有姑姑这件事情上福尔摩斯是不完全的,那么,"有姑姑"和"没有姑姑"对他来说都不是真的,因而(在经典的意义上)它们的否定对他来说应该就是真的,所以"福尔摩斯没有姑姑"和"并非福尔摩斯没有姑姑"都是真的:矛盾。较弱的系统可以允许真值间隙,禁止由"不真"推出"假"。Priest 认为我们不需要有间隙的世界来处理虚构对象的不完全性,因为我们只需要对完全的对象进行超赋值(supervaluating)就可以了。前文已提到,即使超赋值可以把相关句子的真值弄对,也不能得到所设想的形而上学,(根据这种形而上学)虚构实体是一些(一个!)非现实对象。让我们看看,如果用有间隙的世界为非现实论的形而上学腾出空间会有什么样的结果。

让我们暂且忽略完全性这个条件。一个世界是完全的,就是说对于任意一个句子,它或者它的否定在这个世界是真的。设想有一个不完全世界 g,其中有个人叫"福尔摩斯",而且故事里福尔摩斯所具有的那些性质他都有,福尔摩斯没有的性质他也没有,至于其他的性质他既不具有也不缺乏。这样,"福尔摩斯身高至少 6 尺 2 寸"在 g 中就既不真也不假,而且"福尔摩斯身高不足 6 尺 2 寸"也一样。为什么这个对象不是福尔摩斯本人呢?

首先,让我们在这个新的框架下重新考察克里普克的反驳。会有很多其他的世界，g′在某些句子的真值指派上与 g 不同，但是关于福尔摩斯的句子则与 g 保持一致。这是否意味着有太多的候选者可以成为福尔摩斯？这似乎并不是要紧的问题，因为有另一个问题更加迫在眉睫。在每一个世界里，所有的福尔摩斯候选人有且仅有故事里福尔摩斯所具有的那些性质。某些有福尔摩斯候选人的世界中也有你，而你正好 5 尺 10 寸高。因为故事里从没提到过你，所以福尔摩斯不会具有任何牵涉到你的关系性性质。所以下面的句子都没有真值：

福尔摩斯比你高。
福尔摩斯比你矮。
福尔摩斯和你一样高。

但是，“福尔摩斯有确定的身高”在那个世界是真的，因为这是故事内容蕴涵的。从直觉上来说，这个句子的真保证了上面列出的三个句子中有一个为真。如果福尔摩斯有确定的身高，那么他要么比你高，要么比你矮，要么跟你一样高。

以上这些讨论是为了突出不完全对象是多么奇怪。对于一个不完全的表征（representation），没有人能争论。也许所有的表征在某种意义上都是不完全的。我们构想的非现实论的形而上学要求我们把不完全性转嫁到对象身上。但这实在很难说得通。[26]

有人会提议说只要我们承认不可能世界，不完全性就没问题了，但这样的回应是不充分的。在一个不可能世界里，即使福尔摩斯有确定的身高，上面列出的三个句子也可能没有真值。但是，不可能世界的作用是用来处理不可能的虚构。我们没有必要用它们处理像福尔摩斯系列故事那样普通的、单调而一致的故事。一个无矛盾的故事为什么还需要诉诸不可能世界？

这个问题表明不完全的对象是多么奇怪。它同时也凸显出路

易斯关注的一个更一般的特性。字面论的迈农主义者似乎不可能会否认下面的论证是可靠的(虽然结论看起来是假的):

福尔摩斯住在贝克街221b。
贝克街221b现在是而且一直都是一间银行。
福尔摩斯住在一间银行里。

路易斯说:"迈农主义者必须告诉我们,为什么关于虚构对象的事实会,至少在有的情况下,和它们能推出的结果割裂开。"(1978:262)

对于更加精致的关于虚构对象的非现实论版本的实在论没有多少文献。我发现的这些障碍也许能被克服。即使如此,还是有其他的问题存在。

比如说,要解释作者的创造活动就是一个问题,不过它不如在迈农主义那里表现得那么淋漓尽致。非现实的世界在因果作用上与我们相隔绝,所以如果虚构对象是非现实的,那么它们就不可能通过我们的活动被创造,或以任何方式被我们影响。我们就不得不把创造活动看作类似挑选(或者插花),而且还得费力地解释我们的心灵如何能和因果上孤立的事物相联系,因为当开始讲或听故事的时候这种联系确实存在。非现实论的各种理论还会面临一个特殊的问题。我们需要可能世界来表现模态变化(modal variation):福尔摩斯不可能是鳄鱼,但他可能在搬进贝克街221b的时候只带了一些箱子而没有旅行皮包。我们应不应该允许福尔摩斯在某些世界具有故事里没说的性质?这会把我们带回到克里普克所担心的那个问题,即到底什么决定了一个个体是福尔摩斯而不是假冒者。我们会遇到一个熟悉的两难选择:辨别个体要么通过因果关系,要么通过性质。前者对非现实的对象不可用。而如果选择后者,我们就不能借助可能世界的方式来说明:实在论者认为虚构对象所是的那种真实事物可能有不同的性质。

## 拓展阅读

关于虚构真理,路易斯(Lewis,1978)是必读的文献。有人认为他的观点蕴涵了(关于虚构对象的)非现实论的形而上学,但是本章已经解释过,这完全是混淆。这会使非现实论立场无从捉摸。Priest (2005)也许是最有用的阅读材料。

# 5

# 虚构实体是抽象的人造物

将虚构人物视为抽象——当成只是(戏剧中的)角色、性质的类或其他种类的抽象的性质集合体——不无道理。不然它们还能是什么呢?

——多伊奇(Deutsch 1991:210)

虚构对象是抽象的人造物这种观点或许是现如今最流行的实在论版本。说虚构对象是抽象的,不是说它们是在柏拉图意义上永恒的、不变的[1],而是说它们是非空间的(nonspatial)和非精神的(nonmental)。它们是人造物,因为它们是人类创造的产物,是通过作者的活动所产生的。[2]作者的创造活动对于前两章讨论的实在论版本来说都是严重的问题,但是我们现在可以精神振奋、信心满满地讨论抽象人造物理论。我将先给出这种理论的一个版本(基于Thomasson 1999, 2003)。随后,我将考察用来支持这种理论的论据。最后,我会给出一些反对这种理论的理由。

## 5.1 抽象人造物理论

想一想合约和婚姻。它们都没有空间位置。一场婚礼总是发生在某个特定的地方,但是婚姻本身却不会局限于举办婚礼的那个地方。这样说是不对的:幸福的小夫妻离开婚礼举行的地方之后,婚姻也会跟着他们离开。婚姻不是能移动(或保持静止)的那种东西。婚姻和合约也不是纯粹精神性的:一份合约或一桩婚姻即使在各方都完全遗忘的情况下仍然可以成立。但是,他们产生于人类活动,和大多数活动一样受规范和约定的支配。如果你经过了某些特定的程序,在某些特定的地方签过名,在见证者面前说了某些特定的话,那么你就结婚了,无论你喜欢或不喜欢,也不论你或别的什么人知道或不知道。一桩婚姻就这样诞生了。它也许是或者不是你的头一桩婚事:也就是说婚姻是可数的。只有你成年了才可产生婚姻:这意味着婚姻是有起始日期的。它可能被解除:这说明婚姻可能有终止的日期(甚至早于"死亡将我们分开")。

抽象论的基本想法是把抽象对象看成像婚姻或合约那样的抽象的人造物。抽象论者需要回答这样几个问题:

1 它们最早是怎么产生的?

2 它们能否消失?如果能,怎样消失?

3 同一个虚构对象能否出现在多个作品之中?如果不能,为什么?如果能,需要什么条件?

对这些问题的初步回答可以是这样的:

1′它们的产生是出于故事讲述者和相关的艺术家的行为或意图。

2′如果相关的文本和记忆被消除,它们就消失了。

3′同一个虚构对象可以出现在不同的作品中,当且仅当作者(像之前一样)又意图并且创造了一个作品。

我们也得说明虚构对象在我们的言谈和思想中起着什么样的作用：如果我们认为安娜·卡列尼娜命该如此，我们头脑里想的是一个抽象对象吗？（但是被火车压过似乎不是一个抽象的事物能具有的性质。）我们还认为她比艾玛·包法利更聪明又怎么理解呢？（聪明似乎也不是一个抽象对象能有的性质。）如果我们认为她不是真的（really）存在，那又怎么说？（根据抽象人造物理论，相关的抽象对象按理说是假定为存在的。）这些问题说明，发展这个理论需要注意到很多重要而细致的问题。

你必须要占据空间才能抽烟斗。如果福尔摩斯是一个抽象的人造物，他就不能占据空间，因而不能抽烟斗。但是，故事告诉我们他的确抽烟斗。和很多故事一样，故事里说的东西是假的，我们不必为此感到奇怪，因为虚构从来不以真或至少平凡的、日常的那种真为目的。我们在这里就遭遇了抽象人造物理论的第一个瑕疵：虚构对象是抽象的但被写成仿佛是具体的。故事里说它们具有具体的事物而非抽象物的性质。对付这个问题的一种方法是说性质可以通过两种方式和抽象的人造物产生关系。抽象人造物可以示例（exemplify）一种性质。比如说，所有的抽象人造物都例示了是抽象的以及是人类自主性（human agency）创造的这两种性质。抽象的人造物同时还可以编码（encode）性质[3]：比如，福尔摩斯编码了"是侦探"和"拉小提琴"的性质，这两种性质是他不可能例示的。被编码的性质，就是故事里被归属给对象的性质；被例示的性质就是对象真的具有的性质。夏洛克·福尔摩斯编码而没有例示"是侦探"这种性质。他例示而没有编码"由人类自主性创造"这种性质。他编码了"已经出生"这种性质，只有能占据空间的事物才可能经历出生这种物理过程。

主张抽象人造物理论的人可能会倾向于认为谓述具有歧义。把"福尔摩斯抽烟斗"解读为例示，这句话就是假的；而如果解读成编码的话，它就是真的。这种说法有一定的优点。比如说，"福尔摩斯很有名”这个歧义句可以被认为是歧义的，正是因为它可以有例示和编码两种理解：福尔摩斯例示了有名这一性质，但没有编码它。我们会看到，这种歧义同时也是很多问题的焦点。

困扰着迈农主义和非现实论的选择难题似乎不会对抽象人造物理论产生。迈农主义者和非现实论者都承认，在创造一个虚构对象之时存在着茫茫多的非实存的或非现实的对象，而选择难题说的就是：什么决定了作者选择的是其中一个（而不是别的）。（倘若出于令人可怕的巧合，柯南·道尔选出的是基尔戈·屈鲁特，说他就是那个住在贝克街、抽烟斗等等的人，那会有多么糟糕啊！）相反，对抽象人造物理论来说，在创造活动开始之前不存在相关的一些对象。只有当作者开始讲故事之时，对象才可能开始存在。他不用挑选，而是直接进行叙述。抽象人造物是由创造它们的行为来个体化的。我们在前文中已经看到，我们一般认为梅纳德的堂吉诃德和塞万提斯的不是同一个人物。在这里也毫无关系：他们是由不同的人在不同的时间创造的，所以他们当然不一样。[4]

那么，不可能的虚构对象，比如时间旅行者和画出圆的方的人，是不可能的抽象事物吗？如果是的话，那么它们当然不能存在。抽象的事物不能同时例示一个性质及其否定，但是它能编码这样一对性质。这不会产生矛盾。类似地，我可以在这张纸上写下某物具有“P 且非 P”形式的性质从而编码不可能的事物，但这不会使得这张纸本身成为不可能的事物。

不完全的虚构对象（其实每一个都是）也是不完全的抽象对象吗？如果是的话，那么它们肯定不能存在。同样的回答也适用于不可能性：抽象事物本身不是不完全的，因为对于任意性质，它或者例示那种性质或者例示其否定。但是，它有可能编码不完全，比如它可能既没有编码有奇数根头发的性质，也没编码有偶数根头发的性质。

这就是对抽象事物的本性（或说根据我想讨论的那种抽象人造物理论，抽象物所具有的本性）最粗略的解释。接下来让我们看看如何应用它。

## 5.2 抽象人造物理论的应用

现在我们手里有了抽象人造物理论,我们就可以更加详细地问作为抽象人造物的虚构对象是怎样和我们的思想、言谈发生关联的。它们到底是如何在创作活动中发挥作用的?它们与语言有何关系?

有的创造活动中会涉及组装(assembly)。我们能否把组装当作创造抽象的虚构对象的模型?基特·范恩(Kit Fine)认为我们的确可以:

> 它们产生于(作者的特定活动),过程与木匠制造桌子的活动很像。(Fine 1982:130)

问题是(虚构的)作者手里的"木板和胶水"到底是什么。当然,作者有文字、图画或者涂料;但是,这些东西并不像木板、胶水组成桌子那样组成抽象对象。也许作者组装的是各种性质,把它们拢到一起制造出虚构对象。那么,这里说的性质是"是一个侦探"那样的性质?还是"编码了是一个侦探"那样的性质?抽象人造物例示的是后一种性质而非前一种。作者,如果他们认为自己处理的是性质,那么会认为他们处理的是前一种性质:是一个侦探。抽象人造物并不例示那些性质,所以并不清楚在什么意义上它们由那些性质构成。无论如何,作者的创造活动不可能只是提及那些性质;在创作虚构的过程中,性质是被归属给对象的(或至少作者有归属性质的行动)。一般情况下,需要有个对象来接受那些性质,所以很难想象那个对象是由归属给它的性质构成的,因为那个对象必先就位才能给归属行为提供目标。

抽象人造物理论的支持者一般认为创造是很容易的事情，无论是创作上来说还是在哲学上来说。这里有种早期的解释，出自约翰·塞尔(John Searle)：

> 她(爱丽丝·默多克 Iris Murdoch)通过假装指称一个人就创造了一个虚构人物……她没有真的指称一个虚构对象，因为那时还没有一个已经存在的对象在那儿；相反，她是通过假装指称，才创造出了一个虚构人物。一旦虚构对象被创造出来，我们这些虚构故事之外的人也能真正地指称虚构人物。(Searle 1975:330)

更近的有史蒂芬·西弗(Stephen Schiffer)：

> 虚构事物是通过一种直接的、毫无问题的方式创造的，即假装使用名字：约翰·勒·卡雷(John le Carré)为了(以一种虚构所特有的方式)假装指称一个真正的人，而使用"乔纳森·派恩"(Jonathan Pine)就真的创造出了乔纳森·派恩这个虚构对象。(Schiffer 1996:157)

我们可以质疑默多克或者勒·卡雷是不是在假装(至少是有意地)指称真实的人。假装指称的通常做法是在普通的断言行为当中放进一个没有承担者的名字，假装它有承担者。但是，作者进行的是讲故事这种特殊行为，他要让听者假装相信有安德鲁·蔡斯·怀特少尉和乔纳森·派恩。他们不需要假装这些人是真实的。显然，没有那样的真人给默多克或勒·卡雷假装指称。

"虚构所特有的方式"和创造行为有什么关系？假设我想骗你我昨晚干了什么。我整晚都在家工作，但是我想让你相信我在外面参加聚会。

我：我昨晚在聚会上看到罗伯特·史密斯了。

你：他是谁啊？

我：一个律师，非常有趣的家伙。

毫无疑问，这是一次非常成功的对话交流，尽管我谁也没遇到，而且“罗伯特·史密斯”这个名字也只是我一拍脑袋想出来的（或许太没创意了）。我并没有虚构所特有的意图。我想要你相信我说的话，但是虚构的作者通常只想要听众假装相信他们所说的东西。这是否意味着我并没有创造出抽象对象？这种意图上的微妙区别是否决定了我是否创造出新的对象？我们可以继续“谈论”罗伯特·史密斯，就像我们“谈论”虚构对象一样，而且还可以正确地说：他是你瞎编出来的，根本没有那样一个人。所以，也许抽象人造物理论应该把应用范围扩展一下：也许只要是普通的指称失败的地方就可以用上抽象人造物。这样，它在结构上就会和密尔的观点（“所有的名字属于某个东西，无论是真实的还是虚幻的”，1843：27）很像，只不过把“无论真实的还是虚幻的”改成“无论具体的还是抽象的”。[5] 我们会看到这样的扩展会让一些问题变得更加严重。

让我们更加仔细地考察一下作者的意图。夏洛克·福尔摩斯这个抽象人造物不可能拉过小提琴，因为拉小提琴需要占据空间。所以，当柯南·道尔把拉小提琴这一性质归属到一种不可能具有它的事物上时，他到底在干什么？虽然我们都知道虚构语句不一定要是真的，但是他的归属行为似乎更像是一个“愚蠢的错误”（van Inwagen 1977：306），而不是精心地讲故事。而且当读者认为，至少故事里说，福尔摩斯会拉小提琴时，他们在做什么？难道他们竟然相信了类似某个故事里讲了 2 这个数会拉小提琴这种荒唐的事情？

支持抽象人造物理论的人有两种辩护思路（他可以选择其中之一或者两个都采纳）。第一种思路是，他可以强调从物（de re）和从言（de dicto）两种信念的区别。一般性的信念，比如世界上存在着猫这样的信念,属于从言的信念。一个从言信念的目标就是一个命题。我们也能形成从物信念,其目标为某个对象:一个人相信,针对某个对象,它是如此这般的。下面的例子中,第一个给萨利归属了一个从物信念,而第二个归属了从言信念:

> 隔壁那个坏人,萨利相信他是一个好人。
> 萨利相信,隔壁的那个坏人是个好人。

如果第一个信念归属是正确的,那么萨利犯了严重的错误,但她的错误是可以理解的:我们经常会被表象所迷惑,而且甚至在这种情况下(如果那个邻居不但坏而且非常狡猾,很好地掩盖了他的真面目)被欺骗也是完全出于理性(以及热情)的。而第二个信念归属则会让萨利显得近乎自相矛盾,因而很难让人认真对待。(如果要认真对待,我们可能想给"隔壁的那个坏人"打上引号,从而表示萨利实际上相信的是:隔壁那个常被人说是坏人的人实际上是个好人。)支持抽象人造物理论的人会说:为了思考和谈论抽象人造物,创作者和受众不需要它们被当成抽象的人造物,因为他们之间可以是从物而非从言的关系。内森·萨尔蒙(Nathan Salmon)是这样表述的:

> 在读虚构作品的时候,我们假装一个抽象对象是丹麦王子(或一个聪明的侦探,等等)? ……如果以从言的方式理解,当然不是;如果以从物的方式理解,正是如此。抽象事物是人这回事我们没有假装,而是有一些抽象对象被我们假装是人。(Salmon 1998:316 n.45)

这是第一种辩护思路。它不能用于创造行为本身,因为要等被创造的东西出现(即创造完成)时,一个从物信念或者作者从物的性质归属（将性质归属给虚构人物）才能有合适的对象。

即使抛开这一点，萨尔蒙的观点仍然会把错误归属给普通人、虚构的生产者以及消费者。因为人们的确认为，在思考或谈论福尔摩斯那样的虚构对象时，他们思考或谈论的是具体的事物，那些事物在原则上可以成为侦探或者演奏小提琴。

另一种辩护思路是利用例示和编码的区分。如果我们指称了抽象人造物福尔摩斯，并说他编码了“是个侦探”这一性质，我们并没有犯错。他确实编码了那种性质，尽管没有例示它。这意味着只要福尔摩斯一登场，把性质归属给他就可以理解成将被编码的性质归属给他，而不是“愚蠢地”将被例示的性质归属给他。创造过程也是同样。当柯南·道尔第一次写下“福尔摩斯会拉小提琴”时，我们应该把他的行为理解成将“编码了会拉小提琴这种性质”归属给福尔摩斯。所以，那个抽象的人造物（福尔摩斯）真正例示的性质是：编码了会拉小提琴。

的确，就算选择第二种辩护思路，这种理论还是会肆无忌惮地将错误归属给大家，因为虚构的生产者和消费者都不认为福尔摩斯和基尔戈·屈鲁特是抽象的。但是，如果不承认我们可能在某件事情上一直以来都是错的，那么做哲学的意义何在？要思考和谈论一个东西，我们不一定非得把它看成它所是的那种东西。

有些版本的抽象人造物理论（比如，van Inwagen 1977）在对创造过程的分析中并没有提到抽象对象，引入它们仅仅是出于批判的目的。只有在评论家（业余的或专业的）的口中，纯粹虚构的名字才以抽象对象作为其指称物。当（我们马上就要）转而考虑抽象对象能在语义学中起到什么作用时，我们就会知道批判性讨论的语境才最需要它们的地方。所以，大多数证据都是从那一领域的谈论中得到的。但是，不能因此就说我们应该在虚构名字中看到某种歧义或者多义性，在有的使用中（讲故事）没有指称，而在其他的使用中（对虚构的批判性讨论）又指称虚构对象。[6] 借用萨尔蒙的比喻

(Salmon 1998:298),我们现在有了"昂贵的意大利跑车"(抽象人造物),就应该尽可能地多开。他说:

> 我们不需要(像克里普克那样)断言:"夏洛克·福尔摩斯"那样的名字是歧义的。…… 福尔摩斯系列故事里的句子……在字面上指称了(尽管作者不一定指称了)虚构对象,并且在字面上表达关于那个对象的事情(通常是假的)。(Salmon 1998:298, 302 - 3)

并不是说,我们只有在某处见到抽象人造物,就得在任何地方看到抽象人造物。另外至少还有两个理由不要将虚构名称归结为多义的或歧义的。首先,克里普克在别的地方也说过,除非有直接证据,否则就不应该假定有歧义。[7] 面对由回指关系串联起来的同一个名字拥有不同用法的句子,比如"基尔戈·屈鲁特是个作家,他是冯内古特最有趣的创造物之一",根据上述的例子,说话者没有明确意识到这句话中有歧义,或者有共轭修饰。其次,有人可能会完全忽略那个(对我来说)抽象人造物理论最吸引人的一个特征,即作者的创造行为(在这种理论解释下)真正地创造出了新的东西。创造活动是创作者做的,不是评论家。如果我们采纳更加统一的方案,将虚构名称的所有出现都处理成以抽象人造物为指称对象,那么我们就不得不说,比如,柯南·道尔真的把"是个小提琴演奏者"这种性质归属给了福尔摩斯,而且从抽象人造物理论的角度来看,说福尔摩斯编码了这种性质就是说的这个。

## 5.3 抽象人造物理论的动机

(提出抽象人造物理论的)相当一部分动机源于我们的谈论有一种普遍的特性:它们似乎总是要求某种实在论(的本体论背景)。

而其特殊的动机就是将抽象人造物版本的实在论同其他的实在论相区别的那些动机。

彼得·范·因瓦根(Peter van Inwagen)已经提供了一系列相当详细的思考。就像在《虚构中的生灵》(van Inwagen 1977)一文中给出的,他的观点可以总结如下:

1. 没有很好的理由采纳迈农主义观点。相反,所有的事物都存在。虽然 van Inwagen 也没有完全明说,但是他可能倾向于用类似的思路反对非现实论:所有事物都是现实的。把这些观点放在一起就会得到:所有事物都是现实的存在物。

2. 他给出了一些(他认为)只能用实在论的本体论才能解决的例子。我们已经见过一些了,稍后我们会更详细地考察。

3. 把这些放在一起就得到,虚构对象是真实的、现实的存在物。

4. 因为它们既不是精神的也不在空间中,所以它们应该是抽象对象。[8]

我(顺便)提过,范·因瓦根那个版本的抽象人造物理论认为虚构的作者不表达命题(要么真要么假),这意味着他不认为虚构名字被用于讲故事时指称抽象人造物。他似乎是从作者在讲故事时并不是在做断言这一事实推出来的。但是,人们可以不加断言地说一些事(比如,笑话),而且如果有人说了什么,他就表达了一个命题并且可能指称了某个特定的对象。所以,我会把他理论的这个方面放在一边,把注意力集中到那几个他认为可以支持实在论的例子。

在这里,让我们先看两个(编号来自他的原文 1977, p. 301):

(2)24 年前,萨拉·甘普夫人很好地代表了被雇来照顾生病穷人的护士。(狄更斯,1867 年版《马丁·翟述伟》[*Martin Chuzzlewit*]前言)

(3)甘普女士是狄更斯的全部小说里能够见到的发展得最为充分的、最具男子气概的女性(角色)。(西尔维亚·班金·曼宁[Sylvia Bank Manning],《作为讽刺作家的狄更斯》,纽黑文,1971:79)

范·因瓦根强调上面两个例子中,“甘普夫人”这个名字并不是用在小说的正文,作为故事的一部分。如果用在故事中,句子通常不承诺真。相反,(2)和(3)是关于小说的,而且是用来断言:当狄更斯写(2)以及曼宁写(3)的时候,他们是要真诚地说一句真话。这两个断言似乎是关于一个叫“甘普夫人”的人。范·因瓦根说我们应该将此“照单全收”:(2)和(3)(以及类似的句子)可以用来断言,它们需要有一个叫甘普夫人的对象存在才能为真。既然范·因瓦根不愿接受迈农主义观点,而他又倾向于现实论,所以那个对象(甘普夫人)就只能是实存的、现实的,以及非具体的。

没有花太多时间去直接辩护(2)和(3)中的文学事实以及它们蕴涵甘普女士存在这件事,范·因瓦根(1977)反而转向了一个更一般的实在论论断:小说人物那样的东西存在。有了这个实在论论断之后,他认为我们只能把(2)、(3)理解为的确指称了那些东西。这种将对实在论的第一波辩护进行推广的辩护策略在他后面的论文(2003)中也发挥着作用。下面有几个例子:

(4)有些19世纪小说里面的一些人物展示出来的身体特征比18世纪任何一部小说的任何一个人物都要丰富。

(5)小说里的一些人物是以真实人物为原型的,而另外一些则纯属想象的产物,通常不可能仅通过分析文本辨别出一个人物到底属于哪一类。

(6)因为19世纪的用英语写作的小说家大部分是传统的英国人,所以我们可以料想那个时期的大部分小说都会写刻板、滑稽的法国人或意大利人,但几乎很少是真实存在的。(van Inwagen 1977:302)

范·因瓦根坚定地认为,这些句子是真的,应该“按照字面意思”理解,而且可以推出小说中的人物存在。如果这些都没错,那么,他论证说,甘普夫人无可争辩地属于虚构人物,所以我们能够看出前面提到的单称句(2)和(3)也要求虚构对象存在。

范·因瓦根有时以反实在论者可以欣然接受的一种方式来表达他想要的结论:

> 小说中的人物存在。(1977:302)
> 虚构对象存在。(2003:137)

反实在论者可以把"小说中的"处理成虚构算子。这样一来,1977年那篇文章的结论(近似的说)就只不过是一个毫无争议的论断,即小说里面有人物。而对于2003年的那个结论,(我们已经看到)反实在论者可以说,"虚构对象存在"中的"虚构"起了虚构算子的作用,所以这句话的大意也不过就是说,根据一些虚构故事,存在一些人物,这不能作为支持实在论的证据。[9] 要使他的文章有意义,我们就必须按照前面说过的方式理解这句话:存在着实在的虚构对象,这样的对象不仅属于虚构所描绘的世界,还属于我们现实世界。

上面两种非实在论者(对原句进行的)压缩式改写或缩写(deflating paraphrase)不太细致,顶多能算替换而不是改写(这个区分见第6章)。[10]这种所谓的改写,与通篇只含一般性表达的虚构是相容的,而与使用专名或其他限定性表达式的虚构不相容。

如果一个故事说在12月的一个阴天很多人聚到格利尼克桥上,却没提到任何一个特定的人(而且在故事的其他部分也没给出任何个体性的信息),那么根据这个故事(还是)有人物存在。但这和人们通常说存在虚构人物时他们心里想的东西不一样。人们心里想的虚构往往包含了特定的单称词项(比如"夏洛克·福尔摩斯"、"基尔戈·屈鲁特")。一个全面的虚构主义解释必须考虑到这种特定性。我认为那是很容易做到的:根据某个虚构故事,存在特定的虚构人物。[11]

还有一个问题就是,反实在论者的回答能否满足这样一个熟悉而又苛刻的改写(paraphrase)概念:改写不仅要和目标句有一样的真值条件,而且还应该展示出目标句的语义机制或逻辑形式。就当前的语境来说,反实在论者可以使用不那么苛刻的改写概念。他们可以要求实在论者解释,为什么所有人想说的都不仅仅是:在小说里,有些特定的人物,或者根据一些虚构故事,有特定的人物。实在论者当然会回应这个要求,用一些(我们已经讨论过的)更有问题的句子来回答,比如那个几个关于“甘普夫人”的句子。反实在论者应该承认这是一个合适的回应,但是这个回应对于我们想要证实虚构人物或小说中的人物存在来说没有多少证明力(probative force)。不然,那几个更详细的例子,比如甘普夫人的例句,就会多余了。(第6.3节对不同种类的改写给出了更多解释。)

例句(4)-(6)的逻辑形式非常复杂,包括了类名词、复数、一个表面的虚构算子(“在小说中”),以及其他很麻烦的结构。这就让我们很难看出到底是什么起到了支持实在论的作用。在接下来的几页,我将尝试把这些不同的表达式所起的作用区别出来。

让我们把(6)化简为:

6 * 很少有19世纪的英国小说写到刻板而滑稽的法国人。

根据一种解读,这是一个嵌入到虚构算子的例子,因而可以写成这样:

6′根据很少的19世纪的英国小说,存在一些刻板而滑稽的法国人。

反实在论者对此没有问题,因为有一个很常见的原因:因为对刻板的法国人的量化出现在虚构算子的辖域之内。对(6 *)也许还有另外一种解读方式。小说里说一个人物是刻板的,这是一回事;而小说里说到的那个人事实上是刻板的,这是另外一回事。前一种事态使用的刻板概念是小说世界内部的,而相关的刻板是作者认为的;后者则是在小说世界外部使用,相关的刻板是我们认为的,即使它跟作者没关系。对(6 *)最自然的理解是用小说内部的刻板概念,而(6′)准确地捕捉了这一点。

对于更加外部的解读,我会建议下面这种:

6″ 有一些性质,F,是刻板、滑稽的法国人所特有的,而且根据一些19世纪的英国小说,有些人物具有F。

这样的例子中,很难看出反实在论者会遇到什么特别的问题。有歧义的(6*)可以由(6′)或(6″)准确地消去歧义。

范·因瓦根的(4)和(5)对反实在论者造成了更为严重的问题。在这两个例句中,我们可以通过下面的预测性的表达看出到底是什么起了支持实在论的作用:

4* x在小说y中展示的细节比x′在小说z中展示的要多。

5* 小说y中的x是以z(一个真实的人物)为原型的。

说这些谓词是(真正地,而不只是在虚构中)被满足是很自然的,而且这意味着:它们是被对象(真正地)满足的。所以,有真正的对象与x变元相对应,就是这些对象被称为虚构对象。这是支持实在论的一个重要论证。

但它不一定是有决定性的论证。核心问题(我已经指出)在于我们能否"按照字面意思"来处理这些谓词。这里马上就有一个怀疑的理由。没人真的会把下面这几句话当成一个支持独角兽的真实性的论证:

> 很多独角兽都被表象成跟马差不多大小。所以,有很多独角兽存在。

对这个现象(甚至都算不上是解释)的标准的界定是:像"被表象为"("被说成是")以及"思考"、"寻找"等等动词应该被归类为"内涵性动词"。它们的关键特征是,由它们组成的句子就算谓词没有被(任何东西)满足也可以为真。"约翰在想独角兽"可以为真,尽管不是由某个满足"约翰想x"的对象使得它为真的;其他的内涵性动词也是类似。[12]

即使以这种方式描述内涵性动词仍然有争议,因为实在论者会否认包含它们的句子可以在谓词没被满足的情况下为真。实在论者会坚持说,谓词并不是没被满足,而是被一些奇异的事物满足,那些事物是非实存的,非现实的,或非具体的。

对反实在论的恰当辩护必须要对内涵性动词有所解释。如果没有的话,反实在论就不成立。但如果对内涵性有一个好的反实在论解释的话(我在下一章会说这样的解释的确存在),那么就不能利用含内涵性动词的句子为真来论证实在论。

回到范·因瓦根那里,(4)和(5)的核心部件就是从"x 被表象成……"和"x 以……为原型"得到的内涵性动词。如果我们只从字面上来理解它们的话,那么的确实在论是真的。但是我们从独角兽的例子可以知道,不应该按字面意思来理解它们,至少不是任何时候。只有经过详细、漫长的讨论才能解决这个问题,这就要留待下一章。

范·因瓦根的策略是用(4)-(6)三个例子来证明存在实在的虚构人物,然后再回到(2)和(3)。就算有人认为在内涵性动词的问题被解决之前这种策略毫无意义,他可能也会承认即使没有(4)-(6)的帮助,(2)和(3)也已经能为实在论提供很有利的支持了。如果(2)和(3)(下面再写一遍)是主谓形式的真句子,那么很难否认像甘普夫人那样的对象存在。

(2)24 年前,萨拉·甘普夫人很好地代表了被雇来照顾生病穷人的护士。

(3)甘普夫人是狄更斯的全部小说里能够见到的发展得最为充分的、最具男子气概的女性(角色)。

然而,反实在论者会否认它们是主谓形式的真句子。我们已经

说过这两个句子非常复杂,而且很多的复杂成分对支持实在论并没有什么作用。所以,让我们考虑下面这种对(2)的简化变形:

2* 萨拉·甘普夫人是一个被雇来照顾生病的穷人的护士。

反实在论者会说,如果我们认为这个句子是真的,我们其实把它看成隐含地作用于一个虚构算子("根据《马丁·翟述伟》")之下。如果不加界定的话,这句话最多能算忠实于故事内容(而不是字面地真),或许人们有时用"真"其实表达的只是忠实性。目前,反实在论还没有什么问题。

眼前这个例子(2)其实更加棘手,因为它涉及虚构与现实的比较。狄更斯想说的是,当他在24年前写这本小说的时候,虚构人物甘普夫人是当时非常典型的那种被人请去照顾生病的穷人的人。这里最关键的表面关系是相似性:甘普夫人和那些通常被请去照顾生病的穷人的人很像。"和……很像"已经被划为内涵性的,所以需要特殊的语义学处理。认为一朵云和一只独角兽很像是很自然的,就算独角兽不存在也没关系。几乎没有人会认为这样一个论证有说服力:"独角兽和马相似。所以存在独角兽。"我们没有取得任何进展:我们知道,实在论者至少可以基于"这个动词表达的是一种真实的关系"这样的想法,很自然地为内涵性动词讲一个语义学的故事;而反实在论者会尝试反驳,他们会指出(就像在我的独角兽的例子中)我们当然不会总是想要从含内涵性动词的句子里得出实在论的结论。

(3)要求我们考虑一个非常微妙的区分,我们可以将其表达为"根据这部小说"和"在这部小说中"这两个算子之间的区分。[13]后者可以附上一句评论家可能会说的话。所以我们有这样一个真句子:

在这部小说里,甘普夫人是一个发展得很充分的人物。

虽然将“在这部小说里”改成“根据这部小说”会产生一个假句子：因为根据这部小说，甘普夫人是一个人，而不是那种可以被“发展”（develope）的东西。我们不能假定，仅仅因为“根据这部小说，p”可以在 p 为假的时候为真，就说“在这部小说里，p”也一样。可以说，上面列出的那个句子只有当甘普夫人是一个得到充分发展的人物时（以最自然的方式理解）才能为真。这里，“被发展”和“被表象”很接近：被发展得充分就是被表象得很详细。我们看到“表象”可以合理地被看作内涵性动词；同样的分类也可以自然地延伸到“被发展”。我们又回到了熟悉的内涵性问题上来。

这里简单总结一下范·因瓦根的贡献，我认为：他证明了关于虚构的谈论涉及很多的内涵性动词。（这一点其实可以用比他给出的更简单的例子说明。）他默认了至少有一些内涵性动词要求实在论的语义学。在这一章里他说的内容也许都是对的；但相关的问题会留到下一章才讨论。

肯德尔·沃尔顿（Kendall Walton 1990：416 – 19）站在反实在论的立场上提出了一种不同的回应。他说相关的句子并不真正是真的；我们只是在复杂的假装相信的游戏中假装它们是真的。我和范·因瓦根都认为他的回应不成立，但我们的理由不一样。范·因瓦根说，他觉得那些相关的目标句显然可以在非常严肃而没有任何假装迹象的情况下被说出：

> 我反正就是感觉：说“如果没有一个人物出现在所有的小说中，那么某个人物就是以其他的人物为原型的”这句话的人不是在进行某种形式的假装行为。（2003：137 n.4）

我不确定这是否真的那么明显。显然这里涉及的态度是某种特殊的态度，即使那不是伪装。再回想一下前面提到过的人类学家，非常严肃认真地断言渔业神阿特劳阿和察瓦霍之间的区别是后者更关心鱼本身的命运,而阿特劳阿则对渔夫的命运负责。这位说话者(人类学家)既没有承诺有那样的神存在,也没有承诺他的听众相信(或不相信)有那样的神。也许我们不能说他在说话的时候只是在假装:他可能正站在一个重要的会议的演讲台上,想要别人认真对待他的论断。但他知道他是站在陌生的信仰体系的角度说话,而不是站在他自己的角度。或许说这位人类学家假装接受那一套陌生的多神论也不是完全错误。或许,当我们听到沃尔顿说"如果没有一个人物出现在所有的小说中,那么某个人物就是以其他的人物为原型的"这句话的表达包含了假装时,那就是我们应该有的那种模型。

但我还是赞同范·因瓦根的看法,认为我们不需要沃尔顿那个结构复杂的基于假装的假装相信游戏来解释这种例子的融贯性,而沃尔顿的方法在细节上会遇上困难。关键之处在于要假装什么是受我们控制的,而在我们讨论的这种例子中我们不能随心所欲地控制。我们前面看到沃尔顿需要解释,如果查尔斯对黏液的恐惧属于扩展了的假装相信游戏,那么查尔斯怎么会完全不能控制自己是否感到恐惧。如果那只是游戏,为什么他不能假装自己勇敢到可以克服自己的恐惧?不能只是因为某条游戏"规则"禁止这样做:规则是可以被违反的,但是查尔斯却忍不住害怕。类似的,我们的人类学家会认为关于阿兹台克和玛雅的神只有唯一一件正确的事可以说,无论我们能假装说多少。就算那场人类学会议上发生的事情里涉及假装,这种说法也是非常错误的:我们的那位人类学家假装渔业神阿特劳阿和察瓦霍之间的区别是后者更关心鱼本身的命运,而阿特劳阿则对渔夫的命运负责。因为他对待那个论断的态度是极为严肃的。

非常严肃地做出的断言有很多种方式避免本体论承诺。我们在下一章会看到,反实在论者需要对其保持密切关注。

托马森为其抽象论的本体论的辩护是,它能摆脱日常谈论中明显的矛盾：

> 我们日常对(虚构)这个主题的谈论或思考中有明显的矛盾。比如,我们一下想说弗兰肯斯坦的怪物是弗兰肯斯坦博士创造的,而过一会儿又想说他是玛丽·雪莱创造的。(2003:205)

对于反实在论者,这根本不会产生矛盾。语境明显说明有虚构算子在起作用：

> 根据那个故事,弗兰肯斯坦的怪物是弗兰肯斯坦博士创造的;而说他是怪物的那个故事是玛丽·雪莱创造的。(2003:205)

在这个例子里,那个代词“他”也没有任何问题。它当然依赖于前半句的“弗兰肯斯坦的怪物”,但是大家都知道,假定指代关系总是包含了共指称(在某种意义上,如果没有指称就会不成立)太过于简单化了。[14]

这一节的结论就是内涵性作为关于虚构对象的实在论真正的基础凸现出来。如果反实在论者可以对这种现象给出充分的解释,那么反实在论就能对虚构进行解释;如果没有的话,那就不能。

## 5.4 抽象人造物理论的问题

我们首先从托马森她自己(虽然她本人是抽象人造物理论的支持者)认真对待的一个困难开始:如何处理像“夏洛克·福尔摩斯不存在”这样明显为真的论断?福尔摩斯既不例示也不编码不存在这种性质,所以如果将“存在”处理成普通的谓词,这个句子就不可能为真。她承认按照某种解读这样的句子是真的,[15]并且提议将“存在”理解成元语言谓词,这一点是从唐纳兰(1974)的想法中得出的。[16]

> 如果N是一个用在谓述句中的专名,意在指称某个(本体论类型的)K的对象,那么“N不存在”为真当且仅当N的使用没有满足指称到K类对象的条件。(Thomasson 2003:217)

托马森一开始就有这样一个很有希望的想法:至少在通常情况下,否定的存在性陈述依赖于之前的(已有的、肯定的存在性)用法,而做出否定的存在性陈述的人通常是想推翻那种(已有的、肯定的存在性)用法的一个预设:

> 不存在论断隐含地评论了前面已有的使用(说话者认为这些用法受了误导)……在做不存在论断时,说话者自己并不想用“圣诞老人”来指称某个人;相反,他指责此前人们使用这个名字时有用它来指称一个人的意图。(2003:217)

她的目的是想要为解释“虚构人物艾玛·伍德豪斯不存在”这样的句子为假留下空间。她的理论同时也需要处理,如果一个粗心的读者以为,故事里艾玛有一个叫弗雷德的弟弟,那么我们希望“虚构人物弗雷德·伍德豪斯不存在”为真。希望得到的结果用表格的形式表示如下:

| | | |
|---|---|---|
| 1 | “虚构人物艾玛·伍德豪斯不存在。” | F |
| 2 | “虚构人物弗雷德·伍德豪斯不存在。” | T |
| 3 | “艾玛·伍德豪斯不存在。” | T |

这样的期望会产生一些问题,因为只有“不存在”是歧义的或者虚构人物艾玛·伍德豪斯和艾玛·伍德豪斯不同(而托马森应该认

为二者是一样的)，第一个和第三个句子才会有不同的真值。或许抽象人造物实在论者最好尝试将“存在”处理为歧义的或语境敏感的：因为我们用这个词有时候包括了所有具体或抽象的事物，而有时候由只包含具体的事物。(1)(2)使用的是前一种更加宽泛的用法，而(3)则是更加狭隘的用法。[17]但是，托马森不是这样处理的，所以让我们回到她的立场。

第一个困难就是，就算没有错误使用的历史背景，一个否定存在陈述(无论是否有人说)也(显然)可以为真。“夏洛克·福尔摩斯不存在”也许算一个例子，因为我怀疑是否有人在使用这个名字的时候会误解福尔摩斯是个真人。为了以防万一，我们还是考虑这个例子：我给我的孩子们讲了一个关于喷火巨龙菲安玛(Fiamma)的故事。他们知道那只是个故事，所以也知道“菲安玛”没有指称，因而他们绝不会以指称某物的意图去使用这个名字。同样，我也不想指称任何一种(本体论类型的)对象。所以，使得“菲安玛不存在”有真值条件的那个条件并没有得到满足。所以，托马森的处理方法没有给出“菲安玛不存在”的真值条件，但是这句话是真的，不管是否有人说过。因此，托马森的主张充其量只不过是一种不完整的理论。

第二个困难在于托马森的主张把关于本体论范畴的错误处理成关于某物是否存在的错误。这里有几个例子。设想某个人通过正常的方式学到了“布什”这个名字，他相信布什当过美国总统等等。但他还相信布什是天使而不是肉体凡胎，他表面上的肉体其实是超自然力量制造的幻象。我认为这个糊涂蛋意图用“布什”指称布什并不属于的本体论的类(天使般的)中的对象，但是他使用这个名字的历史并没有满足指称那一类对象的要求(因为这个人口中的“布什”的语义指称就是布什)。由于这位说话者是通过正常的方式习得这个名字，所以这个名字的使用史里其实指称了一个生物体，而不是天使。按照托马森的说法，似乎就能得出“布什不存在”

是真的,或者它在我们这位说话者口中是真的,而这是错误的结果。对于一个"本体论的类"这个概念没有争议的例子,设想某个人从莎士比亚的戏剧中习得"科里奥兰纳斯"(Coriolanus)这个名字,他错误地设想这个名字指称的是一个纯粹虚构的将军。(我承认自己曾经就是这样一个人。)按照抽象人造物理论,这个人使用"科里奥兰纳斯"时想要指称"虚构对象"(或"创造出来的人造物")那个本体论类中的一个对象。但事实上,他指称(不论他是否知道)了一位公元前 5 世纪的罗马将军,这位将军的光辉事迹不但由普鲁塔克(Plutarch)以历史的方式记录下来,还由莎士比亚通过虚构的方式表现出来。这个人对"科里奥兰纳斯"的使用没有满足指称一个人造物的要求。所以按照托马森的主张,"科里奥兰纳斯不存在"是真的,或在那个人口中是真的。

对于托马森来说,将真值条件的得出与特定范围的言语行为以及某些本体论的类所特有的意图联系起来的意义在于,她能将我们表格中的第一个例子与其他两个区别开来。"艾玛 · 伍德豪斯"的实际使用一直都伴随着指称虚构对象(这个本体论的类)中的事物的意图,以及能使这种意图得到满足的全部条件,所以"虚构人物艾玛 · 伍德豪斯不存在"按照托马森的说法是假的。相反,虽然"弗雷德"(我们可以想象)的使用也伴随着同样的意图,但那些满足意图的条件没有全部得到满足,这解释了为什么(2)是真的。如果我们认为(3)是用在意图用"艾玛 · 伍德豪斯"指称真人的场景,那么由于相关的条件不满足,所以按照托马森的说法"艾玛 · 伍德豪斯不存在"为真。问题就在于,没有理由假定"艾玛 · 伍德奥斯",以任何与我们的讨论有关的方式,一直被用来意图指称真人。按照托马森的说法,表格中的(3)获得真值条件的前提也许没被满足(因而它不能为真),尽管这个句子事实上就是真的。

托马森也隐含地承认了这一点。她写道:

如果之前的说话者意图用这个名字指称一个人(如,“我想我要请福尔摩斯来破这个案子”),那么……(在预设的那些使用语境之中)“福尔摩斯不存在”就是真的。(2003:217)

问题在于,最初的那个直觉——“福尔摩斯不存在”是真的——跟某人是否怀着指称真人的意图来使用这个名字是毫无关系的。

抽象人造物理论的支持者不必认真对待这些直觉。为什么不说像“夏洛克·福尔摩斯不存在”那样的句子严格说来是假的呢?[18]如果有人想用这个句子表达真命题,我们会认为他说话很随意,而他实际上是想表达类似“福尔摩斯不是真人”的内容。说类似(1)(“虚构人物艾玛·伍德豪斯不存在”)那种句子的人只是表明,它们关于虚构对象的本体论观点是错误的,(2)没有什么问题,而(3)不严格地、甚至(严格说来)错误地表述了艾玛·伍德豪斯不是真人这一事实。

我认为抽象人造物理论的问题在别的地方,虽然对处理存在问题感到不安也许正是那些别的问题导致的。它们具有这样的形式:按照抽象人造物理论,虚构对象不属于我们希望它们属于的那类东西。我们希望它们就跟故事里说的一样,是侦探或者会拉小提琴,但据称它们属于完全不同的一类东西。待我详细说明。

1. 当我们思考虚构对象时,我们没有把它们当成是抽象的。作者,最有发言权的人,会强烈反对说它们是抽象的。由抽象人造物理论可以得出,虚构的生产者和消费者都陷入了严重错误之中。虚构对象在被创造的过程中根本不具有故事里说的那些性质。这就很神秘了:柯南·道尔设定了福尔摩斯戴着一顶猎鹿帽,所以存在着福尔摩斯这样一个对象,只是这个对象竟然不具有(即例示)戴猎鹿帽的性质。他的确具有(例示了)一种真实的性质:编码了戴一顶猎鹿帽的性质,但这个性质不是大部分作者能够知道的。当然可能出现人们不理解自己在做的事情的情况,但是说那么多的(也许是所有的）作者那么频繁、那么严重地犯这个错误就很令人吃惊了。

2. 虽然例示/编码之间的歧义对这种理论（这里讨论的这个版本）很关键，但是它假定了太多的歧义。不妨把动词加上角标，用X、N分别代表例示和编码，将两种不同的解读明确标出来（没有标的动词仍然保持其含混性）。我们不希望这样的歧义是普遍的：例如，“伦敦是一座城市”就不会有“伦敦是$_N$一座城市”这样的错误解读。而且，嵌入虚构算子的谓词就不能按照编码来解读，因为故事告诉我们其中的人物例示了各种各样的性质。这种理论最好说，只要附近没有出现虚构名称或者谓词是嵌在虚构算子之中的，那么谓述就一定只表达例示。但即使有这样的限定，还是会有烦人的歧义保留下来。例如，很难听到对“基尔戈·屈鲁特是库尔特·冯内古特创造的”的错误（N）解读。

3. 被编码的性质通常是作为例示（关系）被编码的：福尔摩斯编码了是$_X$一个侦探的性质。但是，被编码的性质也可能作为编码（关系）被编码，如果虚构之中还有虚构的话。贡扎古被编码为是一个虚构的国王，所以他应该具有$_N$是$_N$一个国王这种性质。由于有虚构名字出现，所以要考虑例示/编码的区别，因而不带角标的这个论断最多有四种解读方式。这实在是难以置信。

4. 我们会得到一种极端而奇怪的字面论。福尔摩斯语句（“福尔摩斯曾经住在贝克街”）有一种解读（“福尔摩斯曾经住$_N$在贝克街”）是绝对地、无歧义地正确的；这就太极端了。而且按照这样的解读，福尔摩斯语句不再忠实于故事内容，这也太奇怪了。

5. 编码和例示的区别也适用于表象工具（representational vehicles），但虚构对象不是表象工具。它们是被表象的东西。作为类比，考虑画布上一个绿色的点。它表象了皇后戴的戒指上的祖母绿，所以它编码了是祖母绿这种性质。它例示了是从颜料管里挤出来的这种性质。我们可以用不加修饰的“是”这个动词来表达两种关系：是的，那是她的祖母绿；以及，是的，它是从颜料管里挤出来的。对于文学的虚构，与这个例子相对应的是语词或句子：它们既能编码住在贝克街这种性质，也能例示是由柯南·道尔放在一起的这种性质。这都没有问题，但是要清楚真正做编码工作的不是虚构对象，而是那些用来表象虚构对象的东西。我们不应该对此感到奇怪，因为编码就是表象或表示。而抽象论者的虚构对象则成为表象（representation），而不是被表象的东西。

6. 被编码的表象不能是命题形式的：福尔摩斯也许编码了是一个侦探，但是不能编码福尔摩斯（他本人）是一个侦探；而且很明显是表象而不是虚构对象在编码。所以编码都只是命题的一部分（如，是一个侦探）。这意味着被表象的东西都不是单称的；而这反过来又和通常对虚构的理解是矛盾的。我下面就以对这个想法的详细说明作为本章的结尾。

单称性（singularity）是虚构的一个重要特征：虚构向我们介绍了特殊的人物、地点和事件，而我们也对这些事物产生了单称的思想。对虚构的合理解释必须考虑这一点，而且虽然实在论的本体论通常能够很好地满足这个要求，但是抽象人造物版本的实在论却做不到这一点，虽然它有其他的长处。

单称思想是用限定性的（definite）单称表达式（和仅仅是不确定的或一般性的表达式相对），如专名和限定性描述，表达的思想。认为单称性需要一个对象是非常自然的（虽然我碰巧认为这是错误的），这当然对实在论者是一种鼓舞。我认为正确的观点，尽管我不能在这里为其辩护，是这样的：单称性要求思想有思考个体对象的正确形式，尽管（比如在虚构中）它们事实上并不引入对象。很多虚构性思想都有正确的形式，即由包含（典型的）专名的句子表达。让我们来看看抽象人造物理论能否妥善处理这种单称性。

我看到的问题是，所有的编码都是命题的一部分，而完成编码的对象一般不适合做虚构所需要的那种单称思想的目标。被编码的是性质，而不是命题。我们是怎么从和被编码的性质打交道转向与虚构对象打交道的？对一个性质进行编码的通常不是例示那个性质的东西，所以按照抽象人造物理论的说法，虚构对象本身似乎不是那种可以成为单称思想对象的东西。

也可以换一种方式说明这一点。当然，断定人们有错误的思想总有可能会对。但是，让我们看看，虚构的生产和消费会是什么样子，假设各方都有意识地相信抽象人造物理论（因而不会有错误的思想）。

柯南·道尔想告诉我们福尔摩斯戴了一顶猎鹿帽。他并不要我们相信它，而只是想我们假装相信。虽然他肯定不会真的认为那句话是真的，但他也不会认为将一个性质归属给不可能有那种性质的对象是可笑的错误。类似的，作为读者，我们想象福尔摩斯戴着猎鹿帽得意洋洋的样子。但是，等等：既然已经假定了我们知道自己在干什么，我们就知道我们想象的是一个抽象对象。一个戴着帽子的抽象对象？太荒唐了！

如果我们要用实在论的方式解决单称性问题，对象就必须是那些没被欺骗的作家和读者可以想象的对象。这意味着：这些对象的本性并不排斥那些由想象归属给它们的性质。一些版本的字面论的迈农主义和非现实论的理论在这一点上做得很好。这个版本的抽象人造物理论在其他方面似乎前景光明，但是在这里却很不尽人意。

## 拓展阅读

Thomasson（1999，2003）是抽象人造物理论一个经典的来源。对这个理论的一些批评和一种不同的发展，见 Voltolini（2006）。Friend（2007）中提出了另一种反对抽象人造物理论的论证。对范·因瓦根的批评，可见 Sawyer（2002）。

# 6

# 反实在论:虚构与意向性

## 6.1　反实在论者的可选方案

> 改写……能让我们非常方便而谨慎地谈论那些在本体论清单上没有立足之地的(所谓的)对象。它可以帮助我们合法地构建承诺的东西比直觉到的要少的理论。
>
> ——蒯因(Quine 1969:101)

关于虚构的反实在论者宣称:不存在实在的虚构对象;或者,至少我们没必要为了解释虚构而假设存在实在的虚构对象。关于意向性的反实在论者将此扩展到所有涉及"相关性"(aboutness)的情形。其核心概念是考虑或思考(thinking about)。我能思考珀加索斯(一个虚构的或神话的例子),治癌症的药,或者我没写出来的那本好书(非虚构的例子)。庞塞·德莱昂对不老泉的追寻是"关于"不老泉的。我们应该不会说这是一个虚构的例子,但还是会遇到非常相似的问题:即使没有这样的东西或这样的泉,还是可以有对不老泉的追寻吗? 如果没有特拉法马铎那样一个星球,还能否寻找它? 如果所有的追寻都需要对象,那么有一些被追寻的对象就一定是奇异的:非存在的,或非现实的,或非具体的(否则我们就要承诺像"有一个存在的、现实的、具体的不老泉"那样的假句子)。其他意向性的例子多种多样,而且分布广泛。我可能需要帮助,即使不可能获得;我可以崇拜宙斯,即使没有那样一个神灵;我可以欣赏法厄同,即使他从未存在过;我可以怕鬼,即使世上根本没有鬼……反实在论者说,我们不需要将奇异对象看作这些状态的对象:如果"对象"特指跟本体论相关的对象,那么可以说这些状态都不是关于对象的。

意向性通常是指心理状态的一种特征,即它们的相关性(aboutness)。虽然这种用法也没有完全固定下来,我们还是可以用"内涵性"来标记使得某些语言表达式特别适合用来描述意向状态(intentional states)的那些特性。[1] 在这些特性中,能为"内涵性"这个词的使用提供依据的一种核心性质就是:包含内涵性动词的句子的真假似乎并不依赖于句子成分的外延。一个名字的外延是它的承担者,一个谓词的外延是满足它的东西,而句子的外延就是真值。像"思考"这样的内涵性动词显然可以用来构造真句子,即使有些句子成分没有外延,比如"约翰在思考珀加索斯"或"萨利在想一个女巫"。我对"意向性"和"内涵性"的区别是这样理解的:你对伦敦的思考是意向性的展示,而"思考"这个动词是一个内涵性动词。反实在论者会被问,如果不假设奇异的对象,要如何理解意向性事实,或由内涵性动词构成的句子。

关于意向性和内涵性的实在论者认为:意向状态总是需要有对象,而且有时候只能是奇异对象;包含意向性动词的真句子同样总是需要有关系项(relata),有时也只能是奇异对象。我认为要将关于虚构的反实在论和关于意向性和内涵性的实在论合理地结合到一起是不可能的。有些明显为真的句子既有虚构或神话中的名字出现,也用到了内涵性动词:"希腊人崇拜宙斯","Peter van Inwagen写了关于甘普夫人的东西"。我们不能说我们关于虚构对象的反实在论不能涵盖这些句子。如果承认它们需要特定的虚构对象或神话中的对象(宙斯和甘普夫人),那就没有理由不把这些对象用到其他难以处理的句子中去,比如说明显的元虚构量化(metafictional quantification)("很多虚构人物都被描写得相当简略")。一旦我们把反实在论扩展到虚构表达出现在内涵性动词辖域之内的情形,那么唯一理智的做法就是将其进一步延伸到一般的意向性(有非虚构性表达式落在内涵性动词的辖域之内的句子)。如果说希腊人崇拜宙斯这个事实中不涉及对象,那么我们也应该说勒威耶(Leverrier)在思考瓦肯星(Vulcan),或者这支队伍在寻找治疗癌症的特效药等事实也不涉及对象(不涉及瓦肯星,也不涉及癌症的特效药)。关于虚构的反实在论者必须处理内涵语境中的虚构性表达式,而这很自然地会指向关于一般的内涵性(以及意向性)的反实在论。

反实在论者是在防守、辩护的一方,因为很多的习语都支持实在论的处理。我们在讨论迈农主义的时候就看到,很难阻止从那么多不存在的东西的例子出发推出有些东西不存在的结论。然而我们同时也看到,经过反思,必须要阻止这样的推理:因为并不是说有一些具有非存在这种奇怪性质的龙(it's not that there are dragons having the strange property of nonexistence),而是根本没有龙。对反实在论的辩护建立在对这种推理形式的实例逐个推翻的基础上。最后能得到的不是一个支持反实在论的正面论证,而是(如果顺利的话)一个没有好的论证来反驳它的例子。

下面我会先列出一些反实在论者可以选择的策略。不同的策略会有不同的问题。

1. 改写:这个有问题的句子是真的,但是存在一个和它具有等价的真值条件而没有它表面上的本体论承诺的句子。

一个例子就是"有虚构人物存在"。反实在论者会说这可以改写为"某个或某些虚构刻画了特定的人物"。所有人都会同意后面这个句子没有承诺虚构人物真的存在。具有同样的真值条件是一个对称的关系,同样的真值条件保证了同样的本体论承诺,即必须存在同样的东西来保证句子为真。所以,改写策略一般会遇到这样的回应:我同意你的等价改写,但是对于这些等价的句子中哪一个才是本体论的导引,我跟你意见不同。同意"有很大的可能性他会来"等价于"他很可能会来"的人,也许会利用这个等价关系推出后面那句话也承诺了有机会(chances)的本体论(虽然它表面上并没有承诺)。另外一些可能从别的方向利用这个等价关系。就我们现在讨论的例子来说,所有人都同意"根据某虚构故事,有些人物存在"没有承诺虚构人物,所以这种形式的句子不会带来问题。

有一种常用的策略可以帮助我们重新获得某种不对称性,那就是:宣称这一改写揭示了原句的"逻辑形式"。逻辑形式被认为具有完全"透明的"本体论,所以改写后的句子(而非原句)应该成为原句的本体论承诺的导引。但是这种策略具有过多的理论承载,反实在论的辩护最好不要诉诸这一策略。我还是要给一个例子:反实在论者会说如果我们认为"福尔摩斯是个侦探"是真的,那么它的逻辑形式就是加前缀的句子"根据故事,福尔摩斯是个侦探"。虽然原句好像蕴涵了存在一个福尔摩斯那样的对象,但是后面那个所谓的逻辑形式则没有。

2. 拒斥或摈弃(Rejection):这个句子就是假的,或者它的本体论承诺不成立,而且这一点可以直接证明,不需要任何替换或改写。

比如,有人否认"希腊人崇拜宙斯"是真的(但是没有对希腊众神的本性提出质疑)。他们需要解释为什么那么多人和他们的想法不一样,但这样的解释并不需要提供替换或改写。

另外一个例子:我说过"存在着 X 的例子"并不能推出有 X(将 X 替换成"不存在的东西")。有些量词其实不量化任何对象域,比如,"有一样东西约翰和玛丽两个人都有:友善",所以反实在论者可以否认一个量化表达式需要承诺相应论域的对象。[2] 这种策略中不需要改写或替换。

还可以通过一种有趣的方式来界定拒斥的策略。我们可以一方面说某事是绝对的假而拒斥之,但另一方面同时认为它在我们经常愿意做的某种预设下是真的,尽管我们并不真的相信它是真的。

所以我们可以真诚地(在某种预设之下)断言某事,而当预设不成立时我们也可以认为它是假的。

预设的概念在哲学或语言学的文献里面都早已有非常细致而且技术化的讨论。初步理解是说一个句子、表述或者说话者(不同的理论有不同的讨论主题)预设了某个东西,仅当要使句子有真值或说话者能做一个有真假的论断就必须要有那样一个东西。标准的例子是(Strawson 1950):"法国国王是秃子"预设了有一个唯一的法国国王。如果没有那样一个唯一的法国国王的话,那么通过表述这个句子就不能表达任何有真假的东西。如果确实有那样一个唯一的国王,一个真的表述就会正确地谓述他是秃子;而假的表述则会错误地谓述他是秃子。如果没有唯一的国王,那么它就没有谓述任何对象,因而真或假都是不可能得到的。

我们需要的预设概念与此类似,但是更宽泛。我们需要的概念是这样的,人们预设某个东西就是为了当前的目的而视其为理所当然。这可以将标准例子囊括进来:通常使用"法国国王是秃子"做真诚的断言的人预设了一个唯一的国王存在。但是这可以进一步延伸,比如下面这个例子:

> 你:假设明天天气不错,你会做什么?
> 我:我会出去散步。

我的回答是一个真诚的断言;在做这个断言的时候我预设了明天天气不错。但是,我可能并不相信明天天气会不错。怎么可能这样呢?难道真诚的断言不就是断言某个人相信的事情吗?如果一个人不相信他做出的断言的某个预设,那么似乎他不相信他断言的事情。[3]

刚才提出的预设附带着相对真理的意思(第2章讨论字面论时我们提过)。我明天会出去散步可能不是真的,而且当我真诚地断言它时,可能我也不相信它是真的。这是因为这个语境(这里是非常清楚的)要求我做一个预设,这个预设允许我们将真和真诚相对化。(我们并没有因为这个而必须放弃绝对的真和真诚:它们只是在"伺机而动"。)假定明天天气不错,如果我真的相信我会出去散步,那么我就是真诚的。当我断言的时候,我并不相信明天天气不错,在这个预设之下,我会出去散步这件事不会使得我不真诚。这说明,我们应该按照在当前的预设下为真的要求去评价我说的话,而不是按照绝对真的要求。

反实在论者可以把使用本体论上承诺了奇异对象的句子所做的真诚断言,刻画成在某种预设之下做出的、不需要相信的而且没有承诺绝对真的断言。这适用于我们那位无神论人类学家,也可以用来解释断言"福尔摩斯住在贝克街,而不是丹佛街"这种句子的真诚性。

3. 替换:我们没必要承认这个有问题的句子是真的。我们可以用一个具有相同的用途而不附带有问题的本体论承诺的句子来替换它。

替换的策略没有改写的方法要求高,因为替换不要求真值条件和原句一样,更不用处理复杂的逻辑形式这个概念。这里只需要更模糊的等价关系:替换的结果跟原来的句子有同样的用途。不对称的地方可能在于我们(对待替换语句)的态度:我们更愿意断言替换句而非原来那个句子,或者我们认为它"严格说来"更加准确,或者"它才是我们真正想要说的"。[4]

下面让我们看看抽象人造物理论可以如何利用替换策略。虽然我们不愿意说"艾玛·伍德豪斯不存在"和"没有艾玛·伍德豪斯这样一个人"有同样的意义或真值条件,但是后者(在抽象人造物框架之下显然是真的)可以用来代替前者(在抽象人造物框架之下,很自然地被理解为假的)。

替换策略有不同的动机,因而也有相应的子类。

a. 认知动机。罗素说我们应该用逻辑构造取代形而上学的怪物。罗素用"形而上学的怪物"指的其实是我们认为极其普通的东西(桌子、河流、山脉),罗素称它们像怪物一样是因为他认为这些东西涉及神秘的或者矛盾的实体(substance)概念。这个想法就是,用来替换的句子,只指称感觉材料(sense data),它们穷尽了原句所有的可知内容。山脉存在这个论断,按照日常的理解,承诺了实体。最好将它替换成这样一个论断:存在着以像山那样的(mountain-like)感觉材料为原料的逻辑构造。这就让我们可以做所有(我们有权做出的)断言,而不用分享"野蛮人的迷信"那样的蒙昧无知。

b. 本体论动机。也许有人会担心是否存在"普通家庭"(average family),但是很难为"普通家庭有 1.3 个孩子"找到合适的改写。(使用罗素的摹状词理论得到的结果很可能问题更大。)找个替换倒很容易:孩子人数除以家庭数得到 1.3。这样的替换没有解释原句的意义或逻辑形式,甚至真值条件(如果原句承诺普通家庭存在的话)也没解释,它只能作为一条退路:如果我在普通家庭的本体论上受到压力,我就会退而选择这种替换。它对我来说同样有用,很明显它不会让我承诺存在着普通家庭,它会带来对本体论无意义的担忧而不要求我为"普通家庭"的语义给出任何说法。

如果应用到虚构,由本体论驱动替换的一个例子是,如果有人承认"福尔摩斯是个侦探"要求实在的虚构对象来使它真,但是又说(如果有需要)这个句子总能被替换成加前缀的版本"根据故事,福尔摩斯是一个侦探"。经过反思,相信原来那句话所说的其实是完全多余的,因为我们不相信福尔摩斯故事里说的东西是真的。我们关心的任何东西都能用不承诺对象的、加前缀的句子替换。所以,加前缀的方法可以用在不同的策略中,既可以用作改写也可以用来替换。

c. 随意的谈论。(a)和(b)这两类主要强调的是动机。独立于动机的另一种区分替换类型的方法是看替换策略是如何刻画原句的错误之处的。一种分析说,原句只不过是一种随意的说法:我们的说话方式比较随意,很不严格,但是我们自己以及评判我们的人都知道我们可以很容易地找到更加准确的说法来替代。

在这一类中,我们可以囊括进来:日心说支持者(他们会说太阳下山)、狭义相对论者(他们谈论共时事件),以及那些虽然不是泛灵论者但是会说温度计知道房间温度的人。随意与准确或谨慎相对,所以关于普通家庭的谈论或对福尔摩斯的住址未加界定的断言,可能不太适合归入随意的这一类,而且显然那位无神论人类学家也不适合(归入这一类)。从抽象人造物理论支持者的角度来看,"艾玛·伍德豪斯不存在"这个论断应该划入这一类。而更严格的(而且为真的)说法应该是,没有那样(艾玛·伍德豪斯)一个人。

d. 假装。假装和预设的作用之间有微妙的区别。假装会很自然地影响某些言语行为的语力(force)的理解,比如,把看起来像断言的行为处理成假装断言。相反,预设可能对言语行为的分类不产生任何作用,比如说对于真正的断言,就只能以评价断言内容的方式去处理。回到前面那个例子,我声称我真的断言了我会出去散步。按照假装的观点,这应该被划定为一个假装的断言。

假装似乎是对散步那个例子的错误分类。这样一个例子也许更加合适,正在玩(或仅仅是策划)一个"树桩是熊"(stumps - are - bears)的游戏时,我指着一个树桩喊"小心! 那边有熊出没!"说我不是真的断言而只是假装断言那里有头熊,似乎(至少)是很自然的(甚至是唯一正确的)。在我看来,支持实在论语义学的重要论证中只有很少几个可以通过归到这一类来处理:实在论者会(至少应该)给出我们倾向于断定为真的句子,而不只是假装断定的句子。

有的理论家认为虚构名称是无意义的,因为它们没有承担者(如 Adams et al. 1997; Walton 1990),于是发展出一种部分的反实在论策略。关于如何处理为虚构名称指派奇异对象作承担者的压力,他们给出了一些非常有用而具体的建议,而我会在一些地方采纳这些建议。但是出于两个理由,我不会接受这种一般策略。第一,毫无疑问,虚构名称乍看起来是有意义的。说它们没有意义的论断只会在密尔式的理论框架中才会出现,而且通常被认为是这种框架的一个困难(也许可以克服,但仍然是一个困难)。由于我认为没有理由接受作为背景的密尔式理论,这种理论认为任何一个有意义的名字都有指称。也没有理由不接受这种很自然的观点:即使没有承担者,虚构名称也是有意义的。第二,这个问题应该是设定在意向性这个更一般的框架之下的,而且涉及的表达式不只有名字,比如说还有限定的和非限定的名词短语(如"治疗癌症的药"和"我没写出来的那本好书")。说这样的表达式没有意义因而在任何情况下都必须采取其他的处理方法,是明显错误的。

## 6.2　反实在论者对一个案例的初步考察

实在论者用跨虚构的比较支持他们的主张。一个标准的例子:

安娜·卡列尼娜比艾玛·包法利更聪明。

托尔斯泰或福楼拜的故事都没有提到来自对方的人物,因此两个故事都没有说这个比较是真的;因此,在这里机械地套用忠实性的想法也没用。实在论者说我们必须"按照字面意思"来处理这个句子,它表面上具有"Rab"的形式,而这就需要为这两个专名找奇异的对象作支撑,否则我们就不能认为这两个句子是真的。

反实在论者可以回应说,只需稍加处理(实际上无论如何也得做),我们就能把这个例子和"福尔摩斯住在贝克街"做同样的处理。这样的话,福尔摩斯语句虽然不真但是忠实于故事。如果我们想得到真正的真,那么我们就必须给他加一个虚构算子作前缀。这可以被认为是替换,也可以(通过些许阐释)被看作是预设。

反实在论者还需要做的就是证明虚构算子可以叠加。正如我们可以把目击者的证词积累起来得到一个(比任何单个目击者所能讲的都)更大的故事,所以我们也可以把不同的小说放到一起,考虑同时根据《安娜·卡列尼娜》和《包法利夫人》两个故事会怎么样。这两个故事共同决定了,根据故事这是真的:安娜和艾玛都存在而且有某种关系,比如她们其中一个比另一个更聪明。用 F 表示虚构算子,随后加上用来表示故事、文本或一套故事等的下标,并且将故事内容用方括号括起来放在后面,就得到:

如果 $F_a$[p] 且 $F_b$[q],则 $F_{a,b}$[p 且 q]。[5]

当我们把多个目击者的信息整合在一起时,可能根据这个总的证词,p 为真,虽然没有哪个目击者的证词说 p 为真。非常类似的,“$F_{a,b}$”就是要表示根据故事 a 和故事 b 事情是如何的,而不需要一个囊括二者内容的故事。

这种的结合以如下的可能情形为标志:

$\Diamond$ ($F_{a,b}$[p 且 q] 且 并非 $F_a$[p 且 q] 且 并非 $F_b$[p 且 q])。

我们那个比较的例子可以看成是下面这个句子的省略:

根据《安娜·卡列尼娜》和《包法利夫人》,安娜·卡列尼娜比艾玛·包法利更聪明。

我们不必担心这会推出其中一个作品同时说到了两位女士。相反,就像单独的一个作品明说的内容会让它承诺一些没有明说的东西,所以托尔斯泰和福楼拜说了的内容会让他们承诺给他们的女主角设定一定的智力水平,从而证实那个比较。在类比的意义上,一句话可以(就像我相信我们讨论的那个比较句就是)忠实于多个故事的结合体。

如果有人对这种结合的进路还有点同情的话,我认为有一种常见的替代方案更应该得到接受。或许一般的比较句都会引入尺度,所以“x 比 y 更 F”应该理解成:i、j 都是 F 的程度,x 的 F 程度是 i、y 的是 j,而且 i > j。将此直接应用到我们的比较句,得到的仍然是同样有问题的表述,不会产生什么新的结果:

> 对于某对 i、j,安娜·卡列尼娜的聪明程度是 i,艾玛·包法利是 j,而且 i > j。

还需要做的是给程度量化分配(相对于虚构算子的)宽辖域:

> 对于一定的聪明程度 i、j,i > j,并且根据托尔斯泰的故事,安娜的聪明程度是 i;根据福楼拜的故事,艾玛的聪明程度是 j。

即使将 i 和 j 看成聪明程度不精确的波动范围,仍然可以怀疑两位勤奋的作者是否成功地对两个波动范围做了从言的肯定,从而将两个真实的数学对象与相关的主人公关联起来。不管怎么样,刚提出的这种方法不能推广开来。在卡夫卡的原作中,格里高尔·萨姆莎被变成了一只昆虫因而长了六条腿。但是设想一个稍微不一样的版本,其中他被变成了某种多足生物。我们知道它有很多条腿,但是不知道到底是多少。他的腿肯定比我多。但是没有一个大于 2 的数字 i 满足如下条件:根据(修改过的)卡夫卡,格里高尔有 i 条腿而我只有两条。[6]

我前面已经说明有一种反实在论方案是将跨虚构的比较句当成简单句(比如福尔摩斯语句,“福尔摩斯住在贝克街”)那样处理。虽然,甚至很多实在论者也认为,反实在论显然不用担心简单句,但是我却从没有明说反实在论者到底该如何处理简单句。我们应该把福尔摩斯语句改写成一个由虚构算子作前缀、没有在本体论上承诺虚构对象而且字面的真的句子吗?这种处理方法在我看来是错的:因为两个句子连真值条件都不同。那么正确的做法不是改写而是替换?这似乎好一些的,但是怎样为替换辩护?虽然受本体论考虑的驱动,但是这根本不像是把一个随意的说法替换成一种精确表达,或者把我们顶多可以假装断言的换成可以真正断言的。(加前缀的版本的确可以真正地或完全地断言,但是这并不意味着不加前缀的就不能。)我们应该从忠实性而不是真的角度来评价福尔摩斯语句?虽然我认为确实应该这样做,但是只是当着实在论者的面断言这个可能就是循环论证了。如果他是字面论者,那么他可能同意按照忠实性来评价福尔摩斯语句,但是他可能不会心甘情愿地赞同说我们不能按照真来评价。我们可能需要用到我在第 2 章给出的反对字面论的论证。

我个人的倾向是认为我们应该分辨相对于预设的断言和真。这会容许对福尔摩斯语句完全真诚的断言(比如说在某个语境中,一个消息闭塞的人断言福尔摩斯住在多佛街),以及相应的相对于预设的真概念(即忠实性)。与此最接近的竞争方案会以假装为核心概念。

沃尔顿给出的假装理论,在我看来,被他的这个要求削弱了:对于单称句中,我们不仅要假装它们是真的(当它们不是时),同时必须假装它们表达了命题,因为沃尔顿认为它们不表达命题。我们可以去掉这个性质。塞尔和西弗对假装的使用则被这样一个要求削弱了:相关的言语行为都是假装断言,但我们已经看到这与事实不符。(其中有真正的断言。)这个特性也可以去掉。这样得到的更加合理的假装理论可以推出,在断言福尔摩斯住在贝克街时,我们是在假装事实如此,可以"按照假装的东西"来评价我们的断言。这在结构上和当前的反实在论提议相似,但是"按照假装的东西来评价"这个概念需要考察。如果它的意思是说这个断言必须按照忠实于福尔摩斯故事的标准来评价,那么我的反实在论可以同意这种理论,虽然假装这个概念现在已经脱离了我们的视线范围。假装某事物是这样的应该解释成:断言事实如此,并且同时意图按照忠实于某个由语境决定的虚构的标准来评价这个断言。另一方面,如果按照假装的东西评价就是相对于说话者假装的东西来评价,那么我们就忽视了实际上制约着与虚构相关的谈论的因素。我们可以随意地假装我们愿意假装的东西,比如福尔摩斯住在丹佛街。但是,如果我们断言事实就是如此,那么我们就错了。

我会将相对于预设的真和断言延伸到跨虚构的比较中。我们预设了安娜和艾玛这样的人存在,但不相信那是真的,所以可以真正地断言相关的比较句。如果我们处在一个规定我们只能说绝对真的东西的特殊场景中,那么我们可以很方便地诉诸那个(由多个虚构)结合的虚构前缀。

## 6.3 内涵性的标志

做一个关于虚构的反实在论者没什么好的,除非能将反实在论扩展到更一般的内涵性。对于做出这个联系,可以给出两个理由。第一个是,虚构的或神话中的名字非常自然地出现在非虚构的内涵语境中(如,"我整个早上都在想着珀加索斯")。如果这些句子的真需要存在奇异的珀加索斯,那么我们最主要的本体论问题就解决了,不管我们在虚构的语境中关于"珀加索斯"到底说了什么。第二,虚构就是内涵性的一种特例。意向性是心灵可以用来思考不在场甚至不存在的事物的能力。内涵性是意向性在语言上的表现。

虚构写作是一种特殊形式(具有系统性而且有些定型化)的意向性。所以,一个适用于虚构却不适用于一般的内涵性表达式的本体论是没什么好处的。倘若一个关于虚构的理论没能推广到一般的意向性,那么即使它本身没有出什么错误,它也会由于没能揭示出虚构只是内涵性的一种从而成为不充分的理论。

内涵性动词(有时会称作"内涵性及物动词",如果假定了它们都是及物动词的话)的标准例子包括下面这些:

寻找、想要、害怕、需要、崇拜、欣赏、相似、表象。

动词 V 具有内涵性的一般标志有如下几种:

1.(非特定的解读)形如"x Vs a G",同时有特定和非特定的两种解读。比如,"约翰想要一条单桅帆船"可以用非特定的方式解读(任何一条单桅帆船都行),也可以用特定的方式解读(约翰心里有一条特定的船)。

2.(非关系的解读)按照一些而非全部解读,有些形如"x Vs a G"的句子不能推出形如"存在着一个 G,x Vs G"的句子。

3.(对象独立)形如"x Vs –"的句子即使在填补空位的表达式没有外延的情况下也可以为真:如果填入的是一个名字,它可能是空名;如果填入的是一个限定性描述或非限定性描述,"一个 G"或"那个 G",或者像"很多 G"或"所有 G"那样的量化短语,短语中的谓词可能没有对象满足。比如,"希腊人崇拜宙斯",即使没有宙斯也可能为真;"庞塞·德莱昂寻找过不老泉",即使没有不老泉也可以为真;"詹姆斯需要很多熟练的技术人员",即使没有熟练的技术人员也能为真。

4.(同一替换失效)对 V 后面的位置做等外延替换可能不成立。比如,我可能害怕开膛手杰克,但是不怕我的邻居,虽然我的邻居就是开膛手杰克。

5.(存在概括失效) 对 V 后面的位置做存在性概括可能不保真。

有个例子就是,当 V 后面跟一个非关系性的非限定表达式时,就像“杰克想要一条单桅帆船”的一种解读那样,我们并不能由此得到“有一条单桅帆船是杰克想要的”。另一个例子是,“希腊人崇拜宙斯”,据说即使在“有宙斯这样一个东西让希腊人崇拜”为假时仍然可以为真。实在论者会认为(3)是循环论证。对他们来说,普通的对象有独立性,而奇异对象是没有独立性的,因为它们是意向状态需要的目标或关于的对象。所以,让我们把(3)限制在日常对象范围之内。

蒯因早期很有影响的讨论没有区别出(1)和(2)所标志的区分。对他来说(用现在的术语说)恰好只有特定性的解读才是关系性的。这就忽略了很重要的一类案例,即特定而非关系性的(案例)。杰克非常详细地设计了一艘单桅帆船,规划了完整的航行计划,甚至给船取了名字:玛丽·珍号(the Mary Jane)。没有别的船可以顶替它。杰克的欲望是特定的,因为这个欲望不满足“任何一条船都可以”的测试:他要的不仅仅是“摆脱没有帆船的状态”(这是蒯因对非特定性的界定标准,1956:177)。然而中途出了问题,玛丽·珍号没有造出来,所以从未存在过。在这个例子中,杰克的欲望有特定性(如果这个欲望是关系性的,那它就一定有),虽然这里它不是关系性的:不存在任何一条帆船是他想要的,没有一条船可以满足他的欲望。[7]

同样的一对区分也存在于名词短语(比如以“每一个”开头的短语)中。设想珀尔修斯(Perseus)是个真人,他被蛇发女妖(gorgons)的神话给骗了(这个例子借用于 Forbes 2006)。在第一种情形中,珀尔修斯真的相信世界上有蛇发女妖这种危险的、需要被消灭的生物。他想要灭尽天下的蛇发女妖,不管到底有多少。这里是非特定的解读。在第二种情形中,他获得更多的细节:世界上只有三个蛇发女妖,丝西娜(Stheno)、尤瑞艾莉(Euryale)和美杜莎(Medusa)。他打算把她们都杀掉,完全不在乎丝西娜和尤瑞艾莉具有不死之身。他想杀掉世界上每一个蛇发女妖;此时,特定的解读是合适的,即使对我们这些知道她们不存在的人来说也是(所以这种解读就不是关系性的)。这两种情形的区别就在于,只有在后者中珀尔修斯才有特定的计划和特定的(假)信念:比如说关于丝西娜的信念不同于关于尤瑞艾莉的信念等等。特定性来自主体的信念,而不是主体所在的处境(客观意义上的)。特定性不要求存在,所以我们可以有特定性而同时没有关系性。同样的道理也适用于不加修饰限制的复数名词短语,比如 gorgons 或 unicorns。在猎捕独角兽时,克特西亚斯(Ctesias)可能对他最有可能会碰上哪些独角兽有非常特定的信念。这样的话,他的捕猎活动就是非关系性的,但是是特定的。

非特定的解读有时伴随着类属性的(generic)解读。在那种情况下,我们不必认为非特定的解读就标志着内涵性;此时那只是标志着类属性。另一方面,这种区分可以非常直接地用非现实世界语义学表达出来,这种表达不会扩展到其他的类属性使用。应用到欲望时,可以得到如下的区分:

* 要满足对一个 F 的关系性的、特定的欲望,需要:存在一个现实的 F,x,使得在这个欲望得到满足的所有的世界里,x 都满足它。

* 要满足对一个 F 的非关系性的、特定的欲望,需要:存在一个非现实的 F,x,使得在这个欲望得到满足的所有的世界里,x 都满足它。

* 要满足对一个 F 的非关系性的、非特定的欲望,需要:在这个欲望得到满足所有的世界里,都有一个 F 满足它。[8]

我们需要小心注意标准(2)和(5)的另一个方面。也许杰克想要一艘船,尽管不存在他想要的船。但是,确实有个东西是他想要的,即一艘船。如果这能算(5)谈论的存在概括,那么据我所知,就没有内涵性动词不支持存在概括的情况了。比如,宾语位置有一个不同范畴的表达式(一个名字而不是一个非限定性表达式):“珀尔修斯想要消灭美杜莎”并不蕴涵美杜莎是那样一个珀尔修斯想要消灭的对象(在设想的情境中,有真实的珀尔修斯却没有美杜莎)。然而,它蕴涵了珀尔修斯想要消灭某物(即美杜莎)。我也倾向于认为它蕴涵了有个东西是珀尔修斯想要消灭的(即美杜莎或一个蛇发女妖),虽然我不相信它蕴涵了有个蛇发女妖是珀尔修斯想要消灭的。这里“有个东西”(something)这个量词(相比于“一个蛇发女妖”这种非限定表达)并不像普通的一阶量词那样,是在对象域上的量化,它更像前面提到的“有个东西约翰和玛丽两个人都有:友善”中的“有个东西”。类似的,有个东西是庞塞·德莱昂所寻找的(不老泉),但是没有哪一口泉水是他寻找的。

这里对上面三者的逻辑联系有一些考虑:

* 假设标志(3)出现。那么,“a Vs b”在 b 没有指称的情况下也可能为真。所以,这个句子的真肯定取决于 b 的指称之外的某种特性,姑且称之为特性 F。可能指称相同的表达式有不同的 F。所以,同一替换可能会失效:即(4)的情况。

* 假设标志(3)出现。那么,“a Vs b”在 b 没有指称的情况下也可能为真。在那样的情况下,对 b 做存在概括会把真句子变成假句子:即(5)的情况。

* 假设标志(4)出现。那么,“a Vs b”的真假与 b 的指称无关,而与别的东西有关。但这不能保证(3)或(5)。(现在考虑的这种可能情形,据新弗雷格主义者称,就是命题态度语境中的名字所处的情形:它们需要指称,支持存在量化,但是不支持同一替换。)

* 假设标志(5)在形如“a Vs b”的句子中出现。自然的解释就是,这个句子在 b 没有指称的情况下也可以为真:即(3)的情况。

* 假设标志(5)在形如“a Vs b”的句子中出现。不能由此推

出(4),因为同一替换成立的时候,存在概括也可能不成立。

标志(3)(4)(5)都出现时可能也推不出(1)。因为,“崇拜”并没有非限定的解读。[9] 那么,我们是否应该说“崇拜”不如(比如说)“寻找”内涵？我们当然需要注意,不要轻易地概括;内涵性的不同侧面跟各种实在论议题之间的关系是不同的。

实在论者最乐意让我们把注意力聚焦到(3)(即,对象独立性)上。

实在论者会将这种现象重新描述成实际上有真正的关系性。比如在“萨利想到过珀加索斯”中,实在论者可以按照字面的意思接受关系性。只不过珀加索斯——那个关系的对象,是奇异的:非存在,非现实,或者非具体的。

这样的实在论对特定/非特定或关系性/非关系性两种区分的讨论没有任何意义。无论杰克想要的是什么,反正不会是奇异的对象:非存在的、非现实的或非具体的帆船就是不能满足他的欲望。

实在论者还会面临来自(4)(同一替换不成立)的困难。实在论者认为,由内涵性动词构成的句子会引入奇异对象。如果按照他们的观点看,同一替换是没有理由不成立的。毕竟,对象就是对象,无论是奇异的还是普通的,所以可以很自然地推出,如果一个心理状态真的关联到一个对象(即使是奇异的),那么它就与那个对象之间就真的是那种关系(无论那个对象被描述成什么样子)。对于有一些情形,比如说“萨利思考珀加索斯”的例子,说同一替换成立是很自然的。实在论者会允许涉及奇异对象的同一性表达为真,比如说“珀加索斯就是柏勒洛丰的那匹飞马”(在实在论者看来)就是真的。而且,说“萨利思考柏勒洛丰的那匹飞马”似乎是一个可以接受的结果(反实在论者则很难解释这一点)。

格拉汉姆·普利斯特(Graham Priest),一个非现实论的实在论者,承认他承诺了同一替换,因而试图动摇(4)作为内涵性标志的地位。他向我们保证,例如:

> 我们会坚持认为,俄狄浦斯(Oedipus)的确想要得到他的母亲。他只是不知道他想要得到的对象是他母亲。(2005:62)

俄狄浦斯没有意识到他想要的对象是自己的母亲,虽然约卡斯塔(Jocasta)是他母亲而且他的确想要约卡斯塔。内涵型算子语境,比如由"意识到"所主导的语境,大家广泛认为同一替换在其中可能失效,而且在普利斯特的语义学中同一替换也是不成立的。我们不能期望可以从俄狄浦斯意识到自己想要的对象是约卡斯塔推出他意识到他想要的对象是他的母亲,即使给定了约卡斯塔就是他的母亲。普利斯特给了另外一个例子,路易斯·莱恩(Lois Lane)的确更乐于将克拉克·肯特(Clark Kent)当作是克拉克·肯特,但是她自己不知道,希望我们接受替换一般对于内涵性及物动词是有效的,虽然对内涵性算子辖域之内的主语位置的替换不成立。那就是使得认为路易斯不知道她更乐于将克拉克当做克拉克不会矛盾的原因,虽然她知道她应该将超人当做克拉克。

也许恐惧或害怕对于替换来说是更加麻烦的可能反例。

考虑在萨利知道自己的邻居是开膛手杰克之后她会怎么说,"我原来以为我的邻居非常善良,我一点都不怕他。但是,如果我早知道他就是开膛手,还住在我隔壁,我肯定会很害怕。"她原来不怕她的邻居,因为她不知道他就是开膛手;似乎这个对心理状态的描写是完全一致的。但是,如果替换在这样的情形下成立,那么这个心理状态的描写就是自相矛盾的。我们不得不说,实际上她很害怕她的邻居,即使是在隔着篱笆很友好地交谈时。

这个例子会受到这样一个区分干扰:场景特定的恐惧和倾向性的恐惧。萨利害怕开膛手,但是她不是任何时候都在发抖。或许只有在读到关于开膛手伤害女性的罪行的新闻报道时,她才会出汗、紧张,但她不是所有时候都这样:专心工作时、和邻居(开膛手)隔着篱笆友好地交谈时她都不会那样。场景特定的恐惧要真正地具有害怕的感觉；而倾向性的恐惧则只需要在特定条件下倾向于有那些感觉。一个倾向性恐惧的对象以温和的表象出现时，并不会引起场景特定的恐惧。萨利有害怕开膛手的倾向，而且倾向于害怕她的邻居，因为在某些情形下她的邻居正是她恐惧的来源（他是令她颤抖的新闻报道的根源）。但是当她隔着篱笆友好地聊天时，她并没有体会到场景特定的恐惧，无论是对她的邻居还是对开膛手。

使用这个区分，我们就能理解萨利的论断而不必归罪于替换失败。她认为邻居很和善。在他们打交道的过程中，她都没有对他（或者开膛手）产生场景特定的恐惧。如果她早就知道她的邻居是开膛手的话，那么她肯定会产生对邻居（以及开膛手）的场景特定的恐惧。但她不知道。在隔着篱笆聊天时，她对邻居或者开膛手都没有场景特定的恐惧。这说明场景特定的恐惧并不导致替换失效。更具争议的是，这个结果也可能被扩展到倾向性的恐惧，但我不打算在这里展开。

反实在论者如何处理这些内涵性的问题？根据贯穿全书的一个假设，[10]空名是可以理解的，即空名可以对表达式的内容做贡献，并且命题态度是对内容的态度。反实在论者并不会质疑空名在形如“相信……”、“希望……”等等表达命题态度的语句算子（这里的省略号要填入完整的语句）中的出现。填入省略号的句子中出现的空名仍然可以对整个句子的内容做出贡献。一个命题性的信念或欲望要存在，只需要（信念或欲望的）主体能与内容产生恰当的关联。所以，利用可以那种可接受的内涵性（在包含内涵性语句算子的句子中找到的那种）来解释有问题的内涵性（包含内涵性动词的句子中找到的那种）对反实在论者来说是很自然的。后面几节考虑的正是贯彻或实现这种策略的方法。

## 6.4 算子和谓词的内涵性：还原

内涵性的及物动词构造通常都有一个与它很接近的改写，

其中包含了分句或类似分句的构造。

——拉尔森(Larson 2002:5)

蒯因认为至少有一些由内涵性动词构造的句子可以还原成由内涵性算子构造的句子,我们可以给这话中的观点贴个标签,叫做关于内涵性动词的命题论(propositionalism)。如果命题论是对的,那么反实在论问题就可以得到解决:假设 RWR(没有指称物的指称,见第 2.4 节的附录)是正确的,反实在论就完全可以允许由内涵性算子主导的句子为真。

蒯因宣称,只要有不透明(即同一替换不成立)的地方,那就没有关系性:在不透明语境中的词项不要求有对象,奇异的或普通的。内涵性动词,以它们有问题的那种形式出现时,显示出不透明性;蒯因通过将包含内涵性动词的语句还原成只由算子主导的内涵性语句来解释它们为什么不是关系性的。

> 在不透明的意义上,"想要"并不是一个将人和其他事物(具体的或抽象的,真实的或想象的)联系到一起的关系性词语。它只是一个缩略的动词,其真实用法由"我希望我拥有一艘单桅帆船"这样的完整形式给出。其中的"拥有"和"单桅帆船"还是像通常一样是一般的词语,只是碰巧在它们之上有一个不透明的构造"希望……"。担心欲望对象的本性的哲学家们需要注意这一点。(1960:155 - 6)

蒯因的论断是,"我想要一艘船"要还原成"我想拥有一艘帆船",后者可以被视为"我想我自己拥有一艘帆船"这句话的更符合语言使用习惯的一个变体。经过还原之后,"一艘帆船"只出现在一个内涵性算子的辖域中,因而不需要帆船来使它为真。

在继续探索还原的策略时,蒯因建议这位理事在找医院理事会

的主席,按照不透明的读法,可以“扩展成”类似这样的句子:

这位理事在努力使得他自己可以找到医院理事会的主席。[11]

这样的例子中,根据蒯因的说法,即使医院理事会没有主席的情况下仍然可以得到真句子。

如果蒯因是对的,我们就不必给“想要”“寻找”这样的内涵性动词给一个直接的语义解释。只要能为“— 想要……”和“— 努力……”这样的算子提供正确的语义解释,所有必要的语义学工作就完成了(1960:154)。

蒯因把命题论的假设扩展到“猎狮子”,因为“猎捕就是努力射杀或捕捉”(1960:154)。他提议:

厄内斯特(Ernest)在猎狮子

到底应该还原成下面两个句子中的哪一个,取决于不透明或关系性的解读哪个更加突出:

厄内斯特正在努力地使得厄内斯特猎到一只狮子。

或者,

有某只狮子,厄内斯特正在努力使得厄内斯特射杀它。[12]

动词词组“在猎捕”的内涵性被重新安置到算子“厄内斯特在努力……”的内涵性上。因为我们已经假设了内涵性算子辖域内的句子不需要奇异对象,还原保证了内涵性谓词也同样不需要。

“猎捕”,但是还有其他的方式打猎(比如,长矛、弓箭)。也许“杀死或捕捉”更好,但是也许还有其他做梦都没想到过的打猎方式(比如只是打伤而没有打死或者捕捉?),所以相比算子的构造,内涵性动词更加粗略、一般,这对于还原来说是一个障碍。

对命题论有一种较新的辩护指向了状语修饰成分。这个句子是模糊的:

麦克斯明天需要一辆自行车。(Larson 2002:233)

这个句子可以理解为,麦克斯明天需要他(在某个未来时刻,或许远远晚于明天)有一辆自行车。或者,它可以被理解成,麦克斯(或许最早在今天晚些时候)会需要他明天有一辆自行车。这两个消歧句(disambiguation)说明如果把“需要”解释成算子“— 需要……”,就有两个空位来插入状语:或者(根据第一种理解)修饰限制“需要”,或者(根据第二种理解)修饰限制“有”。这或许可以看成一个论证用来支持:至少在这些例子中,我们实际面对的是内涵性算子而不是内涵性动词。

这个论证很有趣,但是像拉尔森(Larson)注意到的,它在范围上或许有所局限。“害怕”和“崇拜”用作内涵性动词时,很难把握到那些句子的歧义。所以,这个论证最多能支持有所限制的命题论。

至少对于蒯因,“还原”(或按他有时候说的“扩展”)不是前面讨论过的那种要求很高的、要揭示出“逻辑形式”的改写(尽管它也许很符合 Larson 2002 中的说法)。按照一个逻辑形式的方案,语义理论中没有关于内涵性动词的公理,只有关于内涵性算子的。某种预处理可以把所有含内涵性谓词的句子转换为其“还原形式”,即包含内涵性算子而不包含内涵性动词的句子。得到的还原句的语义刻画就可以看成替代被还原句给出了它的语义。另外,与蒯因的想法更接近,替换的策略要求更低,在语义学上也更加合理。你在担心用内涵性动词构造语句做断言会有不可接受的承诺?我会向你展示如何使用只有算子引导(而非动词引导)的内涵性的句子,它们可以为所有你关心的目标服务。[13]

最有利于命题论的例子通常有两个特征作为标志。(i)有些动词,比如"害怕",既可以接名词词组("害怕独角兽"),也可以接一个句子("害怕独角兽会踩伤她"),所以这样的动词既可以构成内涵性动词,也可以充当内涵性算子。(ii)有些动词,比如"想要"和"寻找",一般可以接一个句子来说明其目标状态。比如,想要(某物)就是想某个人得到(某物),寻找(某物)就是努力想找到(某物),等等。这两个特征确实很有用,但是还有一些细节问题。"怕鬼"就找不到能说明这种恐惧的句子:有人可能怕鬼,但并不怕鬼会害她或别人。非常相似的,虽然想要一只独角兽可能就是想要拥有一只独角兽,但也可能是想自己的孩子有一只,或者想有一只独角兽占据画布上的某个空处。概括来说,由内涵性动词构造的句子没有内涵性算子构造的句子明确,这足以证明命题论的还原不是普遍可行的。这一点也会对某种弱的替换策略和强的改写策略产生影响。如果你不知道更明确的算子构造的事实,那么你就不能用它来取代没那么明确的动词构造的论断。

普利斯特竭力主张一种有限制的命题论:只应用到那些由允许非特定解读的内涵性动词构造的句子。他认为"幻觉"(halluscinate)是一个潜在的反例:他承认这个动词没有命题论的还原,但是也否认它有非特定的解读:

> 如果我说"我幻觉到一只怪兽",那么问"它是什么样子的?"这个问题总是合适的。(Priest 2005:67)

我的看法是,这个问题是合适的正好说明了"我幻觉到一只怪兽”没有非特定的解读。但是,这并不是一个好的测试(也不是普利斯特自己早期文本中的测试)。因为,就算对于“玛丽想要一艘帆船”的非特定解读,那个对应的问题也是合适的:它是什么样的呢?普利斯特更早的时候说过(Priest 2005:64 ,对“哪一分钱?”的讨论),正确的诊断性问题不是“它是什么样的?”而是“那是哪一只怪兽?”;后者应该会而且只会对于特定的解读才是合适的。

在幻觉的情形中,这种回答是完全合适的:“没有特定的怪兽。反正就是某个可怕的怪兽。”试比较:“没有特定的帆船。反正就是某艘很漂亮的船。”

普利斯特向我们保证,“幻觉出一只怪兽肯定是幻觉出了某个东西,不是‘F’(幻觉自己……或之类的)了一个事态或一件事”(Priest 2005:67),所以命题论在这个例子中站不住脚。但是这看起来很奇怪。为什么这个例子不能理解成:我幻觉到我眼前出现一个怪兽或有个怪兽在我眼前?作为“我幻觉出一只怪兽”的还原,内涵性算子表达的这种事实和普利斯特给出的任何一种还原都一样好。

即便如此,还是有很多例子是不利于命题论的。比如说,“欣赏”“崇拜”“画”这样的动词。它们本身或者加上别的词之后,都不能自然地构成以句子为补语的表达式。主体或行动者(agent)必须有合适的命题态度(不需要是特定的态度),欣赏、崇拜和画等行为才能存在。所以,所有内涵性算子主导的句子对命题论的还原都不突出。要从关心使用内涵性算子的话语的反实在论全面转到关心使用内涵性动词的话语的反实在论,我们不能依靠命题论来辩护。但是,至少在一些绝对核心的例子中,还原貌似还是合适的。

首先考虑的例子就是思考或考虑(thinking about)。思考某事物就是心理有一个与内心恰当地关联起来的、由单称命题表达的内容。比如,约翰要思考珀加索斯,他就要与某个能使用“珀加索斯”(的句子)表达的命题内容有某种态度性(attitudinative)的关系。这里的内容可以是“珀加索斯会飞”,并没有什么限制。而这里的态度可以是相信、想象,或者就是心中出现那个命题;同样,这里也没有任何限制。[14]

现可以把刚才提出的还原方法用表格展示出来。下表中,同一行的句子是等价的:

| | |
|---|---|
| X 思考 n | 对于某个态度 A 和某个性质 F,X 对 n 是 F 持 A 态度,或 X A n 是 F。 |
| X 思考那个 G | 对于某个态度 A 和某个性质 F,X 对那个 G 是 F 持 A 态度,或 X 这个人 A 那个 G 是 F。 |
| X 思考一个 G | 对于某个态度 A 和某个性质 F,X 对一个 G 是 F 持 A 态度,或 X 这个人 A 一个 G 是 F。 |
| X 思考多个 G | 对于某个态度 A 和某个性质 F,X 对很多 G 是 F 持 A 态度,或 X 这个人 A 很多 G 是 F。 |

这些等价关系非常重要,因为它们表明:很多人(正确地)认为的意向性的核心例子并不要求有奇异对象。语法意义上可能为空的“意向对象”已经被安全地放到内涵性语句算子的辖域中了。这样,思考对象的行为就被还原成了一个与命题相关的活动。在那个命题涉及对象的情况下,如果那个对象是用非空名称表达的,那么相应的思考行为也会涉及对象;否则就不会。

可不可以单单思考(比如说)巴黎,而没有想到关于它的任何特定的事?“啊,巴黎……!”在我看来,要思考巴黎必须对这座城市有所了解,迷人、奢华或别的什么,会触发回忆、希望或计划(引号中的省略号不是没有意义的);其他对象也是一样。我对那个对象的些许了解为命题内容提供了谓述材料。但并不能由此得出:当我在思考某物时,我思考的东西和我正在思考它对我来说是同样明显的,而且这也并不总是真的。有时我可能很难想起我给这个对象归属了什么性质,或者我到底了解那个对象的什么信息,虽然我非常清楚我思考过它。只有某人思考一个对象而关于那个对象他又什么都没想那样的例子,才能反驳还原。而当某人思考一个对象却没有明确知道关于那个对象他想到过什么时,还原不会被反驳。所以我断定没有针对这个方案的反驳。

这个方案并没有说关于逻辑形式或语义学的事。那个断定其实就是一个必然的等价关系:当且仅当左边那一列中的形式的句子为真时,右边那一列所对应的句子为真。出于一些(下一节会展开讲到的)原因,这保证了包含意向性动词的语句不需要存在任何奇异的对象来使其为真。

等待还原的第二个重要例子是

福尔摩斯很有名。

这句话可以有两种理解。一种解读是,这句话所做的断言应该按照对故事内容的忠实(为标准)来评价,而不是按字面的真(为标准)。这样理解的话,这句话就是假的,因为福尔摩斯避过舆论,让苏格兰场那些碌碌无为的家伙抢了功劳。但是,如果把这句话理解成说的是福尔摩斯的文学社会学意义,那么它又是真的:就像理论家们经常提醒我们的,福尔摩斯比任何一个真实的侦探都要有名。难道这不是强烈暗示着实在论不可避免吗?特别地,采取某种多义的进路似乎也是必须的:按照第一种解读(那个句子没能忠实于故事因而为假),“福尔摩斯”或许是没有指称的,但我们似乎强烈地感觉到:要使第二种解读为真,“福尔摩斯”就必须有指称对象。除非主语表达式有指称,否则主谓句就不可能为真。对吧?而且,按照相关的解读,“福尔摩斯很有名”不就是一个真的主谓句吗?

我不这么认为。无论一个人最终认为那个句子有什么样的语形—语义分析,他都必须考虑到说某事物很有名其实就是说那个东西被人们以恭敬的某种方式看待。我有一个两步的还原:有名就是被思考的一个特例;而思考某物,根据前面的还原方案,从本质上来说就是与一个命题处在某种态度性的关系中。

这些还原对反实在论者来说是很重要的激励。第一个例子的核心地位相当明显,它的可还原性很有启发性。第二个例子中的目标句一开始会让人(至少会让我)觉得非常有问题,人们会禁不住认为只需要它一个就能为实在论提供充分的基础。能把这些例子放到一边,就能很好地服务反实在论的目标。

## 6.5 算子和谓词的内涵性:蕴涵

我们有些很强的理由不去认为"X 正在想 Y"表达了 X 和 Y 之间的一种关系。

——普莱尔(Prior 1971:112)

把由内涵性算子构造的句子称为"O 语句",而由内涵性动词构造的句子称为"V 语句"。把 O 语句扩展到所有的日常句子,即没有出现内涵性标志的句子,比如"伦敦是一个城市"。这里有一个假设,它由两个部分组成:

(a)V 语句被 O 语句全体蕴涵(entail),所以

(b) O 语句不需要的本体论 V 语句也不需要。

本节既要处理(a)中断定的蕴涵关系(entailment),又要讨论它在(b)中断定的本体论结果。

关于 V 语句的实在论者,如果对 O 语境中的名称他还接受 RWR("无指称物的指称")图画,那么他的立场应该算非常独特的。RWR 的观点保证不指称的名字在这些语境当中还是可理解的,甚至能为句子真值做贡献。关于 V 语句的实在论者说这些名字在 V 语句中的相关位置上都有指称物:它们指称的是奇异对象。如果一个实在论者把 V 语句的实在论观点和 O 语句的 RWR 图画结合起来,那么对于纯粹的虚构名称他就会承诺歧义或多义的论点。很有可能,实在论者最好能放弃 RWR。但是,我这里把 RWR 的方案当

成前提假设来用。

语义上没有统一性这一点经常被人怪罪(为造成其他问题的来源),可能它本身就已经让人不舒服。似乎一旦我们习得一个虚构名称之后,我们既能理解它出现在普通语句(比如福尔摩斯语句)中的意义,也能理解它在 O 语境或 V 语境中出现时的意义。如果这里有歧义的话,人们是怎样通过只学习其中一种意义就学到另一种意义的就很神秘了,就像只学到 bank 的一种意思的人却自动地学会了另外一种意思那样神秘。

这正是为什么对实在论者来说多义比歧义是更好的选择。这个想法是这样的,有些没有疑义的、隐含的一般性原则可以让我们从有关联的多个义项中的一个联系到其他任何一个。通常,学会理解一个展示了容器/内容歧义(container/contents polysemy)的生词让我们可以用两种方式使用它。如果我告诉你一个 jeroboam(一种大的香槟酒瓶)相当于四个普通瓶子,你应该就能理解"这个 jeroboam(瓶)是玻璃做的"而且"这一 jeroboam(瓶)已经可以喝了"。一个多义表达式的各个义项之间的密切关系能够解释为什么只需要通过一次学习就能学到两个(或全部)意义。如果名称的不同意义是多义地联系(polysemously related)在一起的,那么我们完全可以做到举一反三。

通过反思复指关系好像就可以很容易地推翻所谓的多义性。在

福尔摩斯是个侦探。他是柯南·道尔创造的。

这句话中,好像我们的实在论者不得不说"夏洛克·福尔摩斯"不指称任何东西(假设接受 RWR 方案),但是"他"指称一个奇异对象(对第二个句子给一个直接的关系性解读)。如果复指代词的指称要依赖于它复指的那个表达式,那就会是个很有力的论证。但是我

们可以看到在其他情形下,这个原则是假的。比如,在

他喝完了整整这一瓶,还把它砸在地上。

这个句子中,“这一瓶”理解为瓶子里的内容而“它”理解为容器。这里出现指称的漂移,尽管有复指关系的存在。所以,我们不应该因为实在论承诺多义性从而使得它不能充分解释复指关系这一点就攻击实在论。

从O语句到V语句之间,有多种蕴涵关系。比如,在:

勒威耶(Leverrier)相信瓦肯星是颗行星。

蕴涵:

勒威耶想过瓦肯星。

根据多义版本的实在论,前一个句子不需要任何对象(瓦肯星)来使它为真,而后一个句子则需要。但是后者其实是对前一句表达的同一个特殊事态给出了一个笼统得多的描述。这样一来,更笼统的句子为真会涉及一个更特定的句子为真时也不会涉及的对象(瓦肯星),但这应该是不可能的。更加笼统的表达方式绝不能增加要使句子为真所需要的对象数量。

现在,我将着手回答这些O语句到V语句的蕴涵有多么广泛这个问题的一方面,并更加仔细地观察下面的一般性原则,它可以为上一段的论证提供支持:

(*)如果p蕴涵q,那么q的本体论不会超出p的本体论。

我想要引出的蕴涵概念其实就是必然化(necessitation):p 蕴涵 q 当且仅当在每个 p 为真的世界 q 也为真。一个句子的本体论就是要使那个句子为真必须存在的东西。[15]换种说法就是,x 属于 p 的本体论,当且仅当在只要是 p 为真的世界里 x 都存在。[16]

(*)本身没法质疑,但是可以质疑它的应用。下面让我们考虑一个类比。蒯因(Quine 1960)想说服我们世界上没有 sake(理由、缘故)这种东西。"她因为约翰的缘故才做了这件事"这个句子为真的充分条件可以非常容易地给出。比如说,她做那件事来帮助约翰。但是,很难给出必要条件,因为有太多细致的活动描述可以使这个句子为真:她做这件事是为了打动约翰,为了尊敬约翰,或其他的。这里没法还原,但是符合直觉的是,有一些充分条件可能没有提到 sake,这说明:原句表面上好像指称了 sake,但实际上那只是个错觉。这里,这个论证也许隐含地使用了某种类似(*)的原则。

有一个常见的方法论困难。可能我们想说,因为前面提到的蕴涵句(蕴涵的前件,"她因为约翰的缘故才做了这件事")的本体论中并没有"缘故",所以[根据(*)]被蕴涵的句子也没有。但是,反对者可以反过来用(*):因为被蕴涵句如果为真的话,它明显需要"约翰的缘故"存在,(*)告诉我们蕴涵句也是一样。结果,我们陷入一种常见的僵局;所以说(*)不能帮我们解决这个本体论承诺的一般性问题。

在我们现在的讨论中不会出现僵局。那是因为接受 RWR 原则保证了(1)—(3)中的蕴涵句没有实在论的本体论。所以,刚才的讨论保证我们有一个坚实的出发点,(*)让我们可以将此迁移到关于 V 语句的反实在论的结论上。确实,(很快就会看到)在很多案例中,我们甚至都不用诉诸 RWR。

上面这段可能说了点大话。RWR 能保证的是:诱使我们对 V 语句给出实在论结论的名称(以及其他相关的表达式),当它们出现在 O 语句中时没有指称(奇异的或普通的)。对我们大部分人来说,这一点和上面那段中更强的论断之间会存在一个毫无意义的裂缝(gap):蕴涵句没有实在论的本体论。但是设想奇异对象是必然存在的。那么,它们就属于所有真句子的本体论,因而它们就会属于蕴涵句的本体论。

据我所知,认为奇异对象是必然对象的这种观点并不受人重视(尽管我不希望暗示它不应该受到重视),所以我不会认真考虑如何反驳它。我只会指出几个问题。首先,非现实论版本的实在论不能接受奇异对象是必然的,因为我们现实世界就是一个反例。只有那些认为奇异对象或者非存在或者存在却非具体的理论家,才能使用刚刚构想的这条退路。其次,设想的奇异对象明显和偶然对象有密切的关系。关于宙斯的神话并不是每个世界都存在。就算是无神论者,如果他有这样的实在论立场,即相信在神话存在的世界里就存在宙斯(神话里的神)这样的奇异的事物,他可能还是不情愿说,在一个从未有过也不会有智慧生命的世界里存在宙斯(神话里的神)这样的事物。

我们现在的处境是这样的:我们可以用(*)和RWR证明,O语句蕴涵的V语句和中立句子没有奇异的本体论。所以,我们能肯定:实在论者用来支持他们立场的很多例子其实完全没有支持力。在下面几个例子中,被蕴涵的句子可能乍看起来会给反实在论带来问题;但给定了(*)之后,这些蕴涵关系表明反实在论者其实根本不需要对任何一个例子做出回应。

1. “希腊人认为宙斯很强大”蕴涵“希腊人思考过宙斯”。按照RWR,前者不需要有宙斯的本体论,所以根据(*),后者也不需要。

2. “庞塞·迪·莱昂召来手下,拿着当地知情者画的粗略的图,告诉他们,有一个不老泉(他从一个可靠的人那里听来的),找到它就能让他们每一个人获得长生和不可想象的财富,所以他们将在第二天黎明出发。第二天黎明,如他所言,庞塞·迪·莱昂带着探险队向上游进发”蕴涵“庞塞·迪·莱昂寻找过不老泉”。前面的那些句子没有包含不老泉的本体论,被蕴涵的句子也不包含。这依赖于下面这个我认为毫无争议(而且独立于 RWR)的假设:“迪·莱昂告诉手下不老泉存在”可以为真,而不需要真的要有一个不老泉。

3. “柯南·道尔怀着某些意图(使用 O 语句确定)写下某些字(已经确定)”蕴涵“柯南·道尔创造了夏洛克·福尔摩斯”。前面的那些句子没有包含夏洛克·福尔摩斯的本体论,被蕴涵的句子也不包含。

要将这个论证补充完整还需要证明:每一个真的 V 语句都由真的 O 语句(加上中立的真句子)的集合蕴涵。我不知道可以用什么简练而有趣的方法来证明这个一般性的论断。我已经给出来很多相关的蕴涵关系的例子,其中包括我认为最棘手的[前一章的两个还原,本节的(1)—(3)]。我也提供了一个一般性的想法(当然不具有结论性):V 语句是用来给 O 语句表达的事实提供一个非特定的表象。关于它,我本来只想到此为止。但是,我想要反驳一个反对我这种立场的论证。

考虑这样一些表达式,比如“害怕”,既可以用来构造 V 语句(“约翰怕鬼”),也能构造 O 语句(“约翰怕天会下雨”)。这些 V 语句似乎不是由对应的动词构造的 O 语句所蕴涵。(我们会把既不是 O 语句也不是 V 语句的中立语句算作 O 语句。)不需要有像“约翰怕鬼会伤害他”或“约翰怕鬼会让马狂奔”这样的句子为真,“约翰怕鬼”也可以为真。而一个人可以以某种不确定的方式害怕某事物,同时却不害怕它会造成伤害什么的。约翰只是觉得鬼很诡异,即使不存在这种形式的真句子:约翰害怕鬼会……反实在论者不应该也不需要否认这一点。这个想法只不过就是:全体 O 语句负责蕴含。这里对包含算子的句子没有限制,更不用说那些只涉及的 V 语句中关键词的算子了。对于鬼的非特定性害怕(nonspecific fear)的情形中,蕴涵句可能包含:“约翰尽量不去想在传说中的鬼屋里过夜”,“如果没办法只能在鬼屋过夜,约翰想要有个伴或者整夜都开着灯”。

对于非特定的害怕,还有一种不同的有争议的理解。设想有两个人都怕鬼,而且都是以刚才设想的不特定的方式怕。按照我的解释,他们有什么共同之处呢?[17]我说:共同之处就是他们都怕鬼。也许蕴涵这两个 V 语句(“约翰怕鬼”和“萨利怕鬼”)的 O 语句没有重合的部分。倘若我提供的是某种还原的话,这会成为一个问题,可惜我不是要还原。我只是断言:每一个真的 V 语句都由一个真句子的集合蕴涵,那个集合中的句子或者是 O 语句或者是中立的句子。本体论上做这些就够了,即[借助(*)]证明真的 V 语句的本体论不包含奇异对象。

反实在论者可以在替换策略中利用这些蕴涵关系。如果你接受这个关于蕴涵的主张,你就知道,对任何一个真的 V 语句,都有一些真的 O 语句蕴涵它。就算你不知道到底是哪些 O 语句,你也可以说:“我通过断定 V 语句,可能看起来我好像承诺了奇异对象。但是你,一个 O 实在论者,和我一样知道这个真的 V 语句是被某些真的 O 语句蕴涵的。所以,就当我是承诺了某些蕴涵 V 真理的 O 真理吧,无论它们到底是哪些。”

## 6.6 预设和相对真

我们作家是有特权的:读者会轻而易举地接受我们的观点。

——阿图罗·佩雷斯-雷维特《南方女王》

(Arturo Pérez-Reverte, *The Queen of the South*)

目前我们默认了,希腊人真的崇拜宙斯,以及杰克真的思考了珀加索斯。在这一节,至少一部分 V 语句要受到质疑。

“崇拜”通常被认为不会产生非特定的解读。[18]如果希腊人崇拜一个神,不可能没有一个特定神被他们崇拜。在蒯因的传统中,特定的解读往往支持存在概括,即从想要一艘特定的帆船推出存在一艘被人想要的帆船。如果这也适用于希腊人,那么存在一个神被他们崇拜。但是,我们似乎就会支持下面这样一个论证,它有一个前提是反实在论者一直都接受的,而结论却是反实在论者拒绝的:

1. 希腊人崇拜宙斯。
2. 希腊人崇拜一个神。
3. 存在这样一个神,希腊人崇拜他。[19]

也许(1)是假的。也许希腊人以为他们崇拜的是宙斯,然后一直进行着这样的活动。我们也完全有理由用和希腊人一样的视角,用(1)报告发生了什么事。但是,本来的事实真相却是:他们并不崇拜宙斯。

这种观点的支持来自崇拜的另一个特性,前面已经提过的:它似乎支持同一替换(SI)。萨利很崇拜隔壁那个人,而萨利不知道,他是世界上最坏的人。我们好像必须下结论说,萨利的处境很不幸:她竟然崇拜世界上最坏的人。虽然同一替换要求保真,因而不可能通过一个例子就证明,但是要证明同一替换保真是否适用于"崇拜"似乎是一个极其艰难的挑战。只要同一替换成立,就可以期待要使句子为真就需要一个对象。

这些推理都不是证明性的,而只是提示性的:如果对一个句子中的某个位置做的同一替换成立,那么对那个位置最重要的就是填入那个位置的词项指称什么对象;所以,如果句子确实为真,那么那个位置上的词项一定指称。因而,有多种考虑建议反实在论者应该探索一下这种可能性:否认"希腊人崇拜宙斯"这个句子是真的。[20]更一般地,它们应该探索否认"崇拜"是内涵性动词的可能性。如果那个否认被证明为合理的,就会有更加激进和令人兴奋的扩展:甚至“思考”也不是内涵性动词。

反实在论者不应该只是宣称“希腊人崇拜宙斯”是假的。必须解释为什么普通人和理论家通常都会认为它是真的。我要考虑的方案是,有时出于对话或思考的目的,我们可能会预设我们明知不是真的的事情,然后再根据这些预设去评价其他命题的真假。在“希腊人崇拜宙斯”这个例子中,我们就预设了我们明知为假的事情,即存在这样一个神——宙斯;根据这个预设,我们可以判断这个关于希腊人的句子是真的。(我们也可以把预设放在一边,然后断定这个句子为假。)与此相对照的是,希腊人好像不怎么关注朱诺(Juno)。所以,即使预设了有这样一个女神,我们也会评判“希腊人崇拜朱诺”为假;更不必说,如果不考虑预设,那么它就更是假的了。

如果有人摆明了要阻止相关的预设,结果就会很奇怪,比如:

> 不存在宙斯那样一个神,而且希腊人崇拜他。

这其实说明,不加限定地断言“希腊人崇拜宙斯”就预设了存在宙斯这样一个神。其他的证据来自这样一个事实,我们总是可以去掉预设,然后说或思考某事是绝对地真的:希腊人真诚地参加他们称之为崇拜宙斯的行为,这样的行为是受存在那样一个神的信念支配的。

这里有个关于预设的常见例子。你告诉同事说你下周要离开。你知道在你要走的时候她有课,所以你不会设想让她捎你一段。但是,她说:“我妹妹那时正有空。她可以带你去机场。”你之前不知道她还有个妹妹;但是,如果这种情形是正常的,你现在应该知道了。假设你同事说“恐怕我妹妹那时候也没空”,你也会得到同样的知识。两句话都预设了你同事有个妹妹,而且你在听她说这句话的时候就会知道其中有这个预设。

现在考虑与此相关的一种变化。你的同事跟一位女性情人住在一起。起先,她假称那个女的是她妹妹,以免尴尬。后来真相大白,也没有人关心了,但她仍然说那是她妹妹。你全都知道,你知道她可能知道你都知道。当你同事说"我妹妹那时有空,她可以带你",你需要确认这句话是真的。否则,当你发现她来不了时,再叫出租车可能就太迟了。所以,你会追问:"你确定? 我真的能指望你妹妹来接我?"问答都在预设了你同事有个妹妹的前提下进行,虽然你们都知道这个预设是假的。但是,对你们两个来说,相对预设的真是一个肯定而重要的观念。如果你想赶航班的话,你就得对它考察一番。你并不相信你的预设,你只是"接受"(借用斯塔尔纳克的术语,1973:449)它。

同样的说法也可以用来解释无神论的人类学家。他们都相信神不存在,但是他们预设世界上有很多神。这里并不存在自相矛盾的地方,因为相信 p 并且出于某种目的接受非 p 是不矛盾的。在学术争论进行得不可开交之时,他们的预设并没有被拿出来做评估;相反,它充当了一个背景框架,各种各样的论断都要在这个框架之上得到评价:某些论断会被评判为真的,其他的则会评判为假的。大部分甚至所有的那些论断在不加预设的情况下就会被评判为假的。

预设,作为一个理论概念,一开始就和指称性表达式(比如专名和限定性描述)的运作密切联系在一起。我们现在对这个概念的使用和那个传统是一体的。在例句里,"希腊人崇拜宙斯"中出现的"宙斯"让想到或听到这句话的人以为存在宙斯那样的东西。在理解时,人们默认对话者使用的指称性表达有指称通常是正确的。即使当你知道那是假的时,就像希腊人的这个例子,接受"宙斯"有指称仍然是正确的做法,如果你希望参与对话或继续自己的思考的话(例如,反思希腊人和基督徒的信仰方式有什么区别)。

用在当前这个语境,预设的作用不只是让人接受指称对象;它还让人接受量词词组引入的对象。假设你是一个对降神会持怀疑态度的研究者。灵媒说:“如此之多的忘川(Lethe)幽魂叫嚷着,渴求着与我接触的机会。”你回答说:“所有的灵魂都说英语吗?它们的口音是不是都一样?”你事先预设了灵魂存在才能开始提问,尽管你提问的目的是为了揭示预设是假的。

相对于预设的真(通常被认为)是独立于虚构的,就像我们在我同事的“妹妹”那个例子里看到的。所以,它并不是为了让反实在论者摆脱某些针对虚构的问题而特设的一个概念。那么,我们应该把它推进到什么程度呢?我认为它能很好地解释字面论的直觉。当然,我们听到“福尔摩斯是个侦探”时会以为它是真的。不久之前我提议,我们最好把它当成是忠实于故事的而不是真的。另一种做法是,把它理解为相对于某个预设(存在福尔摩斯这样一个人)真,而不是绝对地真。从本体论的角度来看,这些描述其实都差不多。我倾向于第二种,因为它可以很自然地支持跨虚构的比较,以及虚构与现实之间的比较。给定预设后,我可以接着引用的那个句子说:“而且,他比任何真实的侦探都要聪明。”这个补充不能直接诉诸忠实性,因为根据故事内容福尔摩斯就是一个真实的侦探,所以他的智力不应该和真实的侦探的智力相区别。但是,这点补充可以很自然地放到预设相对的框架下理解。

果真如此?这里有一个困难(是艾米丽·卡迪克在讨论中指出的)。如果,当我们把“福尔摩斯比任何一个真实的侦探都聪明”当成真的时,我们的确预设了福尔摩斯存在,那么我们大概预设他真的存在。但是这样一来,他的名气就不能比任何一个真实的侦探都要大,否则的话他的名气会比自身大。这表明,关于一个句子到底预设了什么的理论还需要认真发展。很多“真实”的用法都需要某种对比;在这里,需要的对比是形而上学的。如果我们要预设足够多的东西来使那个句子为真,我们就必须预设(除了真实的对象之外)还存在着不真实的(这里是虚构的)对象。我们预设了一个实在的虚构对象(福尔摩斯)存在,并且他就是我们说比任何真实的侦探都聪明的那个人。这听起来更像实在论观点?区别在于,实在论者说那个句子是绝对地真的,而反实在论者则说他是绝对地假的;而只有在一个被反实在论者认为为假的预设之下,它才是真的。

这个例子揭示了预设的一个重要特征——它的灵活性。灵活性有两个维度:(i)预设的内容需要灵活地适应语境:在福尔摩斯的例子中,有时我们预设福尔摩斯是真实的,有时又预设他只是一个虚构人物。(ii)预设的内容甚至在一个句子里也会有变化。这一点很明显地见于这样的例子中:那个怪物是弗兰肯斯坦博士创造的,而且是玛丽·雪莱最有名的人物。前半部分需要我们预设怪物和弗兰肯斯坦,而后面则转换了焦点,把我们带回没有预设的现实。(我在这里假设了可以按照对福尔摩斯的名气的处理方式还原雪莱最有名的人物。)

我们怎么能在不同的预设之间转换很值得深入研究。我要说明几点以虚构本身为起点的复杂之处,因为作者擅长制造变化的万花筒(kaleidoscope of shifts)并且喜欢随时变换预设和视角。(视角不同也意味着预设不同。)这里有三个从詹姆斯·伍德(James Wood)关于虚构如何运作的研究(Wood 2008:14 – 22)中借来的例子。

契诃夫的故事《罗斯柴尔德的小提琴》(*Rothschild's Fiddle*)中的第一句话是:

> 这个镇子很小,还比不上一个村子,里面只住着几个老人,这些人老而不死真是烦人。

烦人的事情一定要让某个人烦才行。这样,我们巧妙地——但也无可抗拒地——进入到那个刻薄的棺材匠的视角,对他来说死人意味着利益。但是,在刚开始的时候我们可能还沉浸在全知的作者的中立视角当中。

詹姆斯·乔伊斯(James Joyce)的《死者》(*the Dead*)开头是这样的:

> 莉莉,开门人的女儿,简直(literally)是双脚离地地在飞跑。

读者知道乔伊斯这样使用 literally 会被人指责不规范,因而由此得出:我们看到的这句是莉莉头脑中的思想的直接报告。我们直接进入到她的视角中了。

亨利·詹姆斯(Henry James)的《梅茜知道什么》(*What Maisie Knew*)中,梅茜被托付给维克斯夫人照顾,而维克斯夫人自己的女儿玛蒂尔达不幸夭折。

> 维克斯夫人和她女儿玛蒂尔达一样可靠,后者已经上天堂了,但很尴尬地,也躺在肯萨尔绿野公墓,人们能在那儿看到她那破败(huddled)的小坟墓。

伍德评论道:

> 詹姆斯自由的间接写法让我们一下进入了至少三种不同的视角:对维克斯夫人作为家长和成人的正式评判,梅茜版本的正式看法,以及梅茜对维克斯夫人的看法。

伍德说,"破败"这个词属于詹姆斯自己。维克斯夫人或梅茜绝不会用这个词去形容那座坟墓;而"尴尬地"则属于梅茜,这个词出自她一知半解地模仿父母为维克斯夫人感到的尴尬,或者反映了她面对"可靠的"维克斯夫人给出的这个(关于玛蒂尔达的所在)矛盾时自己感到的尴尬。

## 6.7 最后的回顾

我认为应该对关于 fictional character(虚构人物)的实在论做一点让步。character(人物或性格)有这样一种用法,我们可以比较不同的人的性格(character):比如说你的性格是深思熟虑、体贴他人,而我的则是冲动、自私。现在讨论的这种反实在论并不会否认 character 还有这样一层意思。在这种意义上,福尔摩斯也有性格(傲慢而自负),当我们谈到小说中的 character development(性格或角色的发展)时,有时我们说的其实是性格。这种理解还出现在评判一个行为或演员是否与角色性格相符之时。[21]

我认为,我已经让反实在论者做好准备应付任何支持实在论的论证了。让我们来看看那是如何进行的。前面对范·因瓦根的实在论论证讨论(见第五章)的结果是,存在一些有问题的内涵性动词,比如:

1 甘普夫人和被雇去照顾生病穷人的那些人很像。

2 小说 y 中对 x 的描写比小说 z 中对 x' 的描写要细致。

3 小说 y 中的 x 是以 z(一个真人)为原型的。

(1)可以被看成仅仅相对于这样一个预设为真:存在甘普夫人这样一个人。如果想说或思考绝对真的事,可以按照如下的方式把(1)替换掉:小说里说甘普夫人所具有的那些性质,与通常被请去照看生病穷人的那些人的性质很像。

(2)似乎可以在从物的层面进行精确化,因为是说出或者想到(2)这个句子的人在做关于细节的报告。这样,(2)就可以被认为等价于,或者至少可以替换成:i,j 是表征的细节程度,在小说 y 中 x 被描写的细节程度是 i,x' 在 z 中的是 j,且 i > j。(我们之前已经看到,“在小说y中”这个算子和“根据小说x”有很大的区别。)

要理解(3),最好能先解释一下能够保证性质匹配的原型关系(modeling relation)。可以像这样解释原型关系:z有一些性质,而且小说y的内容能够保证,根据y,x也有跟z同样的性质。

下表列出了一些支持实在论的简单句子所做的论断。右边是反实在论者可以接受的看法(可能不只一种;如果超过一种的话,加星号的那些是我更喜欢的)。

| 问题句 | 反实在论的处理 |
| --- | --- |
| 虚构人物存在。 | 改写:有一些虚构作品,根据它们,存在一些特定的人物。 |
| 福尔摩斯住在贝克街。 | (i) * 忠实于故事但不是真的。<br>(ii) * 在预设了存在福尔摩斯那样一个人的前提下为真。<br>(iii)替换成:“根据那些故事,福尔摩斯住在贝克街。” |
| 安娜·卡列尼娜比包法利夫人更聪明。 | (i)根据小说《安娜·卡列尼娜》和《包法利夫人》,安娜·卡列尼娜比包法利夫人更聪明。<br>(ii) * 在预设了有这样两个人的前提下为真。 |
| 虚构x表现了福尔摩斯(他本人,真实的福尔摩斯)。 | 对于某种性质F,根据x,福尔摩斯(真实的福尔摩斯本人)是F。 |
| 萨利想过珀加索斯。 | 对于某种性质F,萨利心里有一个命题态度,其内容是珀加索斯是F。 |
| (在文学的社会学意义上)福尔摩斯很有名。 | 很多人都知道福尔摩斯。 |
| 希腊人崇拜宙斯。 | (i) * 在预设了存在宙斯那样一个神的前提下是真的。<br>(ii) * 可以替换成:希腊人真诚地进行崇拜宙斯的活动。 |

| 问题句 | 反实在论的处理 |
|---|---|
| 《古典学大辞典》中的一些人物属于神话故事,但也有很多是真实存在过的。 | 可以替换成:根据《古典学大辞典》,有很多人物不是真的存在,但也有很多真的存在过。 |

最后,让我们考察这样一段话,帕森斯认为这段话为实在论提供了强有力的支持:

> 我连续三个晚上梦到同一只独角兽。它看起来很像我原来养的一只狗,但是它说话的语气却让我想起我奶奶。实际上,我越来越喜欢它了,我希望今晚还能碰到它。(Parsons 1982:370)

这段话作为一个(支持实在论的)论证的证明力,会受到这样的反思削弱:不相信世界上存在独角兽的人也可以真诚而无矛盾地断言这段话。这段话刚好揭示了诉诸预设的进路所具有的力量。因为,这样的想法是很自然的:对梦境的生动描述会要求我预设一些我本来不相信它们存在的东西存在。但我并没有(因此)把梦当成真的。

## 拓展阅读

对内涵性问题的完整处理,Forbes(2006)或许是最好的开始。同时,可见 Crane(2001)和 Richard(2001)。

# 7

# 几位虚构主义者

虚构就是梅毒。

——边沁(Bentham 1845, vol. V:170)

虚构主义者说:有些思想或说法确实可以或者应该被人们当成虚构;那些思想有价值或意义,但那个价值是一般意义上的虚构所具有的价值,而跟它们是否为真没有关系。这个区别也带来了一个非常关键的态度上的区分:有价值的虚构不被相信或者不应该被人相信,因为它们是假的,或者无论如何不可能被知道为真;相反,对于虚构的合适的态度应该是接受(acceptance),一种可以指导行为而不需要发展成信念的状态。虚构主义的观点在近三十年像雨后春笋般纷纷冒出来,并且应用到道德、数学、基础物理、模态、组合(composition)、命题,甚至真本身等主题上。

现在讨论的虚构主义的一个主要来源可以准确地追溯到1980年。那一年,有两种非常有影响力的虚构主义理论发表:巴斯·范·弗拉森(Bas van Fraassen)在《科学的形象》(*The Scientific Image*)中提出的"建构经验论"(the constructive empiricism)以及哈们特·菲尔德(Hartry Field)在《没有数的科学》(*Science without Numbers*)中提出的数学虚构主义。在这一章,我将指出这两部巅峰之作的几个可能的先行者,然后对每一个作简要的评述。这里的焦点就是,到底什么使得一种观点可以算得上虚构主义。

## 7.1 早期历史

似乎所有的哲学观点都有相关的先行者(或许我们得把前苏格拉底哲学家排除在外)。[1] 有人会争论说皮罗主义者(phyrhonists)都是虚构主义者。虽然目标是要让自己摆脱信念,即使是像"面前的面包是有营养的"这种日常信念也要排除,但是也许他们对这样的命题持接受的态度。他们认为按照那些信念或命题行动是可以被辩护的,即使它们并不是真的。这种理解是否正确是需要讨论的。或许虚构主义者所特有的接受和信念的区别消失了,皮罗主义者并没有强烈要求我们要对关于面包的命题持一种不同于信念的态度。相反,他们主张:不应该相信关于面包本身的命题,而要相信一个仅仅关于表象的命题。这里,一个重要的区分崭露头角:关于某个领域的话语的取消主义者(eliminativists)[比如关于"大众心理学的"(folk psychology)的取消主义者]认为必须彻底放弃哪一类话语,用别的什么东西代替(关于信念、欲望的大众心理学的谈论应该被替换成关于神经过程的谈论)。这不是虚构主义的态度。虚构主义者主张我们应该保留那一类话语,而只需要改变我们对它的态度,从相信转为接受。(在本章中,这个区别将会得到展开。)可以讨论的是,对于日常信念皮罗主义者到底支持的是虚构主义还是取消主义。

在他弥留之际,哥白尼的《天体运行论》(Copernicus 1543)正准备通过安德里亚·奥西安德尔(Andreas Osiander)出版。奥西安德尔在他写的前言里将这位天文学家的工作描述为:

> 设想或者构造他自己喜欢的理由或假设,使得根据这些理由,相同的(可被观察的)运动可以由几何原理计算出来,无论

它属于过去还是未来……这些假说不必是真的,或很可能是真的;但是它们能提供符合观察的计算结果就足够了。

奥西安德尔的话是这样一种观点的早期表述:一个科学理论是充分的,只要他能"保留现象"(save the phenomenon)(哥白尼本人是否接受这一点是有疑问的)。它也清楚地刻画了现代虚构主义一个重要的特征:不为真的东西也可以很有价值。即使关于天体的整个的天文学论断以及这些运动的根据都是假的,那也没有关系,因为它们能让我们正确地预测天体的可观测位置。当观测不到的时候,它们到了哪里是无关紧要的。这就和范·弗拉森的"建构经验论"在某些方面很接近。接受(范·弗拉森意义上的)一个天文学理论就是相信它能对天体的可观察行为做出正确的预测,而且对这个理论说的关于天体的全部运动或背后的机制是否正确不置可否。在十六十七世纪,对天文学采取这种看法是为了避开神学。就像尼古拉斯·乌尔苏斯(Nicholas Ursus,1579)写的:

就算与其他的技艺或科学中普遍接受的原则相冲突,甚至与圣经不可错的、必然的权威相冲突,假设也是丝毫没错的。(Jardine 1984:39 - 40)

伽利略因坚持日心说的观点而与教会发生冲突,这表明关于天文学的虚构主义在当时没有被普遍接受。[2] 尽管如此,这种观点确实已经产生并有所传播,而且可以认为它已经多少影响了"假设"一词的意义达一个世纪之久,就像牛顿的名言说的:"我不做假设;因为不是从现象中推出来的才叫假设。而假设,无论是形而上学的还是物理学的,神秘的还是机械的,都在实验哲学中没有位置。"[3] 牛顿可以被认为是一个实在论者,他拒斥所有需要以虚构的方式解读的东西。

乔治·贝克莱(George Berkeley)的那句"同饱学之士一起思考,与世俗之人一起交谈"可以被解读成虚构主义立场的最佳例子:我们可以接受我们所说的任何东西,但是应该只相信我们真正认为的东西(在我们精通某门学问的时候)。

他的话本来是用来说他自己的一个论断(精神是唯一的动因),这似乎蕴涵"我们再也不能说火是热的或水是凉的,而应该说一个灵魂是热的,等等"(1710:§51)。相反,贝克莱说我们完全可以说那些严格说来是假的的东西,就像一个相信哥白尼体系的人也可以说太阳升起。下面的引文体现出某些与现代虚构主义的共同之处:

> 对于生活中的平常事务,所有的说法都可以保留,只要它们能激发我们产生合适的情感或倾向使我们能以自己的福祉所要求的那种方式行动,无论它们从严格或思辨的角度看来有多么假。(Berkeley 1710:§52)

假的东西有时也可以正确地指导行为,因为它们可能有益于福祉。严格说来为假的判断"火会伤害你的皮肤"会帮你避开火,而你也确实应该避开;它的作用不亚于真的判断"上帝会伤害你的皮肤,如果你和火靠得太近的话"。

贝克莱认为他能证明没有什么东西可以独立于心灵而存在,这是他的唯心论的核心主张。他的正面推论就是,被我们称为物体的那些东西,比如树木、椅子,都只是观念的堆积,而观念在本质上是依赖于心灵的。似乎思考/说话的区别也能在这里应用。唯心论成立意味着我们不能再说树木可以在不被感知的情况下存在,因为如果树就是观念的话,它当然不可能在不被感知的情况下存在。将思考/说话的区分用在这里,我们好像就能那样说话,并且和日常的言谈一样,因为我们认为有种说法在唯心论看来更正确,比如说树木可以不被我感知而存在,或者不被任何一个有限的精神感知而存在。也许我们可以把它看成一种关于树木的虚构主义:严格说来,没有树这种东西,尽管说话时假装它们存在是很有用的。

事实上,贝克莱没有选择这条路。

> 在否认被感觉感知到的事物能独立于实体(substance)或者支撑它们存在的东西而存在时,我们并没有削弱人们通常认为它们所具有的真实性,而且在这一方面我们其实没有提出任何新的想法。(我们和常识观点的)唯一的不同之处就是:在我们看来,被感觉感知的、不能思考的存在者(beings),除了被感知以外就没有其他的存在方式,因而除了那些没有广延的不可分实体或能够行动、思考以及感知的精神之外,它们不可能再存在于任何别的实体中;但是哲学家们和普通大众一样,认为可感性质存在于无生命的、有广延的、不能感知的、被他们称为物质的实体之中,而且他们赋予物质一种独立于所有思维的存在者的、自然的存在方式(subsistence)。(1710: §91)

关于树木,贝克莱不是虚构主义者。他认为,日常言语并不蕴含复杂而最终无法理解的、关于独立于心灵的实体的哲学理论。关于树木(只要没有将因果性归属给它们)的论断,比如“我家院子里有十棵树”这个论断,并不蕴涵任何独立于心灵的事物存在,可以字面地、直接地为真,可以被相信,而且是普通人和饱学之士的共同之处。只有哲学家和无神论者才需要物质实体的概念:

> 物质,或物质实体,是哲学家引进的词汇;他们的用法暗示了一种独立性,或者一种有别于被心灵感知的存在方式;普通人从来不会使用它们。(Berkeley 1713:第三篇对话)

要把贝克莱塑造成关于物质对象的虚构主义者,这些文本还不够。他可能还需要做出以下论断：

1. 对"有树木存在"这种句子的正确理解一定蕴涵了有独立于心灵的事物存在。所以，这样的句子都是假的。（而贝克莱则与此相反，他说不存在这样的蕴涵关系，那些句子是真的。）

2. 从表面上看，普通人的行为似乎表明他们关于世界本性的看法完全是错的。（在这一点上，贝克莱似乎模棱两可。有一些话有力地宣称他的看法很自然："根据已经给出的那些原则，我们并未失去任何自然[Nature]中的事物。"[1710：§34]但是他倾向于承认其中有错误："也可以说人们相信物质存在，因为从他们的行为来看，他们似乎认为感觉的直接原因是某种没有感觉、不能思维的存在者。"[1710：§54]在另一方面，人们的行为不可能直接展示信念，因为贝克莱认为自己证明了我们无法理解"没有感觉的、不思维的存在者"，所以没有真正的内容可供相信。我们得到一个含糊其辞的结论："经过细致的考察，也许会发现真的相信物质或没有心灵的事物存在的人没有我们想象的那么多。"[1710：§54]）

3. 作为有学识者，我们可以做得更好。我们可以在谈论独立于心灵的物体的那些话前面加上合适的算子，将其转化为字面上就为真的句子。（或者，我们可以说普通人的行为不应该按表面意义理解：在粗糙的外表之下，他们实际上是有学识的，他们默默地在那些粗俗的话前加了"根据独立于心灵的事物的故事"。）或者，我们可以把涉及独立于心灵的对象的谈论解读成关于观念聚合物（congeries - of - ideas）的谈论。要接受一个关于物理对象的陈述，就是相信其唯心论的改写。（但这根本不是贝克莱的观点。如果对因果性加以界定，就根本不需要那样的解读。）

大卫·休谟(David Hume)深受贝克莱影响。他明确地把“想象力的虚构”使用到我们如何能形成“外部事物”(external things,一种独立于心灵且能持存的实体)的观念这个问题的讨论中。他的回答是,我们不能以任何可靠的(authentic)方式做到这一点;外部对象的观念只不过是想象力的一个虚构。休谟这里的意思甚至比虚构主义的说法更加直白。他没有说外部事物是虚构,而是说我们关于外部事务的观念是想象力的虚构,即通过想象力凭空编造的(在创造过程中会产生各种各样的混淆)。区别就在于通过复制印象(impressions)形成观念的方式比想象可靠。我们并没有外部事物的印象(因为所有的印象都是独立于心灵且转瞬即逝的[4]),所以我们对它们没有可靠的观念。相反,我们的想象凭空制造出了外部事物的观念,而这种形成观念的方式一旦被揭露就会让人怀疑它在现实中是否有对应物。但是,休谟的“想象力的虚构”并不是针对这种怀疑或者被怀疑的对象,而是关于外部事物的观念的产生方式或过程。

虚构主义者避免相信相关主题的特殊论断,但是休谟很明显不是这么看待事物的:“我们不只假装,而且还相信这种持续的存在。”(1739 - 40:1.4.2)而且,虚构主义者把接受当成是一种不要求相信的态度,但它可以稳定地与关于同一个一般性主题的真信念相结合。比如,范·弗拉森的建构经验论也许能接受某些关于基础粒子的论断而不相信它;但是,信念离得并不远,因为接受这个论断意味着相信这个论断的可观察结果。接受、对接受的东西不相信,以及相信一些关系密切的东西,三者的结合是稳定的。相反,休谟对外部事物的反思让他进入一个不稳定的状态:“我们的理智和感觉之间有一种直接而彻底的对立;或者更加准确地说,我们由因果得到的结论,和那些劝我们相信物体持续而独立存在的结论是直接而彻底地相对立的。”(1739 - 40:1.4.4)

虚构主义就是为了消除这种紧张而设计的(不像休谟那样求助于红酒和双陆棋):对立的结论要被放到虚构的领域。

一些当代的虚构主义者会提到杰里米·边沁(Jeremy Bentham),他因为讨论“法律虚构”而出名:“通过虚构(在律师们使用的那种意义上),把一个特殊的假论断当作真的来理解,那个论断尽管已经被承认是假的,但还是有人辩护它并根据它来行动。”(Bentham 1822:267)边沁可能想用这个描述让法律虚构声名狼藉。实际上,他的话捕捉到属于现代的某种虚构主义的一些要素。比如,模态虚构主义者可能会说,我们可以一边承认这样的说法严格说来是假的(因为根本不存在可能世界)——存在着在其中我家被大火烧光的(与现实世界)相邻的可能世界;而另一边又根据它而行动(比如,购买火灾保险),就好像它是真的一样,因为我们可以把假的陈述转化成字面上真的陈述:根据可能世界的虚构,存在着这样的可能世界,其中我家被大火烧了。但是,边沁不太适合做当代虚构主义的先驱,因为他明确表示出对法律虚构的极大反感:“在英国法律中,虚构简直就是梅毒,它流动在每条血管中,把腐朽的原则带到法律体系的每个角落。”(Bentham 1843, 第五卷:170)

伯特兰·罗素(Bertrand Russell)认为,“逻辑虚构”或“逻辑构造”(logical construction)可以替代很多我们通常以更实在的(realistic)方式对待的实体:空间、物体、数、人以及类(classes)。下面是一个很有代表性的陈述:

> 你会发现某个一直以来被视为形而上的实体,或者能被独断地假定为真实的…… 或相反,能构造一个和假定的实体具有相同形式性质(formal proeprties)的逻辑虚构…… 而且那个逻辑虚构可以代替你假定的实体,并且满足所有想要满足的科学目的。(1918 - 19:272)

这段话的语境是对物质的讨论,并且是受认识论的考虑驱动的:“我们不可能会有任何理由假定存在着”那些物理主义者(physicalists)声称存在的东西(1918 - 19:272)。这是因为经验知识是基于知觉的,而知觉只能直接揭示感觉材料(sense data)或者“显象”(appearance),“那种人们直接在感觉中知觉到的转瞬即逝的殊相”(1918 - 19:273)。关于感觉的知识,罗素认为,绝不可能产生形而上学特征与其完全不同的一类事物的知识:

> 感觉无法直接知觉到持久的事物。所以,我们最好把设想的那种持久的不可知事物“替换”成由短暂的可知事物构成的逻辑虚构。“我只知道,存在着一系列相互关联着的显像,而且我应该把这一系列显像定义为是一张桌子。这样,桌子就被还原为是一个逻辑虚构,因为一个系列就是一个逻辑虚构。”(1918 - 19:273)一个系列就是一个逻辑虚构,那是因为它是一种特殊的类,“而类都是逻辑虚构”(1918 - 19:270)。

罗素对“虚构”这个词的用法也许源于制作行为,这种理解得到“构造”的貌似等价用法的支持。这可能会让我们认为,构造的结果应该是现实的东西,所以它不太适合充当当代虚构主义的一个来源。我们不应该匆忙地下这个结论。罗素的立场的基础是“没有类”的类理论,这一理论“避免假设存在类这种东西”(Russell 与 Whitehead 1910 - 13:187)。如此看来,人们可以接受那些表面上肯定类存在的句子,而不必要承诺类存在。这至少包含了当代虚构主义的一个方面。

罗素的整体图景说简单事物(the simples)是最基本的实在(fundamental reality):“简单事物所具有的实在性和其他任何事物的都不同。”这些特殊的简单事物就是显像(“小块的颜色或声音,短暂的事物”(Russell 与 Whitehead 1910 - 13:187));而一般性的(即非特殊的)简单事物包括简单的性质或关系。其他所有事物都是基于它们的逻辑虚构或构造,即一种类理论的实体,其中的最终元素只有简单事物（如果有的话）。这样的解读或许很有诱惑力：罗素是一个关于所有复杂事物的虚构主义者。理由是，根据罗素的理论，类是逻辑虚构。当我们谈论类的时候，我们实际上是在编故事（fictionalizing），而不是真的承诺有那样一些东西。

差不多所有我们前理论地说我们知道的东西，比如说桌子存在，都要面临这个两难选择：要么，我们保留自然的理解，主张"桌子"指称持久的、独立于心灵的而且（罗素认为）不能直接认知的对象，这样一来我们就"不可能有支持或反驳其实在性的论证"（1918－19：272）；要么，我们把那些论断阐释（reinterpret）为：仅仅要求那些全部元素或基本元素（ur－elements，自身不再有元素的事物）都是简单事物的类存在。没有类的类理论采纳的是第二种选择，而且它告诉我们，要满足这个要求没必要假设类存在。

但是，对相关的话语不做特殊的阐释，是虚构主义的一个独特之处。比如说，关于数学的虚构主义者，不会对那些意在指称或者量化数的表达进行阐释。相反，他会说，正是因为必须按照这种自然方式来理解，所以它是假的（或者是不可知的），因而必须发掘它除了真以外的其他价值。因为罗素在这一步会阐释关于日常对象的论断，所以他并不完全是一个（现代意义上的）关于日常对象的虚构主义者。他的解读采用的是一种取消的办法：（跟有识之士）准确地说，我们不应该断言桌子存在。我们（跟普通人对话时）可以用"桌子存在"这样的语言表达，但是必须把它理解成：存在一系列像桌子的显像所组成的类。（通常理解的）桌子被取消了。相反，虚构主义者一如既往地把他们的观点和取消区分开。

当谈到类时，情况就没那么直接了。按照一些解读，包括（不得不说）罗素当时自己的理解，没有类的类理论是一种阐释性的理论：表面看来好像指称或者量化了类的语言表达应该理解成指称了"命题函项"，而命题函项有时被理解成符号，有时又被理解成属于语言外的现实（extralinguist reality）。下面这段话，是在《数学原理》（*Prin-*

*cipia Mathematica*)出了很多年之后才写的,提出对符号进行还原:

> 在二阶语言中,变元指代的是符号,而不是被符号化的对象。(1940:192)

要弄懂上面这句引文,我们必须把罗素的话理解为,符号是二阶变元的值,没有什么别的东西被符号化。这相当于将明显的对类的指称和量化阐释成对符号的(真正的)指称和量化。可以在这些引文所出自的那些演讲中找到这种立场的某些佐证。在第七讲后面的讨论中他说:

> 物理世界中并不真的存在类。殊相就在那里,但是没有类。……那些陈述其实都是关于符号的。(1918 – 19:268)[5]

照这样的解释,当他说没有类的类理论"避免假设类这种东西存在"时,这话不能按照字面意思来理解,而应该理解为:这个理论避免承诺有类这样的东西存在,如果它们被认为不仅仅是符号的话。这样,类就被还原成了符号。(假设把类还原成命题函项,而且函项被视为非语言的现实中的元素,这种立场的结构仍然保持不变。)

另一种看法将罗素的立场理解成做了一个更加激进的、不属于还原论的断言。那个更激进的断言就是:他的类理论的符号化(symbolism)表面上看来有本体论承诺,但实际上它没有承诺任何东西。只有符号化;有一部分符号化看起来好像指称或者量化了类,但实际上不必认为它指称或量化了任何东西。这和他早期非正式的解释很一致:

> 当两个函项在形式上等价时,我们可以说它们有相同的外延。……我们并没有假定存在一个东西是外延。……把函项

> 的外延处理成被称为类的对象是很自然的做法。…… 然而，这在技术上并不是必需的，而且我们也没有任何理由设想它在哲学上是真的。(Russell 与 Whitehead 1910 - 13:74)

为了支持命题函项(的观点)，外延并没有被还原成命题函项或者被取消。相反，它们被当成多余的。

如果这种理解是对的，那么罗素没有类的类理论能否算作正宗的虚构主义？假设类不存在。他希望说服我们，不存在类这件事和他的形式理论内的所有论断(包括明显跟类有关的论断)为真并不矛盾。既然知道所有这些事实，他就可以开诚布公地使用类理论，不需要假装，或者参与到虚构当中。经过这样的解读，罗素的理论就不属于我们如今理解的虚构主义，尽管他用了“逻辑虚构”一词。他的理论主张的是取消：根本不存在类(或者，我们至少不必相信类存在)。

## 7.2 范·弗拉森的建构经验论

范·弗拉森认为，关于科学的实在论者会做出下面三个论断：

> 1. 科学理论应该“按字面意思”理解。如果理论中包含“强子(hadrons)存在”这句话，就应该把它以最明显、直接的方式理解为断言强子存在；而不需要别的阐释。
>
> 2. 科学理论意在为真。
>
> 3. 我们有充分的理由相信一个科学理论，即认为它是真的；这并不会遇到什么原则性的障碍。

按照范·弗拉森的理论，非实在论(对实在论的拒绝)可以分成两种：工具论(instrumentalism)和他称为建构经验论(constructive empiricism)的一种虚构主义。工具论者否认(1)，而支持(2)和

(3)。他们说“强子”并不指称一种由夸克构成的亚原子粒子,而只是对各种测量仪器的可观察特性的一种简略的说法。[6] 按照这样理解,的确应该认为科学理论是意在为真的,即(2)成立;而且我们有充分理由相信它们,(3)成立。与此相反,建构经验论者和实在论者一样认可(1),即科学理论的字面解释;但是他们关于(2)和(3)有分歧。建构经验论者说,我们不应认为科学理论是要为真的。相反,“科学的目的在于给我们提供经验充分的(empirically adequate)理论”(van Fraassen 1980:12),其中,一个理论是经验上充分的,只需要它的观察结果都是真的。关于(3),建构经验论者认为有一个原则性的障碍组织我们有充分理由相信科学理论,即我们从来就没有与不可观察的事物有直接关联的证据。所以,合适的态度不是相信,而是接受:要接受一种理论,就是相信它在经验上是充分的,并且承诺容许它对问题和研究产生影响(1980:12)。

范·弗拉森考虑了很多对他的建构经验论的反驳,但是没有提出直接的论证支持它。他或多或少地默认了,如果不存在有力反驳的话,(相比于实在论)人们应该更偏向建构经验论。这种偏好大概是受这样一个想法推动的:建构经验论比实在论在认识论上更谨慎。相信一个科学理论的实在论者必须承诺理论所假设的不可观察的实体和事件存在,而仅仅接受这种科学理论的建构经验论者则没有承诺。所以,似乎建构经验论者的理由更加充分:他们只是向超出经验证据之外的未知领域轻轻地跳了一步。

虽然那似乎是明显正确的,但是仍然有质疑的空间。范·弗拉森强调,在接受一个理论时,一个人所承诺的可观察现象不只是已经被观察到的那些,而是包括了所有可能的观察,过去、现在和将来的。这里说的经验证据是现实的(我们假定与理论相符的)观察结果,而承诺的东西则广阔得多。什么样的认识论考虑会让人做这样的拓展呢?或许,我们应该进行一种朴素的归纳投射(inductive projection),就像下面这个论证一样:

1. 到目前为止,理论 T 所做的观察预测中,凡是被检查过的都被证明是正确的。

2. 所以(很可能)理论 T 所做的观察预测全都是正确的。

比较它和纳尔逊·古德曼(Nelson Goodman)的著名论证:

3. 我到目前为止检查过的祖母绿都是绿蓝的(grue)。[7]

4. 所以(很可能)所有的祖母绿都是绿蓝的。

很多人认为从(3)到(4)的推理是不能令人满意的:前提没有给出接受那个结论的充分理由。我们是否应该被建构经验论者那个结构相似的论证打动呢?在讨论归纳的辩护问题时,一个标准的做法就是说,那个归纳投射被辩护,仅当前提的最佳解释蕴涵了结论。最佳解释推理(inference to the best explanation)被视为非演绎推理的基本形式,为那些事实上得到辩护的归纳投射提供背景支持。但是上面这个蓝绿论证却没有那样的最佳解释推理为其提供支持:因为这个前提的最佳解释是,我检查过的那些祖母绿都是绿色的;除非我的采样有偏差,否则它就能充当支持所有祖母绿都是绿色的这个结论的证据(当然不是有决定性的),因而与(4)相冲突。科学实在论者会说,(1)中的观察结果的最佳解释要涉及不可观察的实体、力和结构的运作。正是这些运作蕴涵了那个结论,即使得观察结果(在将来)会继续与理论相符。如果为归纳投射辩护时诉诸最佳解释的做法是对的,那么建构经验论是否真的在认识论上比实在论更谨慎就得取决于实在论是否正确,以及实在论所预设的解释的图景。所以,我们就没有认识论上的理由相信建构的经验论。

每一个理论家都会遭遇归纳问题。上面这些话的意义就在于证明了建构经验论者让自己失去了一种合理的方法来处理归纳问题,即把最佳归纳推理处理成比外推(extrapolation)更基本的推理。

解释无论在任何情形中都会成为实在论和建构经验论者之间的关键议题,因为按照实在论的方式理解的科学所能提供的解释,是按照建构经验论的理解的科学无法给出的。如果的确如此,那么我们就又多了同样是基于解释的、偏向实在论的理由。范·弗拉森认为解释问题对于辩护他的建构经验论是很核心的问题,于是,他提出了一种解释理论,他称之为实用主义的解释理论,专门用来支持反实在论者。

范·弗拉森通过下面三点(大约在他那本书的第4章结尾)引入了这个话题,我认为这三点大部分人(当然包括很多实在论者)都可以同意:

1. 一个可以接受的科学理论不需要解释一切(比如,牛顿明确说过他并不打算试图解释重力[8])。

2. “我们不会说我们有了一个解释,除非我们有个能解释的可接受的理论。”(1980:95)

3. 解释并不是有决定性的美德(virtue):对于非定域(non-locality)现象的隐含变量理论不能仅仅因为它提供了一个解释就能胜过没有提出解释的量子理论。

实在论者可以在解释和理论的价值之间建立各种联系,比如:

一个理论的解释力是证明它为真的证据。范·弗拉森(van Fraassen 1980)指出哈曼(98)、亨普尔(104)和达尔文(101)都是赞同这个原则的理论家。

解释力是一种理论美德。一个好的科学理论应该能解释现象。用范·弗拉森的话说,“一个理论被认为有多好,至少部分地取决于可以用它解释多少东西”。(1980:103)

第一条原则非常有争议。第二条则好很多,但它会给建构经验论带来一个问题,尽管在引用的那段话中范·弗拉森表示对它极为认同。如果一个理论假设了不可观察的事物,那么当这个理论被用来解释现象的时候,就需要提到这些不可观察的事物。但是,这似乎与建构经验论主张的对不可观察事物的不可知论相矛盾。

范·弗拉森的目标是这样的论证,它利用了这种想法的更一般的形式。它很大程度上依赖于只有真句子才有解释力这个前提。

1. 科学的目的在于给出解释。

2. 只有真句子才能解释。

3. 所以科学必须以给出真句子为目标。(van Fraassen 1980:97)

这个结论在建构经验论者看来是有问题的,因为他们认为,我们不应该相信理论(即相信它们是真的)而只能接受它们(即相信它们的可观察结果)。范·弗拉森指出这个论证对“解释”的准确含义不敏感因而不成立。前提(2)断言解释是事实性的(factive)(有人会这么说),但是根据范·弗拉森的理论,它最基本的意思是(或者应该是)非事实性的:即使假的东西也完全可以用在解释当中。比如,我们可以说牛顿的理论解释了潮汐,尽管我们知道牛顿的理论严格来说是假的(他还给出了很多别的例子,见 1980:98)。所以刚才列出的这个论证明显不成立,因为它有一个前提是假的。范·弗拉森进一步指出,在很多语境中,说我们有一个可以解释某事物的理论,我们就因此承诺那种理论是真的。这个承诺是可以自主选择的,不是由语义学直接给定的,而是语用学的一个方面,即被格赖斯(Grice 1975)称为“会话含义”(conversational implicature)的东西。有一个标志显示出这个承诺并不属于“解释”的意义,那就是它可以被取消掉而不会产生矛盾或让人收回整句话(retraction)。正如我们已经看到的,我们同时断言牛顿的理论能解释现象,并且它是假的,这并不会产生不合适的地方或者让人收回整句话。按照范·弗拉森的说法,会话含义经常出现这一事实有助于解释为什么人们会想要相信(2)这个假前提。

范·弗拉森自己的观点并不是很明确(至少在我看来)。就像前面指出的,他说“我们不会说我们有了一个解释,除非我们有一个能解释现象的、可以接受的理论”(1980:95)。这暗示只有可接受的理论才有解释力。(这不是他的话里所蕴涵的:他的这些话和通过说我们有一个解释就使得在语用上承诺了可接受性是一致的,尽管存在一个解释并不要求它是可接受的。但是,那句话的上下文并没有暗示这种理解。)这种暗示与范·弗拉森的论断——牛顿的理论有解释力,因为,正如他强调的,我们知道它不可接受——是矛盾的。也许时态在这里很重要:“说牛顿曾有一个能解释潮汐的、可接受的理论是真的。”(1980:99)相对于17世纪所能获得的证据,牛顿的理论是可接受的;所以在17世纪,他的理论解释了潮汐。但是,相对于我们的数据,它是不可接受的。这就会产生这样的结论:对我们来说,牛顿的理论没有解释潮汐。非常引人注目的一点是,所有范·弗拉森所谓的假的但有解释力的理论的例子都是用过去时态;它们是曾经解释过数据的理论的例子,即在过去解释了当时能得到的数据。并不能由此得出,这些假的理论中有任何一个能够解释现在的数据。所以我们没有一个针对(2)(即只有真的东西才能解释)的反例。

即便如此,说牛顿的理论就算在现在也确实能解释潮汐也是很合理的;这似乎是一个可以说明假的东西也能解释现象的很直接的例子。但是,它不能给建构经验论者提供一个合适的模型。如果牛顿的理论能解释潮汐,那是因为它是一个完全令人满意的近似理论;它对相对论效应(relativistic effects)的忽视(几乎对所有目的都)不会产生什么重要影响。但是范·弗拉森很难说某个粒子物理的理论是一个完全令人满意的对真理的近似,因为它包含了无数关于不可观察事物的论断,而这些论断是他必须看作不能相信的,所以,他只能说这些论断绝不是对真理的近似。

纠结我们对英语中解释性词汇实际使用中的细微差别不会有什么好处，所以我们不如马上来看看关于解释的论断应该采用什么形式范·弗拉森是如何刻画的。在这个讨论的开始阶段，他提议的基本形式是“相对于理论 T，事实 E 解释了事实 F”（1980：101）。范·弗拉森指出我们要如何去相对化（de－relativize），甚至笃定地宣称他想要坚持那个相对的解释观念：“（我们）关注的主题是基本的解释关系，这个关系可以说成是相对于一个理论的事实之间的关系，它很大程度上独立于那个理论是否为真。”（1980：101）

但是我们必须去相对化。我们不能认为“相对于巫术理论，有只黑猫的老大妈嘴里念念有词这个事实解释了庄稼歉收的事实”算得上可接受的科学解释。引号里的话或许正确地报告了一个相对于理论的解释，但是我们需要的不止如此：我们需要一个正确的解释，它应该是由一个正确的理论给出的。当我们得到 T 是真的这个前提时，“相对于理论 T，事实 E 解释了事实 F”的相对化就被去除了。

只有 T 是可接受的（而不是真的）这个前提，行不行？这似乎很难接受。考虑范·弗拉森自己是如何展示玻尔的原子理论的解释力的：

> 当（氢）原子被激发时（就像这个样品被加热时），那个电子跃迁到能量更高的状态。随后它又自动回落到原来的状态，发出光子以及与它在回落过程中所丧失的能量相等的能量。（1980：103）

很难看出来，如果没有电子或光子的话，这段话怎么能解释现象。一般地，只关心预测（而不关心解释）比那些还要关心解释的人，可以更容易看到：我们怎么可以对理论所假设的不可观察事物持不可知论的态度。

这些评论与范·弗拉森的解释理论的开始阶段有关。在他的第5章末尾,一个新的参数出现了,那就是语境。一个解释相对一个问题,而问题通常是对照性的(为什么这个发生了而那个没有发生?)而且对特殊的关注点(concerns)和偏好(idiosyncrasies)比较敏感。解释与三个词密不可分:理论、事实和语境(1980:156)。范·弗拉森明确强调了一个建构经验论者如何能在解释中援引不可观察事物这个问题。“为什么氢原子发出(恰好是那么高)频率的光子?”这个问题预设了“氢原子放出了有那样频率的光子”。难道这不会“自动地使我们所有人都成为科学实在论者”吗?(1980:151)

对于这个问题,一个否定的回答首先提醒我们建构经验论者只需要接受,而不是相信这个预设。即他们只需要相信这个论断只有真的可观察结果。但是如果继续保持对不可观察事物的不可知论,那就很难看出,他们怎么能同意说有些关于原子的现象需要解释。被解释项(explanandum)只能是这种形式:为什么这样的事物会有如此这般的观察结果。诉诸接受的回答是不可能这样说的。考虑任意一个候选的回答p,它被接受了而未被相信。对建构经验论者而言,承诺p顶多相当于承诺p的观察结果(observational implications)。但是,仅仅借助存在某个东西蕴涵了那些观察结果这一事实不能解释这些观察结果。我们必须说清楚那个东西到底是什么。有一些情形,比如与光子频率相关的观察结果中,我们就得说清楚原子、光子以及其他不可观察事物是什么。

我们现在的目的不是为建构经验论给一个明确的评价,而只是更一般地指出虚构主义理论所具有的特点和问题。无论建构经验论者如何回应解释问题,我们在这里得到一个具有普遍性的教训:虚构主义者通常认为他们有义务解释其目标话语对我们具有的价值。在某些情形下,对这些价值到底是什么可能会存在争议。解释是科学理论必不可少的一种美德吗?虽然范·弗拉森努力强调它不是最突出(pre-eminent)的美德(1980:95),也不是一种能提供保证的(warrant - conferring)美德(1980:100),但是我认为他确实相信解释是一种美德,只是并没有通常认为的那么特殊。还有一种更激进的观点,一种仍然称得上虚构主义的观点,那就是认为解释根本不是一种美德。的确,范·弗拉森认为错误地理解解释,比如认为解释必然与诉诸不可观察的因果关系和因果过程有关,只不过是“想象力的迸发”(1980:55)。只有当解释被看成一种很有节制的东西,有助于回答某个在语境里突出的问题的信息时,他才会认为有解释是一种理论美德。

## 7.3 菲尔德的数学虚构主义

“唯名论就是主张抽象实体不存在的学说。”(Field 1980:1)与其相反的观点就是柏拉图主义(Platonism):柏拉图主义者认为存在着很多抽象实体,包括数、类、函数等等,而且认为这些抽象实体和具体实体一样真实。针对蒯因等人对唯名论的指责——我们必须援引抽象实体来解释具体世界,菲尔德想要为唯名论提供辩护。蒯因还更加具体地反驳道,物理学理论需要数学,而数学中包含了对抽象实体的指称和量化。唯名论者就得反对物理学理论,于是这就构成了一个唯名论不成立的证明。

对这个论证的一种回应是重新阐释数学,使得它不再包含对抽象实体的指称或量化。(在我看来,罗素的没有类的类理论就属于这一类。)虚构主义者所特有的一点就是不以这种方式回应,而是保留数学话语的“标准语义学”。这是菲尔德的策略。很多数学陈述的确需要存在抽象实体才能为真。对于唯名论者来说,正是因为没有这样的实体,所以典型的[9] 数学陈述都是假的。菲尔德的计划是通过证明数学并不是物理科学的理论所必需的来否决蒯因的反驳:这些理论(或至少其中一些突出的例子)可以按唯名论的方式重新表述;即使在实践中我们利用数学从用唯名论方式表述的理论中得出结论,那也只是为了方便的缘故:同样的结论不用任何数学也可以得到,尽管会非常麻烦。

菲尔德有两个主要的论断要辩护。其中最难的一个就是,存在着唯名论意义上可以接受的物理科学的表述。菲尔德提出,空间(以及时空)可以被认为是由不可数的多个具体的点组成的。柏拉图主义者(相信抽象实体的人)会希望用与实数同构(isomorphisms)来描述时空的各个方面。(比如,牛顿式的三维空间可以映射到实数的三元组中,使得距离和相邻[betweenness]等空间关系可以由数的关系反映出来。这一方案似乎明确地承诺了数。)菲尔德说,唯名论者可以欣然接受具体的空间点具有像柏拉图主义的数所具有的那些结构(比如说数之间有稠密的排序[densely ordered],等等);这并不要求承诺数存在。菲尔德进而将牛顿的引力理论的很大一部分进行了唯名论的处理(nominalization)。

菲尔德做的另一个主要论断就是,数学对唯名论的理论——无意于指称或量化抽象实体的理论——比较"保守"。以一个唯名论的理论 N(假定 N 不是"反柏拉图主义的":即它并没说不存在数)为例,再加上数学:那个关于保守性的论断就是说,N 加上数学能推出的任何一个唯名论的结论,单单由 N 就能推出来。它准确地表述了:数学对唯名论的推理是可有可无的。菲尔德断言"这个论断(不像那个已有的科学理论都可以被唯名论化的论断)说的几乎是无可置疑的事实"。特别地,他还认为柏拉图主义的数学家无法反驳它,因为他们认为自己的理论"在所有可能世界"都是真的。一个理论 T 蕴涵或能推出一个结论 C,当且仅当在所有 T 为真的世界中 C 也为真。将必然真(即在所有可能世界为真)的条件加到 T 上,并不能使它推出比没有加这个条件时更多的结论:因为必然真理不能限定相关的世界。让我们用集合的并来描述把两个理论 T 和 M 结合到一起的结果:T∪M。[10]如果 M(数学)在每个世界上都是真的,那么 T 为真的世界正好是 T∪M 为真的世界。所以,柏拉图主义者(或者任何一个相信数学是由必然真理构成的人）必须同意，数学是保守的：把数学加到一个理论上不会增加那个理论的非数学承诺。

在人们对菲尔德的方案提出的众多质疑和困难中，我将挑出三点进行讨论。第一点是关于方法论的问题：是否只有哲学家可以合理地质疑柏拉图主义的数学家的观点；第二点是质疑对科学理论及其逻辑进行完全唯名论的刻画是否可能。第三点则与唯名论的认识论动机有关。

> 1. 在一个大家耳熟能详的段落中，大卫·路易斯（David Lewis）指出，哲学家要告诉数学家说他们一直以来相信数学的抽象对象存在是大错特错，那简直是傲慢地可笑。
>
> 数学是一项有着良好基础、持续发展着的事业。哲学则是几乎摇摇欲坠。基于哲学去否定数学是荒唐的。…… 尽管我们温和地反对数学——解释说它最多只能是一个有用的虚构，“是好的却不是真的”——我们仍然是反对它，而这是荒唐的。（Lewis 1991：§2.8）

路易斯继续拿荒谬的哲学论断——运动是不可能的、我们没有关于外部世界的知识，等等——和数学无可挑剔的记录做对比，激励哲学家让他敢于去告诉数学家说他们错了。

这一点乍看起来好像还比较谨慎，但是经过反思之后会发现它似乎又证明了太多东西。难道哲学绝不应该挑战现有的正统学说？这种情况确实不能被路易斯的普遍说法排除在外。[11]的确，这样的挑战必须得解释那个错误的正统是如何形成的。但是，关于数学的虚构主义者有很多可能的故事讲。现在这个争论的双方都一致认为，在数学某种意义上预设了数和集合那样的抽象实体存在。他们就这个预设是否应该被相信或被接受产生了分歧。接受而不相信这些预设的虚构主义者可以和一个真的柏拉图主义者一样固执地认为5+7=12,而不是5+7=13,就像一位无神论的人类学家可以真诚地、甚至激动地向一个同行说渔业神阿特劳阿和察瓦霍之间的区别在于后者更关心鱼类的命运,而阿特劳阿则对渔民的命运负责。一个虚构主义者不需要告诉数学家他们的数学论断是错的:相反,他接受数学论断(尽管并不相信它们)。如果这位哲学家的目标是要证明一个完全没有预设的立场,那么就不能指望数学家能以他们的专业能力去做他所做的事情。他不会站在虚构主义的视角上跟数学家争论,因为这样一个视角是职业数学家(有充分的理由)不会分享的。[12]

> 2. 菲尔德用牛顿的引力理论作为例子说明一个理论可以被唯名论化。他对整个科学能否用同样的方式处理保持谨慎的态度。有很多棘手的问题:相对论、量子力学、弦理论等等。也有人已经断言,一个较早的、相对直接的理论,应用到振动弦上的傅立叶理论,不能被唯名论化。(Liston 1993)

还有一个问题与理论的逻辑相关,甚至更一般性地跟逻辑相关。一个科学理论通常被当作在一个后承关系下封闭的语句集合。集合是抽象对象,就像语句一样。(必须允许理论除了已经被实际展示出的个例以外还拥有更多的结果,这样我们就不能使用语句的个例[tokens]而应该用语句类型[types]。)而且,后承或者是从模型的角度(语义的理解),或者是从证明的角度(语形的理解)理解的。模型是集合论的结构,所以它们也是抽象对象。证明是句子类型的序列,所以它们也是抽象对象。

在后面的工作中,菲尔德自己清楚地指出这个问题(用“反实在论者”涵盖“虚构主义者”):

> 并不清楚数学反实在论者如何能理解一致性和保守性。

因为一致性通常被定义为有一个模型，其中一个模型就是某种集合，因而是数学实体；并且由于我是用一致性来定义保守性的，所以保守性也是用模型论的方式定义的。(Field 1989: 249)

如果故事就此结束，虚构主义就会"弄巧成拙"(self－defeating)。菲尔德的解决方案是在一个初始算子(……在逻辑上是可能的)的基础上重新构造相关的概念。语句 $A_1$……An (放在一起)是一致的，仅当 $A_1$& ……& An 在逻辑上是可能的。一个理论 N 相对于理论 T 是保守的，当且仅当给定 T 在逻辑上是可能的，对于所有的 A：

(T & N & 非 A)不是逻辑上可能的，当且仅当 T & 非 A 不是逻辑上可能的。

发展这种解决方案需要证明，标准的元逻辑结果(比如，一阶逻辑的完全性和一致性)还能够重新建立起来。我们不会进入到这个高度复杂的争论(Field 1991, 1992)。

3. 唯名论一个主要动机是认识论的：像我们这样的存在者，因果序列中的具体元素，怎么可能拥有关于因果惰性的、具有完全不同的形而上学种类的对象的知识？这个可以追溯到贝纳塞拉夫(Benacerraf 1973)的问题，由迈克尔·里斯顿(Michael Liston)很好地表述：

按照我们对数学的标准理解，它的对象是我们不能感知、观察或者以任何方式直接或间接地与其发生因果作用的。根据互动论的(interactionist)认识论观念，为了拥有关于一类对象的可靠信念或者能辩护那些信念的证据……这些信念和证据必须能在因果上追溯到那些对象或者跟那些对象有因果作用的其他对象。如果这种认识论观念是正确的,可靠地反映了涉及某一类对象的事实的信念一定能在信息上追溯到那些对象;如果我们对数学的标准理解是正确的,那么这样的关联对数学信念是不可能的;所以,一定得放弃或者修改某个东西。(Liston 1993:447)

通过画出一幅对数学知识的可能性不利的知识图景,唯名论者保留了认识论,而放弃了数学。这或许是一种错误的反应:也许一种更加精致的、脱离了粗糙的互动论模型的认识论,可能会为数学领域(以及其他抽象领域,比如逻辑)的知识创造出空间。甚至,很多人会用不能容纳数学知识可能性这一点来反驳一种认识论方案。对先天知识的非互动论解释已经有很长的历史了,而且最近几年研究兴趣也在迅速提升(Bruce Russell 2007)。这些方案削弱了那些基于互动论来为唯名论辩护的认识论论证。

无论我们的认识论是多么地符合非互动论,关于柏拉图主义的数学的知识总会带来一个问题。有一个关于可靠性的条件句,柏拉图主义者会表述为:

如果数学家相信 p,那么 p。(见 Field 1989:230)

这里会产生的问题就是,这该如何解释;即使我们准备接受非互动论的解释,这个问题似乎还是很困难。假设这个问题是因为没有解释所以很难,那么根据菲尔德的说法:

如果我们相信在原则上都不能解释我们关于某个领域的信念的可靠性,那么我们就得带着怀疑地审视任何一个声称知道关于那个领域的事实的断定。(1989:233)

并不清楚这个原则是否正确,也不清楚是否只有那个关于数学可靠性的条件句是难以解释的。很多人都接受,具有如下形式的句子是真的:

如果人们先天地获得信念 p,那么 p。

按照大多数人的意见,这涵盖了那个数学可靠性的条件句,而且也并不比它更容易解释。那是否意味着,我们应该带着怀疑看待所有宣称有先天知识的断定?那肯定会弄巧成拙。所以,或许那个构想的支持唯名论的认知动机也会为怀疑任何形式的先天知识提供基础。

## 7.4 虚构主义的一些特征

要深究数学虚构主义导致的逻辑和数学问题,可能会离题太远(而且也超出了我的能力)。相反,我在本章结束前要列举通过历史的观点分离出来的虚构主义所具有的一些特征。

1. 虚构主义者说,某些特殊领域的话语(或思想的特殊领域)中大多数句子都是假的。

2. 虚构主义者有别于还原。从我们(而不是他本人)的观点来看,贝克莱把物质对象还原成了观念的聚合体。而且的确存在这样的聚合体。关于物质对象的虚构主义会说,实际上并不存在物质对象,虽然说它们存在的故事多少有点价值。

3. 虚构主义不是一种取消。根据我对罗素没有类的类理论的理解,它说:按照恰当的理解,类理论没有本体论。我们称这种观点是取消主义的,而不是虚构主义的。很多类理论的句子确实是真正地真的。

4. 虚构主义涉及一种取消。菲尔德强调,数学应该“按照字面意思”理解，即数学有一个包含抽象对象的本体论。但是按照他的虚构主义观点，并不存在抽象对象。

5. 虚构主义通常是由认识论的考虑促动的。这些考虑在范·弗拉森和菲尔德那里很明显，而且在别的（比如奥西安德尔）观点中也起了作用。

6. 虚构主义通常会指出某种错误。对于菲尔德来说，柏拉图主义是错的；而对于范·弗拉森，科学实在论是错的。错误也不仅限于理论家：毫无疑问，普通人都相信电子和数存在，所以从虚构主义的观点看来，他们都错了。

7. 虚构主义者必须在所谓的虚构性话语中找到价值。对范·弗拉森，它有助于得出观察性预测，这在精神上很接近菲尔德对数学的观点——数学为唯名论的结论提供了便利。相反，边沁由于否认法律虚构的价值，因而不适合被称为“虚构主义者”。

## 拓展阅读

关于发展史，Rosen（2005）很不错。斯坦福哲学百科里，埃克伦德（Eklund）、巴拉格尔（Balaguer）与诺兰（Nolan）写的词条可以参考。Godfrey－Smith（2003）是对科学哲学的一般性介绍，其中还指出了建构经验论的地位。关于菲尔德的数学虚构主义，见 MacBride（1999），Burgess 与 Rosen（1997）除此之外涉及了虚构主义的一般性问题。Kalderon（2005b）是一本涉及各种虚构主义的优秀论文集，编者的介绍也很有用。

# 8

# 关于可能世界的虚构主义

## 8.1 对各种虚构主义的不完整分类

如果一个理论断言，的确、可以或应该认为某个思想领域的思想和虚构有这样的相似之处：它们不一定非得为真才能是好的，那么我们就把这样的理论称为关于那个思想领域的虚构主义。[1]根据对（这个思想领域与虚构之间的）相似之处的不同选择，就会得到三个版本的虚构主义：（i）这些思想实际上被人们看作和虚构类似；（ii）这些思想可以被看作和虚构类似；（iii）这些思想应该被看作和虚构相似。第一个版本（i）——人们确实这样看待那些思想的——断言（心中有那些思想的）普通思想者（大部分）确实认为那些思想不需要成为真的就可以是好的，或者只需要些许苏格拉底式的诘问就可以轻易说服他们：他们一直以来就是这样（或许是隐含地）对待这些思想的。第三个版本（iii）——人们应该认为那些思想与虚构的相似关系是成立的——做出了一个独立的论断：给定了所有相关的考虑，最应该相信的就是这种相似性是成立的。即使（这些思想的）普通思考者并不认为它们像虚构，相似关系也可能确实存在；反过来，就算他们确实那样认为，相似关系也可能不存在。在这两种情形中,普通的思考者都犯错了。而第二个版本(ii)——相关的思想可以被看成与虚构相似——需要进一步阐释:是什么决定了可以如何看待那些思想?初步的、笼统的回答是说,在不破坏其价值(或最重要的价值)的前提下,可以这样看待这些思想。比如说,在菲尔德的数学虚构主义中,这里的"可以"是指:在不危及科学在世界中的可应用性的前提下可以。

在我看来,这个关于"可以"的问题非常关键,它让我们能对要讨论的那些思想具有什么价值做一些工作。这种价值被设想为能在虚构主义的解释中得到保留,这个"好"的性质被设想为不需要"真"。只有"可以"把那些思想当作虚构时,认真考虑"应该"或"确实"的问题才有意义。如果不可以认为那些思想与虚构有相关的相似性(否则就会有某些智识上的损失),那么它们就不应该被那样看待;如果在这个假定(它们不能被看作虚构)下它们却被人们看作与虚构相似,那么普通思想者就需要某种再教育(re - education),因为他们一定丢掉了那些思想中的一些有价值的东西。

虚构主义者一定看到了相关的思想领域中有某些错误,尽管到底有什么错误需要具体情况具体分析。菲尔德就直率地宣称,作为一个唯名论者,他认为数学(理论)是假的。相反,范·弗拉森并不认为处理不可观察对象的那部分物理学是假的,而是说我们不能知道它们是真的,或者我们不能有辩护地相信它们是真的。这一点就促使范·弗拉森选择了虚构主义立场。另一方面,虚构主义者一定在相关的思想领域中看到了有价值的东西。那就是,即使在真缺失的情况下,那种"好"的性质仍然存在。对菲尔德来说,数学的那种好的性质就在于:在表述科学定律并从定律中推导出结果时,数学提供了可有可无的便利。对范·弗拉森来说,那种性质就在于:为了得出关于可观察事物的预测,一个关于不可观察事物的结构的虚构提供了可能不可或缺的作用。虚构主义的核心想法就是:我们能获得这些好处,同时避免那些问题。

其他一些方面还存在着不同的可选方案。比如,普通使用者是如何跟相关的思想领域发生关联的?他们是否真的把那个领域(可能隐含地)看作一个虚构?如果的确是那样的话,这种虚构主义有时被称为"阐释性的"(hermeneutic),如果不是"变革性的"(revolutionary)的话(Burgess and Rosen 1997),这正好与之前提到的区分相对应:我们确实把某个思想领域看作虚构的和我们应该把某个思想领域看作虚构的。阐释性的虚构主义者不必把某种错误归咎给(相关思想的)普通思考者,但是变革性的虚构主义者则一定会那么做。

普通思考者如何与他们的思想关联到一起这个问题,可以通过分成不同的层次来回答。假定他们实际上把那些思想看作虚构。他们是否意识到自己是这么做的?肯定或否定的回答又会产生两种版本的虚构主义。类似的,假定普通思考者相信他们的思想可以或者应该被看作虚构,他们意识到自己相信吗?不同的回答又会产生更多更细致的虚构主义版本。

到目前为止,我们只考虑(某些思想)与虚构的这种相似性:这些思想不必为真就可以是好的或有用的。我们也可以问它们是否属于一个虚构,即它们是否跟某一个虚构有某种关系,就像福尔摩斯是个侦探这一思想和福尔摩斯系列故事有关联一样。这就需要存在一个虚构、一个现实的讲故事的事件,因而相关的思想或者是这个故事的复述或者是提醒物又或者是发展。虚构主义者通常倾向于不要求这种相似性。

虚构主义者有没有使用虚构算子呢?如果像很多关于可能世界的虚构主义者那样,的确使用了的话,他就要面对一些特定的问题。如果按字面意思理解,许多虚构算子中涉及了虚构;这样的话,虚构主义者就必须说,毕竟存在着真实的讲故事的行为,这是历史性的事实。这意味着,虚构主义者也使用了"神话算子"(即"根据一个如此这般的神话……"),因为神话的产生不需要特定的神话创作行为。然而,将虚构和神话都理解成抽象的是最自然的做法,尽管这会给有唯名论倾向的虚构主义带来一个问题。要谈论虚构算子是如何运作的，通常要涉及某种模态封闭性（modal closure，最简单的理解就是：一个思想根据某个虚构是模态封闭的，当且仅当它被故事里明确说的某事所蕴涵。更复杂的版本见第 4.3 节），而这会给关于可能世界的虚构主义者带来一些特殊问题。

虚构算子的模态状况（modal status）是否会给模态虚构主义带来问题，依赖于一个进一步的区分。虚构主义者的目的是为目标思想的特征概念（characteristic concept）提供一种分析吗？比如说，关于可能世界的虚构主义者的目的是不是分析模态的概念？果真如此的话，那么他作为一个"强硬的"模态虚构主义者，就必须留意虚构算子显而易见的模态本性，并且说将不同的模态概念化约成唯一一个至少是有些价值的（比如 Rosen 1990：344 – 5 就提到了，而且后面几页还有详细讨论）。不需要关注虚构算子的那些虚构主义，比如菲尔德的数学虚构主义，就不会有这类问题。

在我看来，最关键的就是那个"可以"的问题：我们可不可以把相关的思想看作虚构的，而不失掉这些思想所特有的价值？除非这个问题的答案是肯定的，否则其他问题不会有什么结果。我们可以认为各种虚构主义的不同之处就在于它们对那个"可以"断言（can – claim）增加了什么东西。

## 8.2 虚构主义的价值

"那些思想不必为真也可以成为好的。"这里的"好"是什么意思？对于一个虚构主义者来说，对这个问题有一个非常明确的答案是很重要的，否则他的立场跟取消主义（eliminativism）也就没有明显的区别了。取消主义者会说，我们可以或者应该直接把某一类的思想全部舍弃（因为它们是假的，或不可知的），毫无保留，尽管我们通常会被导向替代方案来满足那些被取消掉的思想本来要满足的认知需要。虚构主义者没有那么残酷，他们只是主张尽管那些思想不应该被信以为真，但它们仍然有价值。

（至于这里说的是哪种价值，）毫无疑问需要具体情况具体分析，但是有一种价值却常被人提起，那就是：虚构可以构建一种推理的桥梁，让人们在真正的事实之间通行。这种价值或多或少有点像（菲尔德所认为的）数学在将科学应用到现实世界的过程中所起的作用。下面用一个简化的例子来说明这种推理桥梁是如何工作的。下表的左边一列有一些假句子，但它们在牙仙的故事中为真；与之对应的右边一栏，如果有内容的话，是现实世界中能保证左边一栏（如果有内容的话）为真的事实。

| 牙仙的故事 | 现实 |
| --- | --- |
| | 我在枕头下面放了一颗牙齿。 |
| | 我一向都不太听话。 |
| 如果你在你的枕头下面放一颗牙齿，牙仙通常会把它换成一张 10 美元的钞票。 | 如果你在你的枕头下面放一颗牙齿，父母通常会把它换成一张 10 美元的钞票。 |
| 牙仙把她收集到的牙齿都放在彩虹的另一边。 | |
| 牙仙不想收集不听话的小男孩的牙齿，因为那些牙齿会让彩虹丧失光彩。 | |
| 因为我不听话，牙仙很可能不会把我的牙齿换成 10 美元的钞票。 | 因为我不听话，父母很可能不会把我的牙齿换成 10 美元的钞票。 |
| | 所以，明天早上我枕头下面很可能不会有 10 美元的钞票。 |

上表中加点文字标出来的是小男孩在推理中所用到的，这让他（姑且假设）从右边一栏加点文字标出的那些事实以某种恰当的可信方式（也许前提蕴涵了结论，或者也许这一推理具有较高的或然

性)推出了右边一栏中斜体标出的事实。牙仙的故事之价值正是在于,它让小男孩掌握了一个以别的方式无法获知的(现实世界的)事实。由于完全不知道他的父母在换牙齿这件事中所起的作用,他不可能用右边一栏中非斜体的真句子得出那个结论。尽管直觉上来说,他的推理是“可信的”(authentic):在他不幸地将无知和假信念混在一起的情况下,他做得不错了。

但是这个推理并不是可靠的,因为中间有假前提。一个虚构主义者可以准确地指出牙仙故事的价值就是:它使这个推理可信,尽管不可靠(因为可靠性要求前提都为真)。对我们的主人公来说,有一种靠得住的(reliable)从现实世界的众多事实得到另一个现实世界的事实的路径,尽管它会途经虚构的虚妄;在这样的处境下,那并不会削弱这个推理的价值,它还是可信的、靠得住的。我们可以用这个简化的模型作为一种虚构主义者将自己和取消主义者区别开来的方式。它还可以用来说明为什么虚构主义者需要建立虚构—现实之间的联系——上表中同一行的两个句子所例示的那种关系。

## 8.3　关于可能世界的虚构主义

我认为我们有大量的模态知识这件事是给定的。

——罗森(Rosen 1990:337)

模态虚构主义,就像这个词在最近的文献中经常被使用的那样,是关于可能世界的虚构主义。在我看来,“模态虚构主义”这个标签更适用于关于模态的虚构主义,即它断言可能性和必然性不是真实事物而更像某些虚构中的人物。既然我不能实际地指望去改正约定俗成的用法,我将用“关于可能世界的虚构主义”来指称关于可能世界的虚构主义,而避免使用“模态虚构主义”。[2]

关于可能世界的虚构主义认为这个想法是极其重要的:关于可

能世界的思想可以(或者确实,或者应该)被看作故事里的思想,在某种程度上就像"福尔摩斯是个侦探"这个思想那样。人们通常选定大卫·路易斯讲的那个故事,即被称作"模态实在论"的那个故事(第4章介绍过):可能世界都是真实的事物,是一个个极大时空域。其中,有一个是我们所居住的,我们称之为现实的(世界)。这表明我们的世界和其他所有世界之间存在着一种视角性差异(perspectival difference)而不是形而上的差异:所有的可能世界都是同等真实的,尽管只有一个(在我们看来)是特殊的,因为我们住在其中。其他世界的居住者同样会认为他们的世界是现实的,万里无一的。这可以和空间位置做类比。我所在的地方,我称之为"这里",对于我来说是特殊的。你把你所在的地方也叫作"这里",那个地方对于你来说是特殊的。你我所在的位置是同等真实的,所以它们并没有形而上学状况上的差异。但是有一个视角性的差异:我们都认为自己所在的地方是特殊的。

关于可能世界的虚构主义者并不是关于模态的虚构主义者:前者认为某些模态思想,比如"可能存在会说话的驴"这一思想,是字面的而不仅仅是虚构的真的。但是,他们希望拥有通过使用可能世界这个概念来获得诸如扩展模态思维、研究模态现象等好处,而避免付出本体论的代价:相信可能世界是现实的。用路易斯的话说,那就是"廉价的天堂"(Lewis 1986:136)。谈论可能世界的好处与日常的模态谈论的常见改写有密切关联:必然如此可以改写成在每个可能世界都如此,而可能如此可以改写成在某个可能世界如此。

我们来看一看吉迪恩·罗森(Gideon Rosen)是怎么展开这种观点的:

> 令P为任意模态命题。模态实在论者会在可能世界的语言中有一个P的非模态的改写,P*。实在论者关于可能世界的断言都要受到如下模式指导:P当且仅当P*。[3] 所以,虚构

主义者的附带提议(parasitic proposal)就是,断言如下模式的全部实例:P(成立)当且仅当根据多元世界的假设,P＊(成立)。(Rosen 1990:332)

可能世界都是虚构,这是(关于可能世界的虚构主义的)第一个承诺。当对可能世界的谈论前面加上虚构算子“根据世界的多元性假设”时,我们就可以用这种谈论来表达真正的模态事实;这是(关于可能世界的虚构主义的)第二个承诺。

考虑苏格拉底本可能是塌鼻子这一思想。关于可能世界的实在论者,那些接受路易斯的将可能世界看作真实对象的图画的人,把这个思想看成等价于某个由对可能世界进行的存在量化所主导的思想,比如“在某个可能世界,苏格拉底是塌鼻子”。[4] 所以,路易斯的改写模式

L　P当且仅当P＊

的一个例子就是:

苏格拉底本可能是塌鼻子,当且仅当,在某个可能世界中苏格拉底是塌鼻子。

罗森认为这个所谓的等值式右边为假,以为它的真要求至少存在一个非现实的世界。而另一方面,他又认为等值式左边为真。所以,他摒弃了路易斯的改写模式,因为这一模式有为假的实例。但是,利用视角转换这一点,虚构主义者就可以把这些与改写相关的益处变成自己的战利品,而不需要付出承诺可能世界的代价。仅仅认为等值式右边隐含地由虚构算子“根据实在论者多元世界的假设”(简写为“根据PW”)所量化。那么,那个改写模式就会被理解为说了:“P成立,当且仅当,根据PW,P＊成立”,而我们的例子就

应该理解成:

> 苏格拉底本可能是塌鼻子,当且仅当根据 PW,在某个可能世界,苏格拉底是塌鼻子。

更一般地,实在论者的改写模式"P 当且仅当 P *"变成虚构主义者的等值式:

FE　P 当且仅当,根据 PW,P *.

对很多命题来说,FE 的两边都为真。比如,把函数 * 应用到"本可能存在蓝天鹅"(P),就会得到"有些可能世界上有蓝天鹅"(P *),而后者根据 PW 成立。这就可以让罗森式的虚构主义者将自己的立场与取消论者的立场相区别:对可能世界的谈论仍然是有用的,而且可以用于陈述事实,但是需要将它明确地置于虚构算子之下。尽管人们确实可以设想出不依赖 FE 的虚构主义,但我会将注意力限定在依赖 FE 的虚构主义版本。

罗森的关于可能世界的虚构主义集以下特性于一体:

> 1. 未加重组的模态思想,比如"苏格拉底本可能是塌鼻子",是严格地、字面地真的。
>
> 2. 不存在非现实的可能世界,意在对它们做存在量化的思想都是假的。
>
> 3. 根据 PW,存在很多可能世界,这是严格地、字面地真的;而且 PW 这个故事告诉我们的那些特定的事在我们的模态知识中是有价值的。
>
> 4. FE:P,当且仅当根据 PW,P *。

与此相对,关于模态的虚构主义者否定(1),他们反而说像"苏格拉底本可能是塌鼻子”这样的模态思想是严格而字面地假的(或至少是不能被知道的),但是它们能被理解为将我们指向事实。这就会产生这样一个问题:我们怎么会错误地相信所有这些虚假的东西的?一种方案是用我们对“福尔摩斯是个侦探”这种虚构语句的态度类似的处理这种情形。那些模态思想不是真的,尽管当它们嵌入虚构算子之中时为真。最直接的类比是说,“苏格拉底本可能是塌鼻子”在加上“根据PW”作前缀时就会得到一个真句子。这种说法或许不太对,因为PW并没有使用那些模态概念(可能、必须等等)。[5] 但是,我们可以在两个阶段利用PW:首先,将路易斯的改写模式L用于模态思想,把它们变成可能世界的思想。然后,把可能世界处理成隐含地嵌入“根据PW”这个算子当中。设想某个人断言本可能存在蓝天鹅。在关于模态的虚构主义者看来,这严格来说是假的,因为不存在真实的模态事实。但是,我们倾向于认为它为真这件事可以解释为:我们隐含地愿意将它看作与“根据PW,本可能存在蓝天鹅”一样。

关于模态的虚构主义可以总结如下:

1. 未加重组的模态思想,比如“苏格拉底本可能是塌鼻子”,是严格地、字面地假的(或至少是不可知的)。

2. 不存在非现实的可能世界,意在对它们做存在量化的思想都是假的。

3. 根据PW,存在很多可能世界,这是严格地、字面地真的;而且PW这个故事告诉我们的那些特定的事是有价值的(但不是对于我们关于模态的知识来说有价值,因为根本不存在模态知识!)。

4. FE: P,当且仅当P*。

5. 我们应该按照是否忠实于PW的标准去评价模态思想,而不是以真假的标准去评价。(我们可以,在情况允许时,“跟普通人说"并且用"真"表述"忠实"。)

关于可能世界的虚构主义和关于模态的虚构主义之间有一个很大的差别,那就是前者将我们日常的模态思想看作字面地真的,因为它们等价于 PW 所说的事实,而后者将这些思想看成字面地假的或不可知的,因为它们等价于对可能世界的量化句。两种立场都否认存在非现实的世界(两者的一些变种可以对这个问题只是持不可知的态度)。关于可能世界的虚构主义不要求对日常的模态思维进行重新阐释:只要我们限定在必须、可能等模态概念的范围内,我们就可以得到字面的真理。相反,关于模态的虚构主义认为日常模态思维(如果按照字面意思理解的话)包含着错误。关于可能世界的虚构主义者接受 FE;关于模态的虚构主义者否定 FE,但是接受 L(虽然在一些有趣的情形中,等值式会因为两边都为假而成立)。

要把阐释性的和变革性的虚构主义的区别应用到关于可能世界的虚构主义上不太容易,因为关于日常模态判断的正确性并没有争议。普通的思想者并不使用理论家的可能世界概念。确实,他们也提到可能性、可能情形等等,但是它们并不是实在论者所理解的可能世界,因为它们可能是不完全的,甚至是不一致的。只有理论家们才用可能世界这个理论概念;比如,不顾大卫·路易斯尖锐的相反主张,硬说他实际上是个关于可能世界的虚构主义者就很荒唐。同样,"变革"这个叫法也不太合适,因为跟模态实在论者存在分歧并不足以成为变革所需要的那种根本性变动。

与此相对,关于模态的虚构主义者会遇到一个真正的问题:他的理论是以阐释性的还是变革性的方式提出来。如果它说普通的模态思考者,那些具有这些严格来说为假的模态思想的人,隐含地将它们(模态思想)置于虚构中,那么,它就是阐释性的虚构主义;否则它就是变革性的。按照表面意思来理解的话,已有的证据则明确地指向与阐释性版本相反的方向。

罗森区别了强硬的和软弱的两种关于可能世界的虚构主义。强硬的虚构主义者想用虚构来解释模态的形而上学本性:真的模态思想是由被选定的那个模态虚构的存在及其内容保证为真的。这位理论家想要为模态提供一种还原性的分析,因而要避免在分析中使用模态概念。[6] 相反,软弱的(关于可能世界的)虚构主义者避免做出这个承诺,只是尝试建立关联。这位软弱的虚构主义者认为 FE(即 P 当且仅当根据 PW,P *)为真,但是将其看成"只不过是将模态事实与关于 PW 这个故事的事实相关联起来的一个理论"(Rosen 1990:354)。软弱的虚构主义者可以说模态事实系统地与 PW 所讲的事实相匹配,尽管他认为二者是两类完全不同的事实。

这一区分的某种影响与虚构算子有关。PW 这个"故事",也许包含在路易斯的《世界的多元性》(*Plurality of Worlds*, Lewis 1986)之中,明确地陈述了多个世界的事情,但是还有很多事并没有明确说出来。明确说出和隐含的内容之间的关系很可能是模态的(比如说,蕴涵[7])。(关于可能世界的)强硬的虚构主义者一定会担心:他应该给出模态的分析,而且在分析中不应该依赖于模态概念。这对于软弱的虚构主义者来说并不构成问题。更一般地,也许可以把任意的虚构算子称作"模态的",因为"根据虚构 F,p"的意思大概就是"如果情况确如虚构 F 所说,那么 p 就会成立",而这个反事实条件句确实可以合理地算作模态的。(如果像路易斯那样,把虚构算子分析为对可能世界的量化,那么把虚构算子看作模态算子的做法肯定是能够得到辩护的,就像在第 4.3 节里讨论的。)关于可能世界的软弱的虚构主义者能容许虚构算子是模态的,并且听之任之;强硬的虚构主义者则不能。

## 8.4 与其他形式的非实在论的比较

在讨论模态时谈论可能世界显然是很有启发的。

——罗森(Rosen 1995:67)

唯名论者认为不存在抽象事物。这就激发起一种关于数学的不那么直接的观点:数学必须要重新阐释(reinterpret),或者当作虚构处理。这里存在一个和可能世界之间的结构性类比。现实论者认为非现实事物不存在。这就激发起对明显谈论非现实的可能世界进行不那么直接的解释。一种选择是重新阐释。比如说,可能世界是图画式地谈论现实的极大一致语句集的方式。或者,它们只不过是有用的虚构。关于可能世界的虚构主义有可能是由现实论所驱动的,就像关于数学的虚构主义可能是由唯名论所驱动的一样。在两种情况中,虚构主义都不是唯一的选择。让我们更仔细地看看,现实论者还有哪些替代方案。

一种直接的替代方案就是取消:让我们丢掉可能世界的词汇,用对我们来说更加自然的方式来表达我们的模态意见(modal opinions),用比如"必须"、"能"这些模态助动词,或许可以用常用的符号方框(□)和钻石(◇)来形式化。这个版本的现实论没必要否认"可能世界语义学"(比如,克里普克[Kripke 1963]所发展的)在形式上的好处。我们已经(在第4.1节)看到,我们没必要把这些语义学中提到的"可能世界"当真,正如我们也没有把命题逻辑的真值语义学中所提到的"真值"当真。我们需要的只是一个具有特定结构性质的结构。对克里普克式的语义学而言,那些可能世界可以是空间里的点或者数。只有其结构性质是要紧的。现实论者取消可能世界的做法可以融贯地与可能世界语义学的益处结合在一起。在反思模态问题时,尝试想象一种可能情形肯定是有用的,但是取消主义者可以说这只是一种想象练习:因为这种想象并不是要读出关于某个非现实对象的事实,或者以别的什么方式跟非现实的事物关联起来。就像想象一条龙并不一定要被看作跟一条特殊类型(即非现实的)的龙产生关系,所以想象一个世界也没必要被看作跟一个特殊类型(即非现实的)的世界产生关系。既然取消主义会有什么损失并不清楚,那么虚构主义会得到什么也是不明朗的。

反对取消的最强论证是说,取消会让我们没法说一些我们实际上(或应该)想说的话。比如大卫·路易斯提出,取消论者的方框和钻石的语言不足以表达这样一个思想:可能在三种不同的方式下,驴子会说话。这个思想中被量化的"方式"似乎是可能世界,而且路易斯称只用"必须"和"能"(或者"方框"和"钻石")是无法妥善处理这个思想的。[8]

如果排除取消主义,那么现实论者就会很自然地考虑重新阐释或还原的方案。就像前面提到过的,非现实的可能世界可以被当作现实事物的集合,比如说语句的集合。极大(对任意语句,它或它的否定属于这个集合)且一致(不存在一个语句,它和它的否定都属于这个集合)的集合按理说是可以承担可能世界所起的作用,而不需要引出任何非现实的东西。按理说是如此,但是路易斯(Lewis 1986)论证的则是一个与此相反的结论:这些"替代"(ersatz)世界,真正的非现实事物的替代品,在一些非常微妙的技术层面还很不够。

取消主义据说有表达力不足的问题,而还原也有技术缺陷。如果这些问题真的存在,那么对现实论者来说虚构主义就会是最佳的选择。

## 8.5 关于可能世界的虚构主义要面对的问题

就我目前所展示的罗森的观点来看,他的虚构主义与取消主义或还原主义相比,对可能世界的作用范围有所不同。后两种理论强调的是所有可能世界语句:取消主义者说你不应该跟它们打交道,而只能使用由模态算子构造的句子;现实主义的还原论者说你可以使用可能世界语句,只要你把谈论非现实对象的话还原成谈论现实对象的话就行了。就目前所展示的来看,罗森的虚构主义的作用范围则小得多,因为它只关注那些翻译模态语句的可能世界理论(world - theoretic)语句:即某个模态语句 P 所对应的 P *。正如路易斯指出的(Lewis 1968:117),人们可以用可能世界理论的语言(按他的术语说,是"对应体理论")说一些没法用模态语言表达的话,所以那些 P * 并没有穷尽可能世界理论的语言。罗森的 FE 对比如"存在非现实的世界"这样的语句就无话可说。

(暂且)假设这个非模态语句可以用路易斯的对应体理论的语言翻译。这个语言有一个只能由现实事物满足的初始谓词 A,而且有一个公理说至少存在一个现实世界(包含且仅包含现实事物的世界)。它还有一个公理说,没有什么东西存在于一个以上的世界。由此可以得出,恰好有一个现实世界,路易斯用@来给它命名。所以,"不存在非现实世界"似乎就可以用这个语言直接表达为:

有个东西是不同于@的世界。

按照我们关于翻译的当前假设,这个句子是作为 P 的"不存在非现实世界"所对应的 P *。尽管这个 P * 严格来说不是对应体理论(Lewis 1968 中所勾画的)的公理,但它很明显被假定为真的。因而我们就有:

根据 PW,有个东西是不同于@的世界。

FE,这个核心的虚构主义论断,即:

P,当且仅当,根据 PW,P * 。

按照我们的假设,FE 的一个实例就是:

存在非现实世界,当且仅当根据 PW,有个东西是不同于@的世界。

我们看到,这个等值式右边为真,而且虚构主义者必须接受它。所以,这位虚构主义者也一定承诺了等值式左边为真,即存在非现实世界。但是,他本应该是现实论者! 这里一定出了什么错。

我们必须丢掉关于翻译的假设。路易斯实际说的是,一个不含模态(modality - free)的量化经过翻译之后应该将量词限定在现实世界之内,所以“存在非现实世界”要翻译成:

有些现实的事物是非现实的世界。(Lewis 1968:118)

路易斯会反对:没有哪个现实事物是非现实的。会被可能世界理论家看作以日常语言表达的真句子(“存在非现实世界”)被翻译成了一个假句子,而翻译应该保持真值不变的。这对于被设想为有用的 PW 来说是一个问题,但它对虚构主义者没有任何威胁。而且它会动摇前面那个反虚构主义的论证所依赖的翻译论断。

路易斯关于翻译的明确指示可以保护虚构主义者免于其他潜在的灾难。罗森对此提出反驳,让我们考虑这样一个可能世界思想:

在所有可能世界中,有的世界中存在袋鼠,有些则没有。(Rosen 1993:75)

罗森称,这是根据 PW 而这样的。而且(长话短说)PW 因

此被设想为承诺了:

1. 在所有可能世界中至少有两个世界。
2. (1)是将函数 * 应用到(3)中的模态思想得到的结果。
3. 必然地,至少存在两个世界。

根据 FE:

“必然地,至少存在两个世界”为真,当且仅当,根据 PW,在所有可能世界中至少有两个世界。

如果 FE 的右边为真,那么虚构主义者必须接受左边的部分,它蕴涵了至少存在两个世界。但是虚构主义者也是现实论者,他认为只有一个世界——现实世界。

努南(Noonan 1994)说路易斯(至少在 1968 年的论文中)会反对(1)和(2)中其中一个,所以这个论证是不可靠的;而罗森(Rosen 1995)愉快地接受了这个回应。路易斯(Lewis 1968)要求把日常语言中的量化翻译成对应体理论中受限制的量词,这个限制就是所有事物都限定在谈论的这个世界之中。

与此相对,日常语言中的模态算子要翻译成只对可能世界作量化的量词。所以,(3)中的存在量词,按照翻译,会受到与“必然地”所对应的全称量词限制。这在(1)中并没有反映出来,所以(2)是假的。

如果我们要引出(1)中相关的量词限定,我们可以得到类似这样的东西:

在任一世界 w 中,w 中至少有两个世界。

但是,路易斯认为世界中没有世界。[9] 也就是说,世界中的任何事物都不是世界,因为世界是极大的。

所以,对关于可能世界的虚构主义的这个简单反驳不成立。[10]这个讨论表明我们正在走钢丝:在翻译步骤上做小小的改动就可能产生很大的不同。虚构主义有某种直觉上很吸引人的东西这个想法会在这些技术问题中逐渐迷失。这逐渐突显出这个问题:为什么要做关于可能世界的虚构主义者?

## 8.6 关于可能世界的虚构主义的动机

> 你可以不必付出本体论的代价而获得谈论可能世界所能得到的全部好处。
>
> ——罗森(Rosen 1990:330)

很多虚构主义者会隐隐提到对模态的可能世界解释有一些"好处",但是没有进一步说明。那么,到底有哪些好处呢?

我认为,人们可能提到四种 PW 的应用:

1. 可能世界语义学可以应用于量化模态逻辑(正如 Kripke 1963)。[11]

2. 可能世界的谈论使得模态思考(modal speculation)生动而系统。

3. 可能世界的谈论比使用模态助动词("一定"、"能")或算子(方框和钻石)的谈论表达力更强。

4. 可能世界告诉我们怎么思考模态。

(1)我们已经看到模型论的元素,真值或者可能世界,起着关键的结构性作用。所以我们不能因为量化模态逻辑的可能世界语义学而偏向虚构主义,而非取消主义。就算起着"可能世界"作用的那些元素并不真的是世界而只是一些索引(index),这个语义学仍然可以是正确的。

(2)也许可能世界的谈论会使模态思考变得生动。但是,没有理由认为这个想象的道具有什么重要的,或者会有本体论承诺。也许有人可以请人们生动地想象 P 成立的情形,并且用他们的尝试是否成功来作为 P 是否可能的指南。

(3)PW 在表达力上比量化模态逻辑更丰富是没有争议的。(我们已经看到,如果我们表达模态的唯一手段就只有"方框"和"钻石",那么我们就不能表达"存在非现实事物"的思想。)问题是,PW 额外的表达力是否对我们谈论模态有意义。要表达现实性的话,作为标准的量化模态逻辑装置的方框和钻石之外还需要加一个算子,这是几乎没有争议的。(如果 A 是这样一个算子,存在非现实事物这个思想就可以被表达为:有一个 x 使得并非 A[x 存在]。)但是,这个问题仍然是开放的:一旦加上这样一个算子(或许还要加点别的东西)之后,增加的表达手段是否对表达模态思想有任何价值。路易斯认为,它们确实有价值;但不是所有人都接受他的观点。

(4)罗森愿意让他的模态信念由 PW 所说的内容来指引。他为什么要这样呢? PW 说世界之间的可及关系(或对应体关系)不是传递的,所以,根据量化模态逻辑的常用语义学,这实际上就是断言□A 并不蕴涵□□A。现在考虑 PW′,它说可及关系是传递的,所以那个语义学会保证□A 蕴涵□□A。我们该如何在 PW 和 PW′之间选择呢? 这对虚构主义者来说是一个一般性问题。表面上看来,有些虚构确实应该得到更多的尊重;但是,有区别地对待众多虚构的依据似乎一定是来自虚构之外的。这样的话,虚构只是一种标记方式,它们标记着产生于某些其他更加现实的基础的观点。在下一节,我们会更加仔细地考察虚构主义和模态认识论之间的关系。

## 8.7 模态知识从何而来?

虚构主义者要面对一个相当普遍的问题:在给定了众多可用的现实的和可能的故事之后,如何选出那个“对的”故事。牙仙的故事是个不错的选择:它的想象结构以某些有益的方式跟现实相符,就像我们在比较基于牙仙的预期和实际发生的事情时看到的那样。那么,我们该怎样选择一个好的关于可能世界的故事呢?

路易斯(Lewis 1968)给出一个清楚、明确的答案:基于相似性的概念,由他的对应体理论所主导。比如,他写道:

> $\alpha_1 = \Box\alpha_2 < \alpha_1 = \alpha_2$($\alpha_1$、$\alpha_2$ 是不同的变元)
>
> 这个翻译并不是定理,但是它本可能在那个被否定的假设——任何世界里都没有一个事物可以在别的世界上有多个对应体——之下是定理。(1968:124)

同一是必然的吗? 不是。为什么? 那是因为有些事物在别的世界中有不只一个对应体。为什么会这样? 因为对应体关系是基于相似性的。世界 w 中的某物 c 是另一世界中的对象 y 的对应体,如果 c 相似于 y 并且在 w 中没有比 c 更与 y 相似的事物。这就允许 y 在 w 世界中拥有不只一个对应体。如果我们事先就相信同一关系是必然的,我们就会得出结论说,对应体关系(按照路易斯的理解)不足以表达模态思想。但是,路易斯是从另外一个方向考虑的。如果本着路易斯的精神进入到可能世界的领域,相似性似乎是唯一可以用来标记我们的模态区分的关系。相似性有很多特性,比如说不是传递的、允许不可比较的情况,所以模态逻辑一定有相应的特性,比如必然化(如果□A 那么□□A)或者同一的必然性(如果 $\alpha_1 = \alpha_2$ 那么$\Box\alpha_1 = \alpha_2$)都不是有效的。

人们认为可以由对应体理论的假设得出关于量化模态逻辑的正确结果。但是,我们为什么要相信这一点?路易斯自认为对应体理论这个方案给出了对模态的最深刻的洞见。虚构主义者则没有这样的自信,因为对应体理论只能是一个虚构。所以,虚构主义者会怀疑路易斯在上面引用的那段话中所做的推理(以及那篇文章的同一页中的其他推理)。[12]

讲述一个纯粹虚构的故事是一种很自由的活动;如果那个故事被真正的事实所具有的本性所约束,那么它就不是一个纯粹虚构的故事。如果虚构主义者认为 PW 是纯粹虚构的,那么 PW 中的断言、宣告就没有任何认知意义。

或许,PW 只是部分地虚构的,就像历史小说那样:故事主线所讲的内容与事实相符,但是一些细节是由虚构补充的。但是,关于可能世界的虚构主义者也不能接受这样一个版本,因为 PW 的主题是说存在可能世界这一点几乎不容置疑,而虚构主义者必须把它当作纯粹虚构的,而不能看作现实的反映。

据我所知,对于将 PW 而非其他替代的虚构当作"对的"虚构的做法,关于可能世界的虚构主义者给不出充分的辩护。为什么接受 PW,而不接受一个与之相似的、仅仅将对应体关系替换成同一关系的故事?或者一个认为可及关系是传递的的故事?路易斯对这些问题都有所回应,但是他的看法只有在他的实在论视角下看来才能说得通。对于虚构主义者来说,什么使得这些虚构里的其中一个比另一个更好这个问题似乎是没有答案的。

在关于可能世界的虚构主义和建构经验论、数学虚构主义之间有一个有用的区别。后两种理论都受到了严格的限制:建构经验论受到观察的限制,而数学虚构主义受到保守主义的限制。只有那些具有正确的可观察结果,或者保守的"故事"才能被(后两种理论)接受。也许不只一个这样的故事,那样的话,即使对到底该接受哪一个故事漠不关心也没关系。我们只是不能用关于不可观察事物或数学实体的故事来帮我们确定哪些观察是正确的,或者那些经验理论是真的。

与此相对,在模态的情形中到底什么是模态事实还有很多不确定性。所以,到底要接受哪个可能世界的故事也一定有相应的不确定性。对于选择 PW 而非其他故事作为我们关于可能世界的故事这件事,我们并没有牢靠的基础。相比于建构经验论者或数学虚构主义者,模态虚构主义者就更难以确定他们偏好的虚构所具有的价值。

## 拓展阅读

Lewis (1986)是模态实在论的出处。Rosen (1990)首先提出关于可能世界的虚构主义。Nolan (2007)给出了一个巧妙的概述。

# 9

# 道德虚构主义

关于数学和可能世界的虚构主义往往是由本体论的顾虑(唯名论和现实论)激发的。类似的顾虑也可为道德虚构主义提供依据:我们可以认为(就像约翰·麦凯[John Mackie 1977]认为的那样),道德价值太"古怪"(peculiar)或太独特了,没法进入自然的序列:它们怎么可能既是完全客观的却又同时具有内在的驱动力?仅仅(正确地)认识到一种行为具有某种性质是怎么可能让人倾向于做出那种行为的呢?按照麦凯的说法,我们的道德谈论承诺了或可能会承诺一些不可接受的对象。虚构主义者想要做的就是,在不用付出承诺道德价值的本体论代价的前提下,努力获得道德谈论的好处。

道德虚构主义一个比较新的版本,由卡尔德隆(Kalderon 2005a)提出,和上面说的思路不一样。他有一个复杂的论证,其主要前提考虑的是理由的本性。这个论证基于一系列二难选择(dilemmas)。下面是一个粗略的提纲:

1. 关于道德谈论的本性,有两种观点:认知主义和非认知主义。有论证证明应该拒斥认知主义观点。

2. 有两种非认知主义观点:非事实论(nonfactualism)的(比如,表达主义[expressivism])和事实论(factualism)的。有证据证明我们应该放弃非事实论的观点。

3. 有两种事实论观点：错误理论(error theory)和虚构主义。有论证证明我们应该抛弃错误理论。

4. 所以，我们应该接受关于道德的虚构主义。

这个论证包含了很多道德哲学(更准确地说，是元伦理学)中的技术性概念。认知主义和非认知主义的区分会在下一节讨论。事实论者说道德话语应该陈述事实，而非事实论者则否认这一点。表现主义者说，道德语句的意义由通常用它们表达或(期望)引起的态度或情绪给出。而错误理论者(最突出的就是 Mackie 1977)其实就是认为我们通常的道德信念都为假的事实论者。

无论你是否认为这个论证可靠(我会证明它不可靠)，无可否认的是它的确有趣，特别就当前的语境看来。在讨论其他的虚构主义时，要找一个论证表明非虚构主义的代价(如，反柏拉图主义的论证)或虚构化的谈论的好处(如，为什么要认真对待可能世界，而不是进行还原或消去?)，有时特别困难或至少极具争议。所以，详细的论证尤其受欢迎。我将详细展开这个论证中的一个步骤。

## 9.1 非认知主义

认知主义就是这样一种观点："道德承诺(moral commitment)最好通过道德信念来解释。"(Kalderon 2005a:2)非认知主义则认为道德承诺不应该通过道德信念，而应该通过其他态度来得到解释，比如说认可(approval)或不认可(disapproval)等情感。这里有卡尔德隆支持非认知主义的一个论证的提纲：[1]

1. 如果道德接受(moral acceptance)是认知的(cognitive)，那么道德情形中关于理由(reasons)的分歧至少会产生需要进

一步探索的松散的(lax)责任。(2005a:27, 34)

2. 出现关于理由的道德分歧时,拒绝调解或者不进一步探索是可以容许的。在这样的情形中,甚至不存在要求(我们去)进一步探索的松散的责任。

3. 所以,道德接受不是认知的。换句话说,我们必须抛弃认知主义立场。

在伦理学中,认知主义观点和非认知主义观点的区分通常是用来区别道德意见能否按照真假的标准去评价。为了生动起见,我们假设真就是符合现实。认知主义者认为道德意见可以用那种符合的角度来看:它们可以恰当地被评价为真的或假的,因为存在道德现实(moral reality)来让这些道德意见符合。而非认知主义者则相反,他们是从态度或情感的角度来看待道德意见的。虽然我们通常都把道德意见说成是信念,但信念这个词是有误导性的,因为它暗示了认知主义的立场。非认知主义者认为道德意见不能恰当地被评价为真的或假的,因而严格说来它们不是信念。在非认知主义者看来,这样的说法是错误的:如果人们有相对立的道德意见,那么至少一方是错的。按照通常的理解,错误的就是假的;所以(非认知主义者认为)错误(error)并不适合用于评判道德意见。而认知主义者则与此相反,他们认为错误一定会出现在每一例道德分歧中,就像它一定会出现在每一例数学分歧或其他所有关于事实的分歧中一样。

卡尔德隆的想法是,我们可以通过研究适合于支持道德意见的那一类理由来澄清这个争论。设想两个人关于是否要接受语句 S 产生了分歧。有些分歧相对来说没什么意思。比如,争论双方可能关于是否要接受 S 有不同的信息。他们的分歧可以有完全令人满意的解释。其他的情况就更困难而且更有意思了,比如双方都接受另外一个句子,R,但是关于 R 能否成为接受 S 的好的理由有分歧。

两位医生可能对症状是什么的意见是一致的,而对诊断 S 有异议。他们的诊断都基于同样的理由 R,但是他们不仅对 S 的真假有异议,而且对 R 是否支持 S 有异议。这种情况在道德情形中很常见。关于某个特定的女人堕胎是否是正确的,争论双方可能都同意堕胎会阻止一个严重残疾的孩子出生,但是尽管如此,一方可能认为这是一个视堕胎为道德上可允许的理由,而另一方则不那么认为。这就是一个卡尔德隆所说的"理由分歧"的例子。

卡尔德隆声称,如果我们在认知主义的话语范围之内,理由分歧的双方通常有某种重新审查自己立场的义务,以进一步探索。假设我们提到的那两位医生有相当程度的互相尊重,那么重新考虑对他们来说是完全应该的。如果 A 认为 R 是 S 的充分理由,而 B 对此不同意,那么 A 应该设身处地地设想一下 R 成立而 S 不成立的情形,而且考虑现在这个病例是不是其中之一。B 认为 R 一般对 S 是不充分的,甚至对非 S 是充分的,他可能想知道在特殊的情况下 R 对 S 的支持是否比他原本设想的要强。这种值得赞许的再考虑不是绝对必需的:无论哪一方都可能在那个特殊的时刻有更紧要的事情做。所以,不能要求人们总是去再考虑,就像不能要求人们对所有的慈善事业都有所贡献一样。但是,就像为慈善事业做点什么是义不容辞的一样,当在某个由认知规范(cognitive norm)所支配的话语领域中发生了关于理由的分歧时,偶尔重新考虑一下也应该是义不容辞的。这就是卡尔德隆在前提(1)中提到的需要进一步探索的松散的责任。履行一个松散的义务是值得表扬的,偶尔没有履行也不是不合理的或该受到谴责的,而始终不履行则是。

他还说,当分歧是关于道德理由时,这种责任就不成立了,此时前提(2)成立。这个论断在很大程度上是基于一个有趣的例子。希拉里·帕特南(Hilary Putnam)和罗伯特·诺齐克(Robert Nozick)在哈佛共事多年,两人的政治观点大相径庭(诺齐克倾向于捍卫保守主义的原则,特别是关于财产权的,而帕特南则倾向于捍卫更"左"

的立场)。卡尔德隆引用了帕特南的这样一段话:

> 我不认为,一个人认为共同体以怜悯之心对待其成员的义务会优先于财产权,这只是个口味的问题;我的争论对手也不这样认为。我们双方都认为对方缺少了这个层次上的某种敏感性或者知觉。坦诚地说,我们双方都有值得鄙夷之处,不是对对方的心智,因为我们互相对对方的心智都有极高的评价,也不是对对方的为人,因为我对我这位同事的诚实、正直、善良等的尊重,要远远高过我对很多赞同我的偏"自由主义"政治观点的人的尊重,而是对对方的情感和判断的复合体(表示鄙夷)。(Putnam 1981:165;被引用于 Kalderon 2005a:36)

卡尔德隆称这种情形为"道德的不妥协现象":双方甚至连进一步探索的松散义务都没有。"帕特南认为诺齐克的道德敏感性值得鄙夷",那么"诺齐克接受一个贬损的理由会给帕特南提供什么动机进一步探索道德接受的原因或根据呢?没有"(2005a:37)。

如果卡尔德隆说得没错,那么我们就有了支持(3)中那个非认知主义结论的论证所需的两个前提。这个论证是有效的,所以唯一的问题是这两个前提是否为真。在我看来,两个前提都不太对。一旦它们被视为正确的,我们就不再需要支持非认知主义的论证了。

卡尔德隆承认第一个前提是有争议的(2005a:21)。跟一个相信地球是平的的人发生分歧时,一个理性的人不会被促动去进一步探寻她的争论对手为什么接受地球是平的那样一个论断。(为了使这种情形是相关的,我们需要假定,一个理性的人没有动机以某种方式行为,只有当她连那样行为的松散义务都没有时。)这使得卡尔德隆去区分一个句子能被人接受的两种方式:仅仅为自己,或者还要为别人。为别人接受,就是公然为那个论断打包票;但是有人可能仅仅为自己接受,而不愿意为他人接受。(比如说,有人会相信并且为自己接受,某支股票会涨,但是他不情愿为此打包票,因为那可能会引导别人的行动:不情愿,即为他人接受这件事。)卡尔德隆提出,进一步探寻的松散义务只有当两个条件满足时才会产生:(1)争论发生在认知的话语范围;(2)这里的接受是指代表别人接受。由于卡尔德隆认为,而我也同意,道德接受是代表他人接受,这个修正并不会影响到那个论证。

但是还有一个问题。让我们回到平坦地球的争论,但是心里要记着接受的两个层次。我会愿意为这样一个论断打包票,即地球不是平的而是卵形的;我为代表别人接受这一点;但是我没有理由跟“地平论者”(flat - earther)糊涂的荒谬言行纠结。如果采取这种态度的话,我甚至都没有犯忽视松散义务的错误。

转到第二个前提。虽然卡尔德隆称赞帕特南的坦率,并允许帕特南在诺齐克耳熟能详的反驳下也不被促动去重新考虑他的理由,但是他并没有表明假设帕特南要再考虑的话,他将不再令人钦佩。在前面的讨论中,卡尔德隆已经允许,作为一个再考虑松散义务出现了的充分的标志,再考虑是值得赞赏的(Kalderon 2005a:15)。由于很难否认如果帕特南再考虑的话他肯定会令人钦佩,所以他甚至去再考虑的松散义务都没有似乎这一点是难以接受的。

卡尔德隆说得很对,帕特南没能再考虑是可以理解的。然后他提出一个可疑的原则,用来得出没有再思考的义务这个结论:“如果没有选择进一步探索的目的是可理解的,那么我们就没有合理的义务去选择这个目的。”(Kalderon 2005a:36)哎,不能履行义务实在是太可以理解和常见了。不做某事的可理解性并不表明它不应该做。

我们需要一幅更加动态的图景来描述分歧。回到我们谈到的那两位有异议的医生。假设他们同事很久,并且总是会有这样的分歧。他们都知道自己无论说什么都不会影响到对方:他们已经无休止地探索了所有的道路,发现分歧依然存在。我认为很清楚,尽管这个话语范围是认知的,而且相关的接受也是代表别人的,他们不再有重新审视的义务了(无论多么松散)。

不是说卡尔德隆可以调整自己的方案,使得它能说相关种类的第一个分歧会产生一个再考虑的松散义务,当且仅当这个思想领域是认知的。诺齐克和帕特南显然认为自己在早些时候都有责任再考虑。只有当他们都确信这肯定无果而终时,他们才会认为没有义务去做这件事。在这个方面,他们就像那两位共事很久的医生一样。第一次的分歧会让他们两个想把事情弄对的人产生再考虑的义务,无论我们是否在认知还是非认知的领域。我自认为是个品酒专家,而且我知道你也一定是。如果你说一瓶我觉得一般的酒很不错,那么我认为自己应该再喝一口并重新考虑自己的判断,(这样做)并不是没有道理的。

对卡尔德隆的体系进行了这次简短考察之后,我们的结论就是,他的论证在第一步就失败了:道德理由并不能保证道德中存在着特有的不妥协现象。既然我们关注的是虚构主义,我们就暂时放过他的立场的这个方面。但是那些很关注卡尔德隆为了达到虚构主义结论而要推翻的其他观点的人,而且特别是那些倾向于表达主义观点的人,仍然会认真对待他的论证。而且,某个支持非认知主义的论证不成立这个事实并不能证明那种观点是错的。

## 9.2 虚构主义和语义学

转到更加广阔的视角之后,卡尔德隆将虚构主义作为下面这种选择的替代方案,"嫁接在不合理的认知主义之上的一个合理的语义学,与嫁接在合理的非认知主义之上的不合理的语义学之间"(的选择)(2005a:146)。那个替代方案——道德虚构主义——是非认知主义的,但它却共享了普通的"实在论"语义学,尽管认知主义者有时认为这种语义学是他们专有的。道德虚构主义断定,道德话语是陈述事实的那一类话语,但是也断定我们对道德语句的态度不是信念，而是一种不会让我们承诺存在任何道德事实的态度。这一节的目标是摆出这些问题。

英语中简单成分的普通、朴素的语义学将名称跟承担者、谓词跟性质关联起来。“飞多”命名了飞多，“在吠”引入了在吠的性质；这两个事实以某种方式结合到一起并传达了“飞多在吠”的意思。这样的语义学对普通的虚构是不合适的，因为其中包含了没有承担者的名称。我们之前已经看到(第2章)，在历史上这种语义学一直以来都对实在论起到鼓励作用，因为它为虚构名称提供了承担者。在道德情形中，使用这样的语义学会要求：即使是虚构主义者也要承认需要存在道德价值来做像“恶”“勇气”等名称的承担者。[2] 但是，这个语义学的进路非常不必要：由RWR的语义学提供的要求没那么苛刻的说明就可以做得不错(甚至更好)。RWR语义学允许我们把道德词汇中各种善(美德)和恶(罪恶或恶行)的名称处理为有意义的，但是不承诺存在着善和恶。朴素的语义学要求“恶”、“勇气”这样的单称词项有承担者；RWR语义学则不需要。[3] 这对一个道德虚构主义者来说是很有帮助的。

卡尔德隆通过让我们考虑一种将道德词汇限定为谓词的道德语言，使特有的道德名称的问题细化。他提到的“合理的”语义学把谓词的功能规定为引入性质。常见的非认知主义者，比如情感主义者(emotivists)，否认有道德性质存在，并且认为像“恶”这样一个道德词汇的意义是由使用这个词通常所表达的那种态度来给定的。

这会带来一些众所周知的困难。比如说，像“如果手淫是恶，那么鼓励别人手淫也是”这样一个条件句并没有表达任何态度，所以情感主义者对于这种情形下“恶”表达了什么意思就束手无策。相反，那个卡尔德隆所暗指的合理的语义学只是会让我们把“恶”看作引进了一种特有的道德性质。理论家们于是便可以争论这种性质是否有任何实例。卡尔德隆式的虚构主义者会说它没有。所以，卡尔德隆式的虚构主义说，并不是没有道德性质，而是没有道德性质被例示而已。

这并不是道德虚构主义者乐意接受的结果。任何一个被麦凯对道德性质的“怪异性”的相关考虑所打动的人,都会认为这样大规模地承诺道德性质是难以接受的(unwelcome)。而认为谓词一般都没有承担者(就像 RWR 或其他进路所说的)的人会认为这种承诺道德性质的行为是没有充足动机的(unmotivated)。但是,我们先暂时把这些担心放到一边吧。

卡尔德隆的虚构主义是将事实论的语义学和非认知主义结合起来(即“道德虚构主义是没有非事实论的非认知主义”[Kalderon 2005a:115])。根据这种观点,道德接受并不在于相信某个道德性质被某事物所满足(因而说某物具有道德性质是真的),而是在于对那种道德性质持某种特定的态度。所以,虚构主义者不用将无尽的错误归属给我们就能够为我们的道德意见腾出空间。

我们已经看到,卡尔德隆以一些与我们对道德语言的使用相关的事实为基础,试图证明虚构主义(尤其是非认知主义的那个方面)。所以他在这个意义上是阐释性的(hermeneutic)虚构主义者:普通使用者其实是把道德话语当成虚构。有人会说,卡尔德隆在第1 级是解释性的(虚构主义者)。但是随着等级升高,他就成了变革性的(revolutionary)虚构主义者,他认为人们通常并没有认识到自己是虚构主义者,或许是因为他们被道德语言表面的客观性所蒙蔽:“胜任的说话者认为自己相信被(他们接受的句子所)表达的道德命题。”(2005a:153)信念是一种非虚构主义的态度。所以,他在第 2 级是变革性的。

道德虚构主义最大的问题在于解释仅仅虚构出来的道德怎么可能有价值。很明显,世界上存在着发源于不同文化、不同信仰体系的很多不同的道德虚构。我们该接受哪一个?接受一个纯粹虚构的故事怎么会对行为产生相应的影响?这些正是下一节要讨论的主题。

## 9.3 虚构主义者眼中道德具有的价值

作家无权做道德判断。

——J. G. 巴拉德《生命的奇迹》

在不同的道德命令(体系)之间,我们该如何选择?这对任何一个理论家来说都是一个难题。对虚构主义者来说尤其如此,因为他都很难理解做出这种选择的意义何在。如果我们都不相信道德,它怎么可能有用呢?

卡尔德隆通过对一个相关问题的回答,间接回答了这个问题。当人们怀着断言的意图使用道德语句时,到底发生了什么?他说我们可以随意选择任何一种我们喜欢的非认知主义观点。我们可以强调"在表述一个他能理解的语句时,胜任的说话者传达了相关的情感,并且隐含地要求其他人以相关的方式有效地做出回应"(2005a:148)。同时,说话者或思想者必须参与到一种能构成对虚构的合适回应的活动(即使他们没有意识到他们正在做这件事)。我们可以将那样的回应概括为假装。所以,卡尔德隆似乎承诺了如下立场:

* 在明确断言道德语句的情形中,我们其实是假装它们为真。

* 事实上,这些句子是假的(至少大部分都是)。[4]

* 我们并没有意识到自己正在假装:我们以为自己相信它们是真的。

* 我们这种行为的意义在于传达相关的情感并要求其他人也做同样的事。

有一些问题:

1. 关于我们对待(自己明确断言的)这些句子的态度,似乎很难相信我们竟然会犯如此严重的错误:我们错误地以为我们相信它们,实际上我们并不相信。卡尔德隆的回应是:我们能够允许道德情形中的不妥协现象表明道德接受不是信念;但是我们也已经看到,这种立场可能会遇到问题。

2. 需要解释是什么因素使得一种情感与道德相关。既然没有什么东西是恶的,那么(比如)愤怒怎么会跟说某事物是恶的这样一个论断有关?(根据这个版本的虚构主义,我们不能说我们错误地相信某些行为是恶的,也不能说愤怒产生于这些假信念。)

3. 我们怎么解释这种未被语言表述出来而我们倾向于将其当作信念来报告的心理状态?这些状态对我们来说很重要(我们通常称它们为信念),但是处于这样的状态时,我们没有传达或要求任何东西;而且即使当我们与他人没有任何互动时,仍然可以处于这样一些状态。(对任何一个理论来说,如果它对道德的解释中将表达式摆在显著位置,那么都会遇到这个问题。)

我没能在卡尔德隆的书里找到对这些困难的详细回应,但是在乔伊斯的一篇文章(Joyce 2005)中对这些问题的回答却呼之欲出。乔伊斯与卡尔德隆的不同之处在于:他维护的是变革性的虚构主义,承认(至少为了论证起见)尽管我们有真正的道德信念,但是我们最好抛弃它们并采纳一种虚构主义的态度。刚才列出的问题,对乔伊斯和卡尔德隆两人的虚构主义来说是同样明显的,而且乔伊斯更加明确地提到了它们。他让我们暂且假设同意麦凯的观点,认为道德信念的处境非常糟糕:根本不存在道德价值,因而整个道德只不过是一堆错误。我们可以像处理关于女巫的论断一样,将这一整类的话语加以拒斥:世界上根本不存在女巫,所以我们也不要再谈论女巫了。但是乔伊斯的文章主旨在于探究是否存在一种融贯的虚构主义的回应——我们的道德思想和谈论可以被看作有用的虚构。他把眼光放得很低,只是力求揭示虚构化的道德至少有一个特性能使得它有用,而不想断言这种有用性也适用于未被虚构化的道德。

乔伊斯曾经考虑并最终放弃的一种方案是,表面上以断言的方式表述不是实际上为真(而只在虚构中为真)的句子(的行为)应该被看成真正的断言,只不过断言的实际内容是原句加上一个虚构算子作前缀。他给出了一个拒斥这一方案的理由,那就是它会让下面这种反思式的解释(retrospective explanation)无法进行:“严格说来,我刚才说的话是假的。”原来的断言加上虚构算子作前缀之后,它就会是真的。这样一来,那就很难看出为什么说话者没能知道它是真的。这样的话,后一个断言也变得莫名其妙。

乔伊斯非常合理地默认了:一种有趣的道德虚构主义不应该是(用他的话说)宣教式的理论。它不应该涉及这样的情形:善于摆布大众的专家们,明知道德只是一堆错误,却为了让老百姓安分守己,还做出各种道德断言。乔伊斯想要为道德话语找到一种能让那些完全知道道德本性的、高尚的人们能够接受的解释。

乔伊斯对这样一种普遍的想法提出质疑:没有道德,“人类社会就会天翻地覆”(Joyce 2005:12)。他声称,我们倾向于视为道德的行为可以因为一己之利而得到保存,特别是通过维持与他人的合作所获得的利益,因为我们通常都知道如果我们不合作的话那些利益就会丧失。然而,这种审慎的推理(prudential reasoning)通常会因为眼前利益的诱惑而被抛到一边,从而会让人低估不利于合作的欺诈行为被发现的风险。乔伊斯假定,道德的一种价值在于:它为任何情况下的审慎选择增加了情感上的分量,“道德信念的作用在于加强自制力,反对实践上的非理性”(Joyce 2005:13)。但是他也承认,一个纯粹的虚构怎么能起到第二种作用仍然是有问题的。

他的提议本质上就是说被理解成虚构的道德可以起到“预承诺”(precommitment)的作用。比如说,在还没听到塞壬(Siren)的歌声之时,尤利西斯就命令水手把他绑在桅杆上,从而预承诺了要抵抗塞壬的诱惑。所以,乔伊斯提出,道德意见可以有助于对抗意志的脆弱性。道德的虚构把那些本身是审慎或鲁莽的行为,以更加生动的方式表象为道德上的善或恶,从而增加我们会选择做审慎的事情的概率。更准确地说,并且不再用尤利西斯(在桅杆上饱受摧残)那个类比的话,道德的虚构“可以在实践的考虑中阻止心中产生某些选项:如果情况顺利的话,这种虚构的态度让偷窃的诱惑根本不会产生出来”(Joyce 2005:19)。

乔伊斯说,后悔(regret)在道德的框架内可能变成愧疚(guilt)或者忏悔(penitence),而这些情感或者随之而来的展望很有激励作用。但是,他也许必须承认这些情感也可能是某种幻想的结果。如果保持在最好的认知状态的话,当我们清楚地看到道德只不过是错误时,我们就应该把这些情感反应看作非理性的。的确,我们必须把整个道德虚构仅仅看作一个自欺的幌子。也许有时候我们有充分的理由让自己沉浸在非理性的、自欺的泥淖中。(比如,一些无神论者自称信神,即使[他们明知]这个信念是假的。)乔伊斯的目标并不高:他只想证明至少可以从虚构化的道德中挽救出一种好处,而不是去证明虚构化的道德能产生真正的道德所能产生的全部好处。即便如此,实际上发生的事情就是:我们必须忘记道德只是一个虚构。清楚地理解它是什么的话,虚构化的道德不可能对一个理性的人产生引导行为的作用。当我们意识到道德只是为审慎的选择提供了一种非理性的支持时,一个思维清晰、理性的人就会按照其本来面目去权衡审慎的理由(prudential reasons)并做出相应的行动。而道德考虑,跟绑住尤利西斯的真实的绳索不一样,只有当我们忘记它们没有任何认知价值时才会有分量。

乔伊斯的道德观让道德变得相当卑贱:它只不过是让我们更加审慎的一个小把戏。根本没有空间让我们有那种对圣贤或道德英雄的崇拜感,或者有对那些残暴、破坏和冷酷的人的憎恶感。

所以,道德虚构主义的计划失败了:我们不能一方面坚持虚构主义有指导行为的效用,另一方面却不用付出本体论的代价——把道德陈述处理成真正为真的。

尝试理解数学虚构主义和另外两种我们集中讨论过的虚构主义(关于可能世界和道德的那两种)之间的区别是很有价值的。对于后两者,虚构主义者对如下问题没有答案:(在那么多虚构中)为什么选择这一个而非另一个作为相关的虚构呢?比如说,为什么要选一个(在其中可通达关系是)传递的可能世界的虚构,而不选非传递的呢?为什么要选一个堕胎有时会被允许的道德虚构,而不选一个堕胎绝不会被允许的呢?菲尔德选择了经典数学作为(对数学话语的)相关虚构,这一选择受到严重的限制:它必须与唯名论化的科学理论(加上一些桥律[bridge laws])得出相同的结果。在这样的语境下,数学就有一个受到严重约束的任务。就像我们在第7章中看到的,建构经验论严重约束了它的虚构,因为它要求相关的虚构必须得出正确的观察预测。与此形成鲜明对比的是,关于可能世界、道德的两种虚构主义并没有类似的限制。除了实在论的根据之外,我们没有别的根据在相关的可能虚构中进行选择。我们如果要坚持必然化,就会选择一个支持必然化的可能世界虚构,而不是选一个不支持的。如果我们支持堕胎是被允许的,那就要选这样一个虚构:根据这个虚构,在很多的情形中堕胎在道德上是被允许的。这种选择一定是非虚构主义的考虑来驱动的。这就使得虚构主义形同虚设。

## 拓展阅读

Kalderon (2005a) 和 Joyce (2005)是非常重要的新文献。我把Mackie (1977)推荐给所有对这个主题感兴趣的人,虽然其中的主要观点并没有贴上"虚构主义"的标签。

# 10

# 回　　顾

本书的总体计划是要弄清楚虚构的形而上学，然后再讨论虚构主义。作为本书的总结，在这里我简单地评价一下虚构的形而上学是如何影响虚构主义的。

虚构主义通常是由本体论的考虑驱动的。像菲尔德那样的数学虚构论者是唯名论者：他们否认数以及其他所有的抽象事物是真实的。关于可能世界的虚构主义者则通常是现实论者：他们否认非现实的东西（包括非现实的可能世界以及其中的非现实事物）是真实的。有的道德虚构主义者某些时候是受这样一个想法驱动的：我们这个自然的世界不能有道德价值那样的奇怪的事物。虚构的形而上学能与虚构主义发生碰撞的最明显的方式就是，如果某种形式的实在论是真的，而虚构对象（非实存的、非现实的或非具体的）以某种方式对虚构主义或它背后的动机产生妨碍。

最明显的例子就是数学虚构主义。假设抽象论是对的，那么虚构名称就要求虚构对象作为其指称。这样，就算数学只是个虚构故事，数字也会引入抽象对象。这些对象可能并不真的是数，（根据我们讨论过的抽象论观点）就像虚构对象夏洛克·福尔摩斯不是侦探一样，但它们至少会编码各种数的性质，而且会例示比如像被人思考那样的性质。如果抽象论是对的，数学虚构主义就只是把一种抽象对象——数,换成了另一种抽象对象。唯名论实际上没有取得任何进展。

想躲过这个指控,数学虚构主义者就算提醒我们说(按照他的观点)数学不需要是真的,那也是没有用的。关于虚构对象的实在论在提出之时便清楚地接受了这样一个事实:虚构中的句子通常都不是真的。数学虚构论者必须得指望对虚构的反实在论解释是充分的,因为任何唯名论的动机都很可能扩展到非实存对象和非现实对象。如果说完全抽象的事物怎么能以提供知识的方式影响我们的认知系统是不清楚的,那么非实存或非现实对象如何能有同样的结果也是不清楚的。关于虚构的任何一种实在论都会让基于唯名论的虚构主义者无法接受。

反实在论的充分性可能对于彻底满足唯名论的要求是必要而非充分的。数学是一个虚构,一个故事。但是,故事又是什么呢?最自然的回答是,它是一种抽象的东西:可以在不同的场景被人讲述,或者在不同的书上、以不同的语言被写下来。唯名论者必须尝试用它们的具体个例来解释虚构或故事。我可不羡慕他们。我主张,数学虚构主义者已经得到了很好的建议去这么做(比如 Yablo 2005):不要谈虚构,而是谈神话。神话和虚构的共同之处在于,可以有用而不必为真,但是它与虚构的区别在于它可以产生于没有以虚构为导向的行为。把一个神话想成具体的东西有点难:因为从表面看来,一个神话不能被还原成它出现在信念或行为中的场景。但这个任务也不比唯名论者在其他问题(语句、证明、类、相似性等等)上要完成的任务更难。

关于可能世界的虚构主义植根于现实论,现实论认为所有的事物都是现实的。他们在关于虚构的形而上学中不可能持非现实论。但严格说来,他们有可能成为迈农主义者。这样,可能世界以及其中的事物就可以是现实而不存在的。在实践中,可能论(possibilism)和迈农主义并没有得到多少支持。确实,迈农主义有时会提醒读者对迈农主义的抗拒其实源自偏向现实事物的先入之见。如果实在论是对的,那么关于可能世界的虚构主义者可能希望正确的那种实在论是抽象论,因为抽象的虚构对象直接就是现实的,因而是现实论者可以接受的。虚构的抽象对象也许是可接受的,但是它们会对虚构主义的策略不利。说可能世界虚构中的虚构对象是抽象对象,一定会容纳某种形式的(路易斯称之为)替代论(ersatzism):这种观点认为可能世界不是真实、具体、非现实的事物,而是具体事物的真实、抽象而现实的表象。虽然这种观点很诱人,但它与虚构主义不相容,因为它是消去论的一种形式。替代论者会说,根据正确的理解,"有一些世界有蓝天鹅"仅仅承诺了蓝天鹅的一致而抽象的表象存在。那不是关于可能世界的虚构主义。所以,(关于可能世界的)虚构主义者也希望关于虚构的正确的形而上学是反实在论的。我已经给出论证支持反实在论,所以我应该得到虚构主义者的支持。另一方面,我也找到对某些形式的虚构主义感到不满的其他理由。

对于道德虚构主义或至少我们讨论的那个版本,情况有所不同。虽然卡尔德隆说道德性质未被例示,但他还是需要它们。他的道德语言不包含单称词项(比如用来表示善或恶的名称),所以他没必要问它们能否用反实在论的方式处理。对卡尔德隆来说,这个道德的虚构跟讲述真实人物、地点的虚构在形而上学上是相似的。这样,我们的确会有很多字面上为假的句子,但我们不用担心是否存在着这个虚构特有的实体。卡尔德隆的道德虚构主义和道德实在论都认为存在着一整套的道德性质,这些性质可以充当道德谓词的指称(无论它是用在所谓的虚构之中还是之外)。这种道德虚构论者和道德实在论者的分歧不在于道德性质是否存在(双方都说存在),而是在于它们是否得到例示,实在论者说得到了,虚构论者说没有。

但是,其他形式的道德虚构主义会面临形而上学问题。麦凯认为,虽然不存在道德价值,但是就好像它们存在一样继续谈论道德价值是可以接受的,甚至是很有价值的。虚构主义者应该怎样理解这样的说法呢?麦凯拒斥道德价值是受一种形式的自然主义驱动的,即所有事物都在自然次序上有一席之地。自然主义者会反感非实存的、非现实的或非具体的事物,虽然我不确定自然主义者是否有很强的论证为此辩护。如果没有的话,自然主义者至少可以对虚构的形而上学不置可否。否则,他们可能也会接受我那些支持反实在论的论证。

“接受”这个概念,与信念相对,在本书中自始至终都起着作用。我在开始的几章里说,一个人可以接受福尔摩斯是个侦探这件事而不相信它是真的;更一般地,一个人完全可以把他接受的东西看作真的,虽然他只是接受而不相信。我们看到范·弗拉森用接受的概念表示一种对待科学理论的特殊态度,这种态度不等于相信。这样一个概念明显也可以为菲尔德所用,用来报告一种对待数学论断的恰当态度。而卡尔德隆说我们可以接受道德语句而不相信它们。接受在前面几章与预设的概念(没有得到详细刻画)相关联。例如,在他们争论玛雅和阿兹特克的神灵时,相信无神论的神学家们也在某种意义上预设了一套多神体系;出于工作的目的,他们都接受但不相信有那样一些神灵。他们的争论在某种意义上和范·弗拉森眼中的粒子物理学家之间的争论很像。虚构主义者和虚构的理论家们都需要更加关注预设和接受这两个概念,大部分理论家都赞同更加细致、系统地考察这两个概念一定会让他们从中受益。

# 词汇表

**抽象对象**(abstract objects)　虽然有时被认为是理想的、不变的、因果惰性的等等,我说的抽象对象就是非空间的且非心理的对象。

**接受**(acceptance)　一种心理状态,类似但还未达到相信。由斯塔尔纳克(第6章中,在说我们应该接受而不应该相信希腊人崇拜宙斯时用到了)和范·弗拉森(在说我们应该接受而非相信那些假设了不可观察事物的科学理论时)分别在不同的语境下提出。

**现实论**(actualism)　这样一种观点:所有事物都是现实的。

**封闭世界**(closed world)　在某种后承关系R(语句集之间的关系)之下封闭的世界。一个世界在R之下封闭,当且仅当,如果在一个世界上为真的所有句子的集合有一个非空子集与s有R关系,那么s也在这个世界为真。

**认知主义者**(Cognitivist)　认知主义的伦理学理论认为存在着道德事实,因而道德知识是可能的。根据卡尔德隆的版本,认知主义者就是认为一个道德承诺就是一个信念的人。

**建构经验论**(constructive empiricism)　范·弗拉森提出的一种虚构主义。其主要的主张是,我们不应该相信物理学说的关于不可观察的粒子的事,而应该只相信其可观察结果。与工具论相对。

**矛盾**(contradiction)　一个合取式,合取支中的一个是另一个的否定,比如"A且非A"。(合取命题就是带"且"的陈述。)

**会话内涵**(conversational implicature)　格赖斯发明的术语。某事物的会话内涵说的东西超出字面内容,可以通过运用对话参与者之间的一般的合作原则来揭示。比如,如果我在一封推荐信上写

“这位候选人写得一手好字”，并就此打住，我暗示了但没有明说这位候选人不应该被任命。

**对应体理论**(counterpart theory) 基于这样一种观点的模态的语言：任何事物都不能存在于多个世界。苏格拉底可能是塌鼻子这句话，如果它被理解成存在一个世界，其中苏格拉底本人是塌鼻子，那么它不是真的，因为苏格拉底在他唯一存在的世界(现实世界)不是塌鼻子。这个论断为真当且仅当我们的苏格拉底在某个世界有一个塌鼻子的对应体，其中苏格拉底在世界 w 中的对应体就是某个比在 w 中的任何一个人都还要像苏格拉底的人。

**从物信念**(de re belief)、**从言信念**(de dicto belief) 一个从物信念以某个对象为目标，而从言信念则以某个命题为目标。

**直接指称**(direct reference) 一种名称理论，通常用作密尔主义的名称理论(见该词条)的别名，但是有时候更加宽泛地用来指所有否认名称等价于限定性描述的观点。在这种更宽泛的意义上，RWR 理论也是一种直接指称论。

**经验充分性**(empirical adequacy) 范·弗拉森(van Fraassen 1980)的术语：一个理论是经验充分的，当且仅当它的全部可观察结果和已有的观察结果吻合。

**编码**(encode) 抽象人造物编码了各种各样的、它们不能例示(见该词条)的性质，比如抽烟斗。被编码的性质是在虚构中被归属给那些对象的性质。

**错误理论**(error theory) 根据这种理论，我们在某个思想领域犯了系统性的错误。比如，一个关于道德的错误理论说，我们相信道德价值有实在性，但是这些信念都是假的。

**邪恶精灵的怀疑论论证**(evil genius skeptical arguments) 笛卡尔曾经想象，一个邪恶的精灵运用各种能力来欺骗我：实际上并不存在物质世界，但是那个精灵使得我拥有各种各样的经验，因而我的信念全是假的，尽管我无法发现这一点。笛卡尔认为这种情形意味着我实际上没有知识,因为我无法排除这种可能情形。

**例示**(exemplify) 抽象的人造物例示了它们实际上拥有的那些性质,比如说是抽象的和是人造物这两种。它们并没有例示(而只是编码了)抽象对象不可能拥有的那些性质,比如说抽烟斗的性质。

**奇异对象**(exotic object) 或者非存在、非现实或者非具体的对象。

**导出推理**(exportation inference) 在一个推理中,一个短语被给指定了宽辖域,比如,从"约翰认为有些猪能飞"到"存在一些猪,约翰认为它们能飞"的推理。就像这个例子一样,这样的推理通常是无效的。但是当一个故事讲到一个真人 X 时,那就可以有效地从"根据故事,X 是如此这般的"推出"X 是,根据故事,如此这般的"。

**表达主义**(expressivism) 道德理论中这样的一种观点:像"偷窃是错的"这样的句子仅仅表达态度、感觉或情感,而没有"事实性"内容。

**外延性的**(extensional) 一个外延性关系(比如在……左边)的标志之一就是,如果归属这种性质的句子是真的,那么一定有东西恰好被这种性质关联起来。与其相对的是内涵性(或非外延性的)动词:约翰可能希望骑上珀加索斯,尽管根本没有珀加索斯这样一个东西。人们不可能心甘情愿地认为这报告了约翰和珀加索斯之间的一种关系;因为根据定义,如果没有珀加索斯的话,那么那肯定不是一种外延性的关系。

**虚构算子**(fiction operator) 像"根据如此这般的一个故事"这样的表达式。它被称作算子,是因为它通过作用于像"福尔摩斯猛地抽了一口烟"这样的句子而形成新的句子——根据《血字的研究》,福尔摩斯猛地抽了一口烟。加上虚构算子作前缀后的句子可以字面地、非虚构地为真,即使原来那个句子本身不是。

**对一个故事的忠实性**(fidelity to a story) 搞对了故事里说了什么。

**蓝绿**(grue)　纳尔逊·古德曼发明的词,用来揭示朴素的归纳投射观念有的一个问题。某个东西是蓝绿的,仅当它是绿的并且被检查过,否则没有被检查过并且是蓝色的(Goodman 1955:74)。如果祖母绿是蓝绿的,那么未被检查过的都是蓝色的。

**解释性的虚构主义**(hermeneutic fictionalism)　归属给普通思考者(相对于理论家)的虚构主义。与革新性的虚构主义(revolutionary fictionalism)相对,后者声称普通思想者实际上没有采纳虚构主义的态度,但是他们应该采纳。

**代福尔摩斯**(Holmes - surrogate)　具有故事里面明确归属给福尔摩斯的全部性质的可能对象。

**当且仅当**(iff)　"当且仅当"的简写。

**言外行为**(illocutionary act)　涉及词语使用的一种行为,比如说做出陈述或者承诺。

**归纳投射**(inductive projection)　把已经经验到的东西投射到未被观察的那部分现实的论证。例如:我们过去关于每天太阳升起的经验归纳地投射到未来,相信太阳明天还会升起。

**工具论**(instrumentalism)　这样一种学说:表面上关于不可观察事物的科学理论必须被看作实际上只是关于可观察事物的。这其中涉及阐释。与其相对,虚构主义者并不进行阐释。他们认为,那些有问题的论断其实就是假的,但却是有用的虚构。

**内涵性**(intentionality)　语言的一种特性,由"思考"这个词组例示。内涵性表达式特别适合表达意向性。

**意向性**(intentionality)　心灵的一种特性,由思考的行为例示。其特殊之处在于,人们可以思考不存在的事物。

**可交叉的形容词**(intersective adjective)　一个形容词,比如A,和它修饰的名词N结合在一起之后,一个东西"是一个AN"当且仅当它既是A又是N。比如"红的"通常被当作是可交叉的,因为是"红球"的东西,刚好是那些既是"红的"又是"球"的东西。但是,比如说

“玩具”就不是可交叉的:一个东西是“玩具枪”但不一定是“枪”。

**反实在论**(irrealism)　对实在论(见相关词条)的否定。

**同构的**(isomorphic)　两个集合是同构的,当且仅当存在一个从其中一个集合的元素到另一个集合元素之间的、能保持结构的一一映射。

**字面论者**(literalist)　相信有些纯粹虚构的语句(如“福尔摩斯住在贝克街上”)是字面上为真的人。

**逻辑构造**(logical construction)　罗素哲学中的术语。如果 X 是基于 Y 的逻辑构造,我们就不必在本体论上承诺 X。

**逻辑形式**(logical form)　在当前讨论的语境中,一个句子的逻辑形式被设想为揭示了它的本体论构造和语义学结构。本书并不依赖于这个概念。

**假装相信**(make - believe)　尽管这个概念起着很重要的作用,但据我所知它还没有一个简洁的定义。在第 1 章,特别是 2 - 4 节有对它的讨论和阐述。

**极大时空域**(maximal spatiotemporal region)　一个时空域是极大的,当且仅当它包含了与区域内任何的点都具有某种时空关系的时间或空间内的所有点。

**迈农主义观点**(Meinongian views)　迈农主义观点的核心论断是说有些事物不存在。参看第 3 章。

**名称的密尔主义观点**(Millian view of names)　名称的意义就是它的承担者。没有承担者的名称是无意义的(因而不能用来做出任何可理解的论断)。有时,关于名称的“直接指称理论”和“密尔主义理论”可以互换。但是也有些作者(比如萨尔蒙)做出了一个区分:参看关于“名称的直接指称理论”词条。

**模态的**(modal)　与必然性、可能性、本质有关的。

**模态实在论**(modal realism)　这样一种观点(由大卫·路易斯提出):非现实事物(包括非实在世界及其居住者)跟现实事物一样

真实。

**缪勒—莱尔错觉**(Müller - Lyer illusion)　下面两个图形中,左图中的水平线段看起来比右图中那条要短一些,但事实上它们长度一样。

**消极的自由逻辑**(negative free logic)　这个逻辑允许没有承担者的专名,但同时要求每一个其中出现此类名称的简单句为假。更多的细节,见 Sainsbury (2005)。

**唯名论**(nominalism)　认为不存在抽象实体的学说,与柏拉图主义相对。

**核心与非核心性质**(nuclear versus extranuclear properties)　迈农主义内部一个有问题的区分。核心性质是归属给非存在事物的性质,比如是一个侦探。非核心性质,比如存在,是关于形而上学状态的,而且不能仅仅通过归属而拥有。

**对象依赖性**(object - dependence)　"约翰思考珀加索斯"是对象依赖的,当且仅当它要求存在一个对象——珀加索斯——才能为真。

**本体论承诺**(ontological commitment)　一个哲学上有争议的概念,主要是受到蒯因的影响。一种用法是这样的:如果一个句子要为真,X 必须存在,那么这个句子就在本体论上承诺了 X。

**本体论**(ontology)　(i) 关于何物存在的理论 (ii)一个句子的本体论由使得该句子为真而必须存在的事物组成。

**不透明性**(opacity)　蒯因用来表达同一替换失败的词。

**弗协调逻辑**(paraconsistent logic)　在其中矛盾不会蕴涵一切的逻辑。经典逻辑(以及其他许多相似的逻辑)不是弗协调逻辑的逻辑。

**柏拉图主义**(Platonism)　这样一种学说:时空之外还存在着许多抽象实体。

**多义性**(polysemy)　一个多义词拥有不止一种意义,但是那些不同的意义是系统的相关的。所以“瓶”既可以指容器也可以指(容器中的)内容。

**可能对象**(possibile) 一个可能但非现实的对象(复数形式:possibilia)。

**道具**(prop) 沃尔顿的术语,他用来指在实现假装游戏过程中起着独特作用的东西:道具是虚构事实的产生者。见第1.4节。

**量化模态逻辑**(quantified modal logic) 量化模态逻辑(QML)的语言就是一阶逻辑加上“盒子”(□,必然算子)和“钻石”(◇,可能算子)这两个用来表达必然性和可能性的算子。

**量词**(quantifiers) “所有”“有些”“没有”等表达式,可以用来说有多少事物具有某种性质。

**类恐惧**(quasi-fear) 沃尔顿引入的术语,用来指通常伴随着恐惧的那种心理事件,见第1.4节。

**实在论**(realism) 与虚构人物相关的实在论是指这种观点:认为虚构人物属于我们现实世界,而不仅仅属于虚构的世界。

**自返关系**(reflexive relation) 一种任何事物都跟自身有的关系(如,与……有相同的身高)。

**实在的虚构人物**(robust fictional character) 属于我们现实世界(而不仅仅属于他或她的故事)的虚构人物。

**无指称物的指称**(RWR) 这种观点在Sainsbury(2005)得到辩护,并且作为第2.4节的附录在这里有简单的概述。其主要的主张是,存在着可理解的、非描述性的空名。

**选择难题**(selection problem) 迈农主义者在解释作者如何做到选择合适的非存在对象来讲述它们的故事时所遇到的难题。

**感觉材料**(sense data) 被一些理论家设想为知觉的直接对象的精神实体。

**集合的并**(set-theoretic union) x是A、B两个集合的并的元素,当且仅当或者x是A的元素或者x是B的元素,符号表示为:

$(x \in A \cup B)$ 当且仅当 $(x \in A \vee x \in B)$。

**单称思想**(singular thoughts)　意在关于个体对象的思想。

**同一替换**(substitution of identicals)　这样一个原则:共指称的几个表达式(coreferring expressions)能够相互替换而不影响整句的真值。这是一个语言学原则,显然并不总能成立,经常跟如下的毫无例外的形而上学原则(有时被称为莱布尼兹律)相比较:如果 $x = y$,那么 x 和 y 拥有所有的共同性质。

**超赋值**(supervaluation)　在超赋值语义学中,非正式的真概念被定义为超真(supertruth),其中一个句子是超真的,当且仅当在所有可以接受的(admissible)赋值当中都是真的,一个句子是超假的(superfalse)当且仅当对所有的可接受的赋值它都为假。这就允许有居间的情形。在虚构情形中,居间情形是虚构对象不完整的标志:由于故事并没有说福尔摩斯第一次见到华生时到底有多少头发,"他的头发数目是偶数"就会在某些可接受赋值下为真,而在另一些赋值之下则为假,所以它既不是(超)真的也不是(超)假的。一个可接受的赋值,在虚构的非现实论语义学中,就是将真值指派给(虚构性的)句子和一个可能世界组成的有序对,这个可能世界需要在某些方面符合那个故事的内容。

**重言式**(tautology)　无论对命题变元如何赋值,其真值总是为真的公式。

**传递关系**(transitive relation)　一个关系 R 是传递的,当且仅当对任意 x, y, z,如果 x 对 y 有 R,且 y 对 z 有 R,那么 x 对 z 有 R。大于关系是传递的,但是相似不是。蓝色的小方块和蓝色小球相似(都是蓝色的),而蓝色小球和红色小球相似(都是球),但是蓝色方块并不与红色小球相似。

**基本元素**(ur - element)　某个类中本身不是类的元素。

**有效**(valid)　只要前提为真就能保证结论为真的论证是有效的。不有效的论证称为无效的(invalid)。

# 注　　释

## 引言

1.“在假装玩耍的过程中，进化已经产生了一整套认知的适应措施，专门为了在安全的环境中利用多余的资源进行训练以应对尚未出现的危险或资源消耗较高的情形”(Steen and Owens 2001：292)。

2. 要解释这种显著性上的差异非常复杂。与绘画或雕塑相比，文学的虚构与表象的联系更紧密：(a)和雕塑或绘画的内在特性不同，一本实体书的内在特性(纸张质量、油墨颜色、字体等等)与其文学价值只有极小的乃至没有相关性；(b)一幅绘画或一座雕塑可以是非表象性的，在这样的情形中真和假的概念不能字面地应用；(c)有些表象性的绘画可能好比纪录片，这一点使它不像文学虚构。

## 1　虚构是什么

1. 假设所有人都把一个事实性陈述误以为是虚构。那么它能算虚构吗？也许可以；虽然我更倾向于说这个情形中每个人都把事实误以为是虚构了。无论如何，作者的意图通常起着关键作用。

2. 在历史小说中，情形刚好与此相反：不是历史事件，而是那些(饮食、对话、内心思想的)琐碎的、虚构的细节增加了实在性，使得故事“变得鲜活”。在索尔仁尼琴(Solzhenitsyn)的《第一圈》(*The First Circle*)中描绘道，斯大林正考虑是否该除掉他的得力助手阿巴库莫夫了。如果斯大林传记的作者因为这段文本而将这个思想归属给斯大林，那他的做法就显得太草率了，尽管索尔仁尼琴的正直是不容置疑的。

3. 这里需要做出太多过度简化。比如,这里就有一个小的简化:一个作者在小说中写了这样一个句子(不在引号之内),“所有人都走开了”(科马克·麦卡锡,《老无所依》)。读者不需要假装相信这个句子,而只要相信有一个人物卡森·威尔斯说了这句话。实际上,威尔斯暗示的是一个无力的白日梦。一个更加有趣的简化是:科恩兄弟的电影《冰血暴》以这样的旁白开场——接下来发生的一切完全基于真实事件。事实并非如此。我们应该相信这个论断,还是假装相信它?很难说。如果是前者的话,那么由于电影包含了许多虚构场景,因而必须被当作虚构。

4. 这描绘了典型情形。非典型的情形是,某人可能写小说是为了看自己能否写出一部小说来,并不指望有读者(尽管有可能这位作者将他自己视为读者)。更加极端的例子是,就像阿历克斯·格赞考斯基提出的,某人可能把写作我们直觉上认为是小说的东西当作一种心理治疗,坚定地认为不会有读者。

5. 虽然不是必然地同一:即使历史信息通常都是由断言所传递的,假装传递历史信息和假装断言仍然是两回事。

6. 柯里也认为他的观点与对路易斯(Lewis 1990:50)的某种解读是一致的。

7. 蒂姆·巴顿指出,假装并不总是意味着欺骗(就像“让我们假装……”中一样)。对于有神论来说,也许非欺骗性的假装和假装相信之间并没有明显的差别。

8. 对假装相信的论述不能直接插入到对意向的说明中。即使知识就是(在分析的意义上)得到辩护的真信念,想要获得知识的人也许不一定想要获得(仅仅)得到辩护的真信念。这与认为对“做X”的解释可以帮助理解“意图做X”的看法是一致的。

9. 这不是说孩子们并不想要更好(以及更昂贵)的道具:他们当然想要。这里只是说更好的道具并不总会带来更好的游戏;更贵的道具常常令人失望。我同意巴利·李的观点:某些民间故事的吸引力主要是归功于其内容而非表达形式。

10. 这个谜题(也许我们应该说这一类谜题)至少可以追溯到拉德福(Radford 1975),而且至今仍被讨论,比如 Kim(2005b)。我认为艾登·麦格林(Aidan McGlynn)的提议是正确的,即在更加充分的讨论中我们应该考虑到(1)的一个弱化变体,该变体与拉德福实际所写的内容很接近:如果一个人 V 一个 F(V 是某个情绪动词),那么这个人必须相信相关的 F 存在。这里我假设(1)所需的信念包含了相信假设的情感对象存在,尽管它通常超出了这个范围。

11. 在后来的著作中,沃尔顿(Walton 1997:2)称他从来没有否认虚构的消费者有真正的感情。相反,我们不能恰当地将这些情感描述为是受虚构人物影响的。查尔斯确实害怕了,但不是害怕黏液。这是否与他早期的观点一致并不确定,即这个注释归属的那个文本。

12. “在……左边”在如下的意义上被称为外延的:(i) x 能在 y 的左边仅当存在着 x 和 y 这般的东西;(ii) 如果 z = x 而且 x 在 y 的左边,那么 z 在 y 的左边,而且如果 z = y 且 x 在 y 的左边,那么 x 在 z 的左边。如果一个人害怕龙,即使不存在龙这种东西,那么“害怕”并不符合外延测试。“内涵性”某些时候被用于这样的动词短语,我们可以视其为只是“非外延的”。根据第 6 章中所使用的术语,上面段落的建议是说“害怕”是一个内涵性动词短语。

13. 该观点与 Roberts (1988)所论证的观点有密切关系。

## 2　关于虚构对象的实在论

1. 尽管这些作者并没有为他们的论断提供证据,但它得到了英国(感谢艾登·麦格林让我注意到这一点)进行的一项调查的支持:夏洛克·福尔摩斯,那个有名的、虚构的侦探,在亚瑟·柯南·

道尔19世纪80年代末的小说中是如此生动,以至于半数以上的人(58%)相信这位侦探同他的老朋友华生真的在北伦敦的贝克街221B生活并且工作。(http://uktv.co.uk/gold/stepbystep/aid/598605)对于教师们来说,这太令人灰心了。

2. 德州驾驶考试题的多选部分中,考生有时可以选择不同的答案,包括"我脚踩油门试着在路口撞上火车"以及"我做了一个180度大转弯,争取在火车到来之前迅速赶到下一个路口"。

3. 在这个例子的设置中有一个微妙之处(也许是缺陷)。该问题更加自然的形式是"你该怎么做?",所以,答案将会是"我用……"。很难理解如果这个现在时态的简单句是绝对真的会怎么样。我能想到的唯一解释是说,这里的现在时态只是出于习惯而已,可能具体语境中想要表达的并不是现在时。现在进行时态("我正在应用……")使得该例子只有一种解释,因而并不像理想中的那样与虚构有所不同。

4. 字面论者马蒂尼奇和斯托尔(Martinich and Stroll 2007:27)会接受前提(2)(尽管我不希望因为他们推进当前的论证而指责他们):他们说虚构中的真也是真,只是虚构—特定(fiction - specific)标准应用下的真,他们坚持说标准的差异并不涉及不同的真性质(truth property)。

5. Parsons(1980:177 - 8)给了一个关于隐藏得很深的矛盾的例子。

6. 这需要两个限制条件。(1)"人物",可能也许像"角色"的某些用法一样,拥有当词语为真时任何东西都是虚构的作为其意义的一部分。大部分普通小说,比如福尔摩斯故事,并没有在这样的意义上说存在着人物:他们说存在着真实的人物、侦探、医生等等。如果那是对的,那么说根据某些故事,存在着特定的人物和地方,尽管实际上不存在这样的人物和地方,就是陈词滥调。(2)尽管这是废话,它并不增加原始的"存在着虚构人物"的内容,对于后者来说,尽管不是废话,确保了存在着特定的虚构人物(通过做出一般论断的虚构,这句陈词滥调也可能为真:存在着侦探以及一些医生)。这个缺点是通过马克斯·格罗德克引起我注意的,在后面的第6章中会得到解决。

7. 在第5章中我讨论了另一个支持虚构人物的简单论证:"虚构事物是通过一种直接的、毫无问题的方式创造的,即其中假装使用了名字:约翰·勒·卡雷(John le Carré)为了(以一种虚构所特有的方式)假装指称一个真正的人,而使用'乔纳森·派恩'就相当字面和直接地创造出了乔纳森·派恩这个虚构对象"(Schiffer 1996:157)。

8. 她认为虚构人物是抽象的,因而不能拥有比如"是一个侦探"这样的人类特有的性质。参看第5章。

9. 这种观点至少可以追溯到密尔(Mill 1843),经过长时间的沉寂之后因为克里普克(Kripke 1972)的著作而再度流行——尽管克里普克很小心地自己并不承诺这种进路。该观点得到了比如萨尔蒙(Salmon 1981)和索姆斯(Soames 2002)的捍卫。一些哲学家,比如萨尔蒙他自己,把直接指称论的观点视为纯粹消极的:名称不能被分析为限定性描述。按照这里的术语,名称的意义归功于其承担者而不是其他这样的积极观点是符合"密尔主义"这一标签的。

10. 这在Oliver和Smiley(2006:322–3)的"不在场证据原则"下得到支持。

11. 外延性嵌入,像那些由否定产生的(嵌入),能够把假的转换成真的。在这些情形中,转换是强制的:如果s是假的,那么非s就是真的,无论s是什么。相反,如果约翰相信s,某些s是假的,由此不能推出他相信所有的虚假。句子的外延是它的真或假(视情况而定),外延算子比如否定的输出完全由输入的外延决定。这对虚构算子并不成立:它们是非外延的。

12. 就完全披露而言,该引用中占据了最后的省略的词语是

“非真实的”。在这个问题上的术语和学说都是一团糟。对该议题更多的讨论,参看下面的第4章。

13. 或者我们因而应该假装。事实上,在后期的故事中福尔摩斯被描写为一个声名在外的人:“欧洲回荡着他的名字而且……他的房间简直深陷齐踝深的祝贺电报。”(来自《雷盖特村之谜》[*The Reigate Puzzle*]的开头。)

### 3 虚构对象是非存在的

1. 尽管不是迈农自己。迈农认为有些存在者(being)存在(比如珠穆朗玛峰)而有些则仅仅是虚存(像数字9)。两个范畴内的对象都具有某种存在(或者我会说:它们都有某种实在)。迈农不会使用MO去表达他的存在着某些既不实存也不虚存的东西的信念。他用的是自己也承认有点自相矛盾的措辞,“存在着这样的对象使得不存在这样的对象是真的”。我希望这里给出的较少悖论性的提法会更容易消化。至于迈农自己到底是怎么想的,那还存在着许多谜团:参考Oliver 1999:§6。

2. 的确存在着不存在的事物的例子(比如,独角兽等)。不能因此说存在着独角兽这样的东西。比较一下本节开头引用的帕森斯的话。

3. 该观点在Sainsbury (2005)中得到辩护,而这种一般性的方案在前面的2.4节附录中有更加详尽的表述。

4. 范·因瓦根并没有使用该例子来支持迈农主义。相反,他认为虚构人物存在,但是他们是抽象事物。他提出了一个独立的理由来反对迈农主义,即他不能理解迈农主义。

5. 迈农主义者在讨论这个例子时可能想利用比如核心性质和非核心性质的区分;该区分是在下一节引入的。在句子为真的意义上,一个非核心性质被归属给了对象;在句子为假(福尔摩斯被描述为退休了)的意义上,它归属了一个核心性质。

6. 马克斯・格罗德克提醒我这个版本的迈农主义是有趣的。

7. 在第5章我们会看到，非字面论的迈农主义在如何将自己与抽象主义区分开来时可能会碰到一些麻烦。

8. 根据标准的迈农主义观点，这样的思想对象通常是非常不完整的。比如，圆的方除了是圆的同时是方的（以及被思想）之外不再有其他性质。它将不会有尺寸性质或颜色性质。保证这种不完全性将需要这种版本的M原则，即思想的对象只有相关的性质。这一方面在下节中有讨论，在我们转向对于虚构人物来说有什么样的非存在对象可用这个问题之时。

9. 在经典逻辑中“∃$x$（Fx &¬ Fx）”蕴含了任意一个句子p（它可以是“A &¬ A”形式）。在一个自然推理系统中，可以假设“Fa & ¬ Fa”，提取出任意的合取支，得到“Fa ∨ p”，再将“¬ Fa”应用到析取中的得到p。存在量词消去的某个步骤会使得任意句子p基于原始的存在量化前提。

10. 罗素想要的（根据某种解读，包含了从“某些东西是F且非F”到一定存在着相互矛盾的单称真句子“存在着F”和“存在着非F”的结论的论证才是罗素意指的）论证到底是什么，是有学术讨论的余地的。同样，Priest在前面的两个段落中展现的论证能否被描述为罗素论证的一个概括仍然是有争议的。

11. 即使在一个与迈农主义观点相配套的逻辑里也能推出？我认为是这样的。迈农主义者会说存在量词消去的经典规则有效，仅当在证明（在注释9中所简略提到的论证中由a所指称）中使用的“任意对象”存在。迈农主义者当然会认为某些自我同一的东西存在，所以从“存在着一个x使得（x = x & A）”到为A提供一个证明的问题不存在。

12. Priest（2005）也给出了一种不需要区分核心性质和非核心性质的迈农主义。

13. 这些问题并不意在反驳非字面论的迈农主义。最后一个问题或许可以这样回答,即通过将创造性分析为使具有表象性性质的非存在对象产生的过程。

14. 非字面论者的选择是福尔摩斯将被赋予"被表象为住在贝克街"的性质。在接下来的章节里,我不会试着去将这个选择讲清楚,虽然我认为该选择同时也具有我归属为字面论的迈农主义者的那些问题。

15."我们直觉上来说"因为直觉上的说似乎不加鉴别地使用福尔摩斯的同一性,即使我们试着去指出个体化福尔摩斯的那些性质。帕森斯对于这个明显的循环出奇地淡定:他说他不是试着去给出一个定义,而只是将日常英语与理论规范联系起来。

16. 扎尔塔自称为迈农主义者,但是根据后面会讨论的一些理由,我将他归入抽象主义者,他的总体立场会在第5章讨论。他的观点与现在讨论的迈农主义有相关的相似之处。

17. 也许扎尔塔说"完全放在脑海中",意思是将那个人物和他的全部性质放到脑海里。这无疑会使得完全放在脑海里在实践上是不可能的,这失去了我们思考它的能力和对象的个体化性质之间的任何特殊联系。

18. 我们甚至不需要第一个句子。事实性的和虚构的论述都可以用这句做开头:"他看着自己的手表。"

19. 这是个很合理的建议,即要理解有指称的名字,跟理解其他的表达式相比,需要有跟指称的关系。对于虚构的反实在论者来说,即使没有指称物虚构名称也是可理解的(见第2.5节),所以在他们看来这种关系根本不成立。

20. 哲学家们通常都喜欢被人们称作虚构性小说的作品。"设想一部说了如下内容的小说:……"迈农主义必须允许非存在的虚构人物可以被引入到非存在的小说中。但非存在事物被认为是因果惰性(causally inert)的,因而它们不能将任何事引入任何事。

21. 非字面论的迈农主义会有一个表象性质的层级[比如《哈

姆雷特》,贡札古被表象为(在剧中剧里)被表象为一个杀人犯],通过说只有前者拥有非表象的性质我们能够妥善处理存在和非存在之间的区分。

22. 值得注意的是,第二点的原因是什么。并不是小说里说了有一个兄弟。没有一条能让我们引入否定(从而可以得到:小说里说没有兄弟)的一般性规则。我们能在这种特殊情况下做出推理,是因为兄弟存在的话故事将会有很大的不同,因而我们应该推断不存在兄弟。

23. 或者,也许只有一条那样的帆船:那条存在着的一般性的帆船(Lewis 1970)。

## 4　世界与真

1. 自反关系是任何事物与自身的关系。

2. 一个关系 R 是传递的,当且仅当,对于任意 x、y、z,如果 x 与 y 有 R 关系,y 与 z 有 R 关系,那么 x 与 z 有 R 关系。大于是传递的,但相似性不是。蓝色的立方体与蓝色小球是相似的(都是蓝色的),蓝色小球和红色小球也是相似的(都是球体),但蓝色的立方体和红色的小球不是相似的。

3. 标准模态语义学可以用可能性而非可能世界来重构,对于后者来说,一个可能性就像一个不一定完整的可能世界。参看 Forbes 1985:18f. 及 43f。完整性的概念并没有缺席,而是在否定的语义学中重现(在细化的标签下)。

4. 命题模态语言的标准模型是基于世界的集合结构。然而世界本身的本性跟模型是无关的。听说索尔·克里普克后悔在他的"模态逻辑的语义学思考"(Kripke 1963)中使用了"可能世界"这一措辞,他希望当时用的是更加中性的词,比如"索引"。

5. 在后期著作中,路易斯没有给出这样的论证。因为,他要求可能世界是完整的,而"情况可能不是这样的"这个信念并不包含这样的想法。

6. 也许帕森斯的门口存在于无穷多的各不相同的非现实的世界中,而且每一个世界中都有不同的人站在那个门口。如果这就是他上面引述(事实上似乎完全不是这样的)想要说的话,那么当前的观点与他的立场是无关的。

7. 参考文献是 Jorge Luis Borges, *Pierre Menard, Author of the Quixote* (Ficciones, Buenos Aires, 1944; English translation, New York:Grove, 1962)。

8. 他们不可能是路易斯(Lewis 1986) 所说的模态替代物,即把可能世界看作成现实的一致语句集之类的东西。因而一个可能的而非现实的虚构人物的真实形而上学本质是现实的。根据我的分类法,这个观点是一个关于虚构人物的抽象论观点,将会在下一章讨论。

9. 据我所知,人们可以给虚构算子一个可能世界的解释,同时保持对可能世界的反实在论观点(因而对于虚构人物不持非实际主义的看法)。这不是我要讨论的观点。

10. 对基于黑斯廷斯战役的反驳,他或许可以提出这样一个回应:相关的不必要的更改是那些会直接影响故事发展的更改。既然黑斯廷斯战役没有受到影响,那么其中战役发生了但有些微不同的世界也不会受到影响。也许这个回应是循环的,它也许不能允许路易斯所偏爱的那种将现实事物导入可能世界的做法(比如,伦敦地形,其中的很多方面与故事都没有直接关联)。

11. 也许(如阿历克斯·格赞考斯基所说)人们可以相信哈姆雷特确实有俄狄浦斯情节,但并不需要明确提到俄狄浦斯情节这个概念(他们相信哈姆雷特没有意识到自己想要杀死他的父亲并迎娶母亲)。文本中只需要这个信念在莎士比亚的时代并不常见就够了,而情况很有可能就是这样的。

12. 如果有人因为如果名字没有指称那么句子将为假这个原

因而担心它不是真正的重言式,他可以把“乔治·布什”替换为一个故事中的虚构名字(要记得这里的目标是实在论)。更加严肃的反对观点来自于那些认为所有的重言式在任何故事中都为真的人。有两个相关的观察:首先,可能有不止一种的虚构算子。假设 T 为一个经典的重言式,它的主旨与虚构 F 是完全不相干的。“根据 F,T 成立”在我看来比“在 F 中,T 成立”更加糟糕。之后我们会发现其他的支持该对比的证据。其次,在一个虚构中经典重言式并不是重言式似乎也是可能的。该虚构坚持,也许是荒谬地坚持说 T 不是一个重言式,甚至说 T 是假的。说根据该虚构,T 成立似乎是惊人的误导性的。

13. Heintz (1979:93)援引雷·布拉德伯里的“一声惊雷”来作为或多或少具有这种结构的例子。艾登·麦格林告诉我类似的矛盾在《回到未来》系列电影中同样会产生。

14. 还可以加上很多别的例子,比如《奇幻人生》(*Stranger than Fiction*)中的霍华德·克里克。电影里说他既是纯粹虚构的也是真实的。

15. 波西格在导言中说道:“绝不应该把大量的事实性信息跟正统的禅宗实践联系起来。对于摩托车来说,同样也不是非常真实的。”

16. 这个论证并不依赖于这个错误论断:根据故事,福尔摩斯既不矮于 6 尺 2 寸也不高于 6 尺 2 寸。关于福尔摩斯的身高,我们拥有比某些读者能够回想起的(再次感谢艾登·麦格林的专业意见)还要多的信息。在《血字的研究》中华生这样描述福尔摩斯:“他的身高差不多六尺有余,由于过于清瘦他看起来相当高。”

17. 克里普克还论证说独角兽是不可能存在的物种。他的推理在结构上是类似的:种类大相径庭(他通过遗传组成来衡量种类;根据进化枝来考虑可能是更好的选择)的生物拥有同样好的主张去成为独角兽。如果任意种类的生物可以被当作独角兽,所有其他的候选种类也能成为独角兽种类。这就表明没有物种可以是独角兽种类,所以不可能有独角兽。

18.(*)福尔摩斯在他存在的某个世界里拥有 F,当且仅当根据故事,福尔摩斯拥有 F。即:

(1)对于所有性质 F 和世界 w,(福尔摩斯在世界 w 中拥有性质 F)当且仅当(根据故事福尔摩斯拥有 F)。

(2)存在着某些性质 Ø 使得:

(a)并非(根据故事福尔摩斯拥有性质 Ø)以及

(b)并非(根据故事福尔摩斯没有性质 Ø)。

(不完全性)。

(3)并非(福尔摩斯在 Ω 中拥有 π)[由(1)和(2a),例示了 w 和 F]。

(4)并非(福尔摩斯在 Ω 中不拥有 π)[由(1)和(2b)]。

(5)(3)和(4)是矛盾的,所以 Ω 不是一个可能世界。

(6)因为 Ω 是任意的,福尔摩斯不存在于任何可能世界中,因而不是一个可能对象。

19. 这样做还有进一步的原因。如果真的存在虚构人物的话,他们应该拥有模态性质。福尔摩斯抽烟斗,但也可能还没这么做——该偶然性属于故事的隐含部分。如果我们想要通过可能世界来表象这些模态性质,我们需要一个二维的世界变换,(*)并没有给出。

20. 这是普利斯特的进路。尽管我们下一节会看到,他的《通向非存在》(Priest 2005)是诉诸不可能性的非现实论中最权威的文献。他指出要处理不完全性并不需要超赋值的方法,而只需要给那些被归属了矛盾性质的虚构人物腾出空间(Priest 2005:123)。

21. 尽管 Lewis(1978)并没有明白地说出来,但要解释这种形式还是得彻底追随他在那篇论文中的进路。我们在前文中看到,他只在内地的例子中用了这个策略,而在杂多问题(the problem of the

many）中他有相似的应用。

22. 所有的福尔摩斯替身都住在贝克街；因此根据这种理论，就会得到福尔摩斯住在贝克街这个不想要的结果。理论家无疑会希望只允许相对于世界的真值条件，尽管替身属于不同世界，要这样做也不是轻而易举的。

23. 该理论可以给“只有一个福尔摩斯”指派真。就这一点来说，这种情形与（向下的）勒文海姆—司寇仑定理相似：即使有一个我们倾向于解释成说了“存在着不可数多事物”的句子的理论也有可数模型。我们需要该元理论（它把真指派给了“只有一个福尔摩斯”）的形而上学与对这个句子的直觉解释和谐相处，但是两者却是冲突的。

24. 尽管普利斯特的矛盾故事是专门设计用来阐明哲学观点的，表面的矛盾已经变成一个常用的虚构装置。比如，在小说《搏击俱乐部》（*Chuck Palahniuk*, 1996）中当泰勒活动时叙述者已经睡着了，而那个叙述者就是泰勒。我还注意到一些其他的例子（科幻小说、电影《奇幻人生》等等）。

25. 一个封闭的世界就是在某些后承关系 R（句子集与句子之间的关系）之下封闭的世界。一个世界在 R 之下是封闭的，当且仅当，如果存在着一个在该世界中为真的句子的子集跟句子 s 有 R 关系，而且 s 也在这个世界为真。

26. 字面论的迈农主义通常强调非存在对象（在我们这个世界中）的不完全性。我们提到的那些特征据说不会导致矛盾，而只是不完全性的表现。一个迈农式的不完全对象据说可以拥有一个确定的高度而不要求存在着有一个特定的高度。

## 5　虚构对象是抽象人造物

1. 有些人可能更喜欢说在时间和因果关系之外对于抽象对象来说是必需的。这样的读者应该将接下来会出现的“抽象”看作

“抽象 *”,后者只是说非空间的、非精神的。

2. 还有一种版本的抽象人造物理论,认为虚构人物不是由作者创造的,而是由小说的批评家和消费者创造的(van Inwagen 1977; Schiffer 1996[里面的某些段落])。本章中主要讨论的是认为虚构人物由作者创造的那个版本,我认为这显然是更加优越的版本,参看第5.2节中给出的理由。认为创造属于批评家的抽象论版本也无法逃避作者创造版本的抽象论所要遇到的任何反驳。

3.“例示”和“编码”区分的表述来自于扎尔塔(Zalta 1983; 同时参考 Zalta 1988:14ff.)。事实上范·因瓦根(van Inwagen1977,2003)已经做过了相同的区分,只不过用的词是“拥有”(having)和“持有”(holding)。这个区分可能跟迈农主义的非核心性质与核心性质的区分有着有趣的联系。抽象人造物理论家能否离不开这个区分?也许可以。一种避免该区分的方法是说,在叙述及复述故事时纯粹虚构名称可以没有语义学指称(就像反实在论者坚持的),但是在批评的语境中拥有指称,比如“福尔摩斯是由柯南·道尔创造的”。我将在后面对这种进路进行简要的讨论。

尽管扎尔塔为编码发展了一个丰富的逻辑理论,但是没有怎么处理如下哲学问题:抽象对象是如何编码的?编码会让用来编码的东西成为语言中的要素吗?Lewis(1986)提出不同版本的替代物理论时的考虑过的一些方案能够有效地用在编码概念上。

4. 沙勒姆·拉宾(Shalom Lappin)精心设计了一个问题:假设一部传记广泛被人们错认为是一部小说,并且产生了许多的续集和同人小说。事实变得如此匪夷所思,我们最终把他们都得看作纯粹的虚构,而不是关于在最初传记中出现的那个完全真实的人物的虚构。但是没有一个创造的时刻或特殊事件让这个虚构实体产生出来。

5. 很难从结构上区分各种迈农主义观点:任意一个名称都是某个东西(无论它是存在的还是非存在的)的名称。

6. 在最近的著作中，托马森似乎倾向认为这种歧义存在。因为当她十分肯定在虚构外的话语中虚构名称指称抽象实体时，她还受这样的观点诱惑——它们在虚构中并不指称："也许我们应该接受，在虚构化的话语中虚构名称并不指称虚构人物。"（2003：214）

7. "用歧义来解释一般情形则会显得不足，用来解释特殊情形又会多余，那为什么还要假设语义上的歧义？"（Kripke 1977：401）。

8. 范·因瓦根在论文中只用过一次"抽象"一词（在谈到理论实体是抽象对象时[1977：304]）。但是他强调虚构人物不占据空间（1977：306）。

9. 范·因瓦根自始至终认为"虚构人物存在"可以与"∃x（x是一个虚构人物）"互译（2003：137，143，145）。"∃"在第二个句子中存在暗示了它是一阶的（或者很容易一阶形式化的），而反实在论者会认为该句子表达了某些避开一阶形式化的非外延性的内容。

10. 幸亏马克斯·格罗德克和布莱恩·皮克尔让我注意到明显的不足之处。

11. 这个改写的充分性是由关系性出现和在由内涵动词所构造的句子中特定出现之间的区别所支持的：参看第6.3节。与导出推理相关的特殊性问题早些时候在3.5节讨论过。

12. "x被表象为y"的不同寻常之处在于即使两个变元都被替换为代表普通对象的表达式，比如"珀加索斯被表象为一匹飞马"，这个句子也能是真的。

13. 也许在其他人口中（比如路易斯）"根据小说F"对应于"在小说F中"。我怀疑还能做出其他的区分，不需要预先存在的术语来可靠地表达他们。

14. 有关详细信息，参看6.5节。

15. "任何一个充分的理论必须能够解释……'艾玛·伍德豪斯不存在'在什么意义上是真的。"（Thomasson 2003：214）

16. 这个提议可能要回溯到该问题产生之初，因而需要接受：

根据抽象人造物理论,夏洛克·福尔摩斯既不编码也不例示(非元语言学的)存在的性质。

17. 在讨论中,蒂姆·巴顿代表抽象人造物实在论者提出这个建议。

18. 加布里尔·西格尔在讨论中代表抽象人造物理论的支持者力促这种立场。

## 6 反实在论:虚构与意向性

1. 那些跟我一样相信即使不存在独角兽,独角兽也非常像马的人,会看到这样表述内涵性有点过于严苛了。要处理更加严格的概念,能花费一章的篇幅。

2. 完成这个论证要求这样一个论断:它无法量化性质,因为那样的话见证会是一个指称性质的名词短语,比如“友善的性质”,但是这里需要的是一个形容词(“友善的”)。

3. 在这种情形下,我们很接近一个条件句。即使有一些冗余,我仍然可以回答:如果明天天气不错,我会出去散步。我们是否应该用条件句来解释前提,或者用前提来解释条件句,这是一个棘手的问题(我将不在这里解决)。

4. 蒯因是改写的一个著名的支持者,他似乎把改写理解为替换:“改写句 S′与 S 的关系就像是说话者有时想要用 S 来做一件事,但是他完全可以用 S′来做到而不必再用 S。”(Quine 1960:160)

5. 这个原则有许多限制。也许将不同类型的小说整合到一起是愚蠢的。而且在整合算子下某些整合会包含矛盾。

6. 这个例子来自于跟马克·卡尔德隆的讨论。

7. 还不是一样有许多帆船都能满足杰克的欲望?假设造船公司打算造两条一模一样的船,一条用来完成杰克的委托,另一条则待价而沽。这个公司并没有确定说哪条船来实现哪个目的。任意一条都不能满足杰克的欲望吗?如果真的这样,那么他的欲望没有关系性所需要的那种特定性。这并不是决定性的。毫无疑问,我想与妻子在一起的欲望完全是针对妻子特定的。这跟下面的情形是一致的:与一个跟我妻子不可分辨的复制品(假设我一无所知,就跟真正的我的妻子在一起一样快乐)在一起而同样快乐。但这不是重点:在使该欲望成真的意义上,只有我的妻子能够满足一个针对妻子特定的欲望,即使当那个欲望并不为真,我也能够在该表达式的非哲学意义上"被满足"。

8. 把这个单子中前几项的否定添加进来的话,那就会影响到对特定性和关系性不成立的严格理解。这些语义学条件(至少在表面上)承诺了奇异的非现实对象,所以它们不会是反实在论者表达该区分的终极途径。

9. 在"x 崇拜 y"中,y 的位置可以支持同一替换(那样的话,现在讨论的那个推理就不会失败),原因和随后马上要讨论的欲望和恐惧的情形中的原因类似。

10. 更加详细的讨论见前面第 2.4 节的附录。

11. 蒯因首先提供了一种"扩展":"这位理事在努力使得这位理事找到了医院理事会的主席"(1960:152)。他逐渐对此表示不满意(1960:153)。这个注释连接的句子不是蒯因自己的,但保持了"算子 + 句子"的形式(endeavors that p),相对于蒯因在句子 (5) 中的"算子 + 不定式"(endeavors to cause himself to find)(1960:154)。"寻找"仍然是一个内涵性动词,但由于它出现在内涵性算子的范围中,无论医院理事会的主席是否存在整个句子仍然能为真。在后来的讨论中(154)蒯因将"扩展"视为"改写",但是为了和他的关于意义的怀疑论观点相一致,他并不把统一性作为改写的必然要求(159)。

12. 在一些小的细节上我又偏离了蒯因的表述。如果厄内斯特不知道他就是厄内斯特,那个句子就会有点问题,就算跟蒯因最终的表述很接近的一个句子为真:某只狮子,厄内斯特正努力要射杀它。这个问题对我们的讨论无足轻重。

13. “改写句要满足原句被用来满足的部分甚至全部目的,除非这些要求还包括简洁和常用”(Quine:1960:191)。

14. 与蒂姆·克雷恩的讨论实质上改善了我对这个问题的看法,尽管他并不接受我的看法。

15. 对本体论承诺的其他理解适用于其他目的。比如,有人会说F属于某个理论(后承关系之下封闭的句子集)的本体论,当且仅当,存在着该理论的一个定理说存在着F;又或者有人会说F属于某个人的本体论,当且仅当,那个人可以先天地知道将他相信的东西同F不存在的论断结合起来会产生矛盾。不同的概念并不是同外延的。正如Church (1958)所说,“x本体论上承诺了y”形式的表达式本身包含了内涵性动词。文本中的阐释是提供算子还原的一种方法,在这个情形中的算子是模态的,而不是用来归属命题态度的。

16. 这并不完全正确。(i)它会产生事与愿违的结果:一个不可能语句在它的本体论中会包含所有事物。相反,说要使“独角兽存在”为真独角兽必须存在似乎是很直观的。(ii)如果不同的存在(比如,如果我父亲不存在的话那么我也不可能存在)之间有必然的联系的话,一个关于两者之一的句子,将会反直观地在它的本体论中包含另一个(比如“我饿了”的本体论中将会包含我父亲)。我相信为了当前的讨论起见,这些问题(是布莱恩·皮克尔使我注意到的)并不需要得到解决,他们的重要性体现在其他语境中。

17. 蒂姆·巴顿在讨论中提出了这一质疑。

18. 标准的观点是可以被质疑的(该反例来自蒂姆·巴顿):假设一个强调一神论重要性的部落开始相信他们弄错了,他们实际上崇拜了两个神。也许我们可以把他们的前启蒙状态表述为他们崇拜一个神,尽管他们不崇拜某个特定的神。

19. Richard (2001) 提供了这个论证,并反驳了从(2) 到 (3)

的推理。

20. 蒂莫西·威廉姆森和拉尔夫·维基伍德鼓励我去探讨这一方案。

21. “多蒂·敖特丽,扮演克拉吉特夫人的角色的女演员,跳出她所扮演的人物来评论故事的进程。”[迈克尔·弗莱恩《大人别出声》(*Noises Off*)中的舞台指导[1977]:366]这个段落同样用到了角色的概念。克拉吉特夫人的角色非常不同于克拉吉特夫人自己(前者能够被多蒂·敖特丽扮演,而后者,即克拉吉特夫人自己却不能被准确地扮演),因而克拉吉特夫人的角色是抽象实体的候选人。

## 7　一些虚构主义者

1. Rosen (2005)是一个有用的历史性综述,本节中的许多观点在其中都得到了刻画;由 Eklund (2007)可以得到一个当代的综述。任何想要完全描述虚构主义历史的企图都应该提到费英格(Vaihinger):“虚构主义的原则……或者说虚构主义的成果在于:‘一个在理论上不真实或不正确甚至错误的观点,被认为并不因此而在实践上是没价值和没用的;因为,尽管在理论上是无效的,它也可能有巨大的实践价值’。”(1925:viii [英文版前言])

2. 伽利略并未采纳贝拉明大主教(Cardinal Bellarmine)的建议把自己的观点表述成“作为一种假说而不是绝对真理”(Rosen 2005:39)。

3. 拉丁原文是 Hypotheses non fingo,有人建议 fingo 翻译成“捏造”可能比翻译成“构造”更好(Cohen 1962)。另外,牛顿说我们不能捏造假设:“自然哲学的主要职责在于从现象出发进行论证而不需要捏造假设。”(*Optiks*, Bk. 3, query 28)这支持了虚构主义和“假设”用法之间的联系,同时帮助解释了牛顿的名言如何与他的实践相一致,即当避开虚构主义的捏造物之后,他构造了许多的假设(我们会这样说)。

4. 休谟不是唯一一个将表象的本质与被表象的对象的本质混淆的哲学家。

5. “所有那些陈述”指称什么并不是很明显。也许是我省略掉的句子:“如果你说‘存在着一个宇宙’其中‘存在着’的意思跟‘存在着一个殊相’中的‘存在着’的意思是大相径庭的,后者的意思是‘命题函数“x 是一个殊相”有时是对的’。”

6. 非常简略。比如,“强子由夸克组成”不能被解释为测试强子的设备是由测试夸克的设备组成的,所以不存在替换一个显然是指称不可观察对象的表达式为指称仪器的简单规则。

7. 某物是绿蓝的仅当它是绿色的且被检查过,或至少没被检查过且是蓝的(参看 Goodman 1955:74)。如果所有的祖母绿都是绿蓝的,那么没被检查的肯定是蓝色的。

8. 至少范弗拉森是这样解释《自然哲学的数学原理》从总释到 Bk III 中包含著名的 hypotheses non fingo 的段落的:“我们还没有为这个力量[即重力]指定一个原因……说重力真的存在而且根据我们已经解释过的规律运作对我们来说已经足够了。”(引自 van Fraassen 1980:94)

9. 想要对该立场有一个完全精确的论述是相当棘手的。恐怕一个认为不存在数因而也不存在素数的唯名论者,也不会认为 4 是一个素数,且不存在大于 3 小于 5 的素数。

10. x 属于集合 A 和 B 的并,当且仅当或者 x 属于 A 或者 x 属于 B。用符号表示为:$(x \in A \cup B)$ 当且仅当 $(x \in A \vee x \in B)$。

11. 路易斯将会是最后一个认为它能的人。尽管面对数学家是谦虚的,路易斯已经准备好告诉宇宙学家们说存在着通常为他们所不知的(连同许多未识的天体、大爆炸等)多元的其他世界。路易斯是一个“模态实在论者”:他相信真的存在着除了我们之外的世界或宇宙,在因果上与我们相隔绝,拥有它们自己的时空以及许多庞大的对象。当然,它们是非现实的,但路易斯声称它们是真实的。

12. 这一笔带过了许多棘手的问题。一个更加详细的论述，见Shapiro 2000。菲尔德在后期的著作中允许在某种意义上存在着多种数学真理：“‘2 + 2 = 4’为真的含义同‘奥利弗·特威斯特住在伦敦’为真的含义相去无几：后者只有在根据某个家喻户晓的故事的含义上才是真的，而前者只有在根据标准数学的含义上才是真的。”（1989:3）他很快补充说标准数学最好是一个“好故事”（1989:3）。

## 8　关于可能世界的虚构主义

1. 虚构主义通常被定义为关于句子而不是关于思想的学说。在我看来思想更加重要；如果把“思想”换作“句子”，那些持异议者可能也不会发现有什么错误。

2. 大卫·路易斯（Lewis 1986）用“模态实在论”是来指关于可能世界的实在论（认为真的存在许多非现实的可能世界的观点），而不是存在着真的模态事实的观点（比如，可能存在会讲话的猴子这样的模态事实）。

3. 这可能会产生误导。路易斯把可能世界的表达当成基本的，并且认为它们可以解释日常的模态谈论。并不是说（至少不是正式地）他通过剪裁可能世界谈论来反映一个更加原始的模态习语的特征。

4. 如果我们希望正确地忠实于Lewis（1986），量化在这种情形下将不会明显地跨世界，但是会跨对应物：苏格拉底的某些对应物是塌鼻子的。这反映了路易斯的这个信念：对象并不会存在于多个世界，所以我们这个世界中的一个对象的可能情况就表现为该对象在其他世界的对应物具有各种不同的性质。在认为存在着多个世界的理论中，对于路易斯提出的这个版本来说，他所说的“对应物理论”是不可或缺的要素。

5. 一个语言可以同时包括跨世界量化（以可能世界的方式）和

日常的模态表达(如必须和能够)。路易斯想把后者还原为前者,对他要达到的目标来说,可能世界的语言绝不能包括日常的模态表达,却可以包含跨世界的量化。

6. 路易斯的模态实在论也意在成为(对模态的)还原性的分析。根据某些说明,路易斯声称一个可能世界就是一个极大的时空实体,而这个说明显然不是模态的。极大的概念是这样解释的:如果 x 是在 w 中,无论 y 与 x 处在什么样的时空关系,那么 y 也在 w 中。

7. 蕴涵关系通常被理解为一个模态概念:A 蕴含 B 当且仅当必然的,如果 A,那么 B。

8. 路易斯的论断一直是有争议的,比如参看 Sainsbury (2001)。

9. 这在 Lewis (1986)中是很明确的。就 1968 年论文中的公理而言,并没有排除世界中的世界。但是如果我们加上表达了在世界 I 中传递性的东西的关系,这看起来是与路易斯的意图完全一致的,即使是 1968 年的论文也会把世界内的世界排除在外。

10. 对这些问题的根本原因的分析,见 Nolan and Hawthorne (1996)。

11. 量化模态逻辑的语言是一阶逻辑加上方框和钻石作为表达必然性和可能性的算子。

12. “翻译成对应理论能够将有争议的问题引入量化模态逻辑中处理。”(Lewis 1968:123)

## 9 道德虚构主义

1. 另一个论证是基于“视角转移”的(Kalderon 2005a:43 – 50),我在这里不会讨论它。

2. 这应该会引出对如下论断的虚构主义的界定:“为道德语言给出的语义学,最后还是跟实在论者给出的语义学是一样的。”(Nolan et al. 2005:28)

3. RWR 语义学参看前面的2.4 节(附录)以及 Sainsbury 2005。这里用符合当前议题的方式简述一下 RWR 的进路:在 RWR 语义学中“瓦肯星”是由这样的公理刻画的:对于所有 x,“瓦肯星”指称 x 当且仅当 x = 伏尔甘。对于“恶”(作为一个名词)相似的语句是这样的:对于所有 x,“恶”指称 x 当且仅当 x = 恶。第一个论述对是否存在着像瓦肯星那样的东西是中立的,第二个论述对是否存在着恶那样的东西同样是中立的。(这种中立性预设了消极的自由逻辑)

4. 有一个小问题:因为这种观点说没有道德性质被例示,所以像“善良是好的”这样的论断是假的,因而可推断它们的否定是真的,所以“善良不是好的”是真的,严格地且字面地为真。正如我们前面说的,所有我们已经讨论过的那些虚构主义要避免这个问题的话就得谨慎表述。

# 参考文献


Adams, Fred, Gary Fuller, and Robert Stecker (1997). "The Semantics of Fictional Names." *Pacific Philosophical Quarterly* 78: 128 - 48.

Balaguer, Mark (2008). "Fictionalism in the Philosophy of Mathematics." *Stanford Encyclopedia of Philosophy*. Online at http://plato.stanford.edu/entries/fictionalism - mathematics

Benacerraf, Paul (1973). "Mathematical Truth." *Journal of Philosophy* 70:661 - 80.

Bentham, Jeremy (1822). *First Principles Preparatory to Constitutional Code*, ed. P. Schofield. Oxford: Clarendon Press 1989.

Bentham, Jeremy (1843). *The Works of Jeremy Bentham.* Edinburgh: William Tate. Available in a range of electronic formats at: http://oll.libertyfund.org/index.php? option = com_staticxt&staticfile = show.php%3Ftitle = 1996&Itemid = 99999999

Berkeley, George (1710). *A Treatise Concerning the Principles of Human Knowledge.*

Berkeley, George (1713). *Three Dialogues between Hylas and Philonous.*

Burgess, John and Gideon Rosen (1997). *A Subject with No Object.* Oxford: Oxford University Press.

Carroll, Noel (1991). "On Kendall Walton's Mimesis as Make - Believe." *Philosophy and Phenomenological Research* 51:383 - 7.

Church, Alonzo (1958). "Ontological Commitment." *Journal of Philosophy* 55 (23):1008 - 14.

Cohen, Bernard (1962). "The First English Version of Newton's Hypotheses Non Fingo." *Isis* 53:379 - 88.

Crane, Timothy. (2001). "Intentional Objects." *Ratio* 14: 336 - 49.

Currie, Greg (1990). *The Nature of Fiction.* Cambridge: Cambridge University Press.

Deutsch, Harry (1991). "The Creation Problem." *Topoi* 10: 209 - 25.

Donnellan, Keith (1974). "Speaking of Nothing." *Philosophical Review* 83 (1):3 - 31.

Doyle, Arthur Conan (1930). *The Casebook of Sherlock Holmes.* Online at http://infomotions.com/etexts/literature/english/1800 - 1899/doyle - case - 381.htm

Eklund, Matti (2007). "Fictionalism." *Stanford Encyclopedia of Philosophy.* Online at http://plato.stanford.edu/entries/fictionalism/

Evans, Gareth (1982). *The Varieties of Reference.* Oxford: Clarendon Press.

Field, Hartry (1980). *Science without Numbers: A Defence of Nominalism.* Oxford: Basil Blackwell.

Field, Hartry (1989). *Realism, Mathematics and Modality.* Oxford: Basil Blackwell.

Field, Hartry (1991). "Metalogic and Modality." *Philosophical Studies* 62:1 - 22.

Field, Hartry (1992). "A Nominalistic Proof of the Conservativeness of Set Theory." *Journal of Philosophical Logic* 21 (2):111 - 23.

Findlay, J. N. (1935). "Emotional Presentation." *Australasian*

*Journal of Philosophy* 13:111 - 21.

Fine, Kit (1982). "The Problem of Non-Existence: 1. Internalism." *Topoi* 1:97 - 140.

Forbes, Graeme (1985). *The Metaphysics of Modality.* Oxford: Clarendon Press.

Forbes, Graeme (2006). *Attitude Problems.* Oxford: Clarendon Press.

Frege, Gottlob (1984). "On Sense and Meaning." In *Collected Papers on Mathematics, Logic and Philosophy*, ed. Brian McGuinness. Oxford: Basil Blackwell, 157 - 77 (originally published 1892).

Friend, S. (2007). "Fictional Characters." *Philosophy Compass* 2:141 - 56.

Godfrey-Smith, P. (2003). *Theory and Reality: An Introduction to the Philosophy of Science.* Chicago: University of Chicago Press.

Goodman, Nelson (1955). *Fact, Fiction and Forecast.* Cambridge, Mass.: Harvard University Press; 4th edn., 1983.

Grice, H. P. (1975). "Logic and Conversation." In *Syntax and Sematics*, vol. 3, *Speech Acts*, ed. P. Cole and J. L. Morgan. New York: Academic Press, 41 - 58.

Heintz, John (1979). "Reference and Inference in Fiction." *Poetics* 8:85 - 99.

Hume, David (1739 - 40). *A Treatise of Human Nature.* Jacquette, D. (1996). *Meinongian Logic. The Semantics of Existence and Nonexistence.* Berlin: de Gruyter.

Jardine, Nicholas (1984). *The Birth of History and Philosophy of Science. Kepler's 'A Defence of Tycho against Ursus' with Essays on Its Provenance and Significance.* Cambridge: Cambridge University Press.

Johnson, Samuel (1765). "Preface to *Shakespeare.*"

Joyce, Richard (2005). "Moral Fictionalism." In *Fictionalism in Metaphysics*, ed. Mark Kalderon. Oxford: Clarendon Press, 287 - 313.

Kalderon, Mark (2005a). *Moral Fictionalism.* Oxford: Clarendon Press.

Kalderon, Mark (ed.) (2005b). *Fictionalism in Metaphysics.* Oxford: Oxford University Press.

Kim, Seahwa (2005a). "Modal Fictionalism and Analysis." In Kalderon (2005b): 116 - 33.

Kim, Seahwa (2005b). "The Real Puzzle from Radford." *Erkenntnis* 62: 29 - 46.

Kripke, Saul (1963). "Semantical Considerations on Modal Logic." *Acta Philosophica Fennica* 16: 83 - 94.

Kripke, Saul (1972). *Naming and Necessity.* Oxford: Basil Blackwell (2nd edn. 1980).

Kripke, Saul (1977). "Speaker's Reference and Semantic Reference." In *Contemporary Perspectives in the Philosophy of Language*, ed. Peter A. French, Theodore E. Uehling, Jr., and Howard K. Wettstein. Minneapolis: University of Minnesota Press, 6 - 27. Reprinted in Peter Ludlow (ed.) (1997), *Readings in the Philosophy of Language*, Cambridge, Mass.: The MIT Press, 383 - 414.

Larson, Richard (2002). "The Grammar of Intensionality." In *Logical Form and Language*, ed. G. Preyer and G. Peter. Oxford: Clarendon Press, 228 - 62.

Leibniz, Gottfried (1686). *De Veritatibus Primis.*

Leslie, Alan (1987). "Pretence and Representation: The Origin of 'Theory of Mind'." *Psychological Review* 94: 412 - 26.

Lewis, David (1968). "Counterpart Theory and Quantified Modal

Logic." *Journal of Philosophy* 65:113 - 26.

Lewis, David (1970). "General Semantics." *Synthese* 22:18 - 67.

Lewis, David (1973). *Counterfactuals.* Oxford:Basil Blackwell.

Lewis, David (1978). "Truth in Fiction." *American Philosophical Quarterly* 15:37 - 46.

Lewis, David (1986). *On the Plurality of Worlds.* Oxford:Basil Blackwell.

Lewis, David (1991). *Parts of Classes.* Oxford:Basil Blackwell.

Lewis, David (1993). "Many, But Almost One". In *Ontology, Causality, and Mind: Essays on the Philosophy of D. M. Armstrong*, ed. Keith Campbell, John Bacon, and Lloyd Reinhardt. Cambridge: Cambridge University Press, 23 - 42.

Liston, Michael (1993). "Taking Mathematical Fictions Seriously." *Synthese* 95:433 - 58.

MacBride, F. (1999). "Listening to Fictions: A Study of Fieldian Nominalism." *British Journal for Philosophy of Science* 50:431 - 55.

Mackie, John L. (1977). *Ethics: Inventing Right and Wrong.* Harmondsworth:Penguin Books.

Martin, Robert M. and Peter K. Schotch (1974). "The Meaning of Fictional Names." *Philosophical Studies* 26:377 - 88.

Martinich, A. P. and Avrum Stroll (2007). *Much Ado about Nonexistence.* Lanham:Rowman and Littlefield.

Meinong, Alexius (1983). *On Assumptions*, trans. James Heanue, 2nd edn. Berkeley: University of California Press (originally published 1910).

Mill, J. S. (1843). *System of Logic*, 3rd edn. London:Parker.

Miller, Barry (2002). "Existence." Stanford Encyclopedia of

Philosophy. Online at http://plato. stanford. edu/entries/existence/

Nolan, Daniel (2007). "Modal Fictionalism." *Stanford Encyclopedia of Philosophy*. Online at http://plato. stanford. edu/entries/fictionalism – modal/

Nolan, D. and J. O'Leary – Hawthorne (1996). "Reflexive Fictionalisms." *Analysis* 56:23 – 32.

Nolan, Daniel, Greg Restall, and Caroline West (2005). "Moral Fictionalism versus the Rest." *Australasian Journal of Philosophy* 83: 307 – 30.

Noonan, Harold (1994). "In Defence of the Letter of Fictionalism." *Analysis* 54 (3):133 – 9.

Oliver, A. (1999). "A Few More Remarks on Logical Form." *Proceedings of the Aristotelian Society* 99:247 – 72.

Oliver, A. and Timothy Smiley (2006). "A Modest Logic of Plurals." *Journal of Philosophical Logic* 35:317 – 48.

Parsons, Terence (1980). *Nonexistent Objects*. New Haven: Yale University Press.

Parsons, Terence (1982). "Fregean Theories of Fictional Objects." *Topoi* 1:81 – 7.

Perszyk, K. J. (1993). *Nonexistent Objects: Meinong and Contemporary Philosophy*. Dordrecht: Kluwer Academic Publishers.

Priest, Graham (2005). *Towards Non – Being. The Logic and Metaphysics of Intentionality*. Oxford: Clarendon Press.

Prior, Arthur (1971). *Objects of Thought*. Oxford: Clarendon Press.

Proudfoot, Diane (2006). "Possible Worlds Semantics and Fiction." *Journal of Philosophical Logic* 35:9 – 40.

Quine, Willard van O. (1948). "On What There Is." *Review of*

*Metaphysics* 2:21 - 36.

Quine, Willard van O. (1956). "Quantifiers and Propositional Attitudes." *Journal of Philosophy* 53:177 - 87.

Quine, Willard van O. (1960). *Word and Object.* New York: Technology Press of MIT and John Wiley and Sons Inc.

Quine, Willard van O. (1969). *Ontological Relativity.* Cambridge, Mass.: Harvard University Press. This reprints the essay "Existence and Quantification" (1968), from which the quotation at the start of chapter 6 is taken.

Radford, Colin (1975). "How Can We Be Moved by the Fate of Anna Karenina?" *Proceedings of the Aristotelian Society* 69:67 - 80.

Richard, Mark (2001). "Seeking a Centaur, Adoring Adonis: Intensional Transitives and Empty Terms." *Midwest Studies in Philosophy* 25:103 - 27.

Roberts, Robert C. (1988). "What an Emotion Is: A Sketch." *The Philosophical Review* 97:183 - 209.

Rosen, Gideon (1990). "Modal Fictionalism." *Mind* 99 (395): 327 - 54.

Rosen, Gideon (1993). "A Problem for Fictionalism about Possible Worlds." *Analysis* 53 (2):71 - 81.

Rosen, Gideon (1995). "Modal Fictionalism Fixed." *Analysis* 55 (2):67 - 73.

Rosen, Gideon (2005). "Problems in the History of Fictionalism." In *Fictionalism in Metaphysics*, ed. Mark Kalderon. Oxford: Oxford University Press, 14 - 64.

Rosenkranz, Sven (2007). *The Agnostic Stance.* Paderborn: Mentis – Verlag.

Routley, Richard (1980). *Exploring Meinong's Jungle and Be-*

*yond*. Canberra:RSSS Monograph no. 3.

Russell, Bertrand (1903). *The Principles of Mathematics*. Cambridge:Cambridge University Press.

Russell, Bertrand (1905a). "On Denoting." *Mind* 14:479 - 93.

Russell, Bertrand (1905b). Critical notice of Meinong's *Untersuchungen zur Gegenstandstheorie und Psychologie*. *Mind* 14:530 - 8.

Russell, Bertrand (1908). "Mathematical Logic as Based on the Theory of Types." *American Journal of Mathematics* 30:222 - 62.

Russell, Bertrand (1918 - 19). "Lectures on the Philosophy of Logical Atomism." *Monist* 28 (1918):495 - 524; 29 (1919):32 - 64, 190 - 222, 345 - 80. Reprinted in R. C. Marsh (ed.) (1956), *Bertrand Russell:Logic and Knowledge. Essays* 1902 - 1950. London:George Allen and Unwin, London, 177 - 281.

Russell, Bertrand (1925). "Mind and Matter." In *Portraits from Memory*. London:George Allen and Unwin, 1956; pp. 140 - 60 in the Readers Union edn., London, 1958.

Russell, Bertand (1940). *An Inquiry into Meaning and Truth*. London:George Allen and Unwin.

Russell, Bertrand and Alfred North Whitehead (1910 - 13). *Principia Mathematica*, 3 vols. Cambridge: Cambridge University Press.

Russell, Bruce (2007). "A Priori Justification and Knowledge." *Stanford Encyclopedia of Philosophy*. Online at http://plato.stanford.edu/entries/apriori/

Sainsbury, R. M. (2001). *Logical Forms: An Introduction to Philosophical Logic*, 2nd edn. Oxford and Cambridge, Mass.:Blackwell Publishers.

Sainsbury, R. M. (2005). *Reference without Referents.* Oxford: Clarendon Press.

Salmon, Nathan (1981). *Reference and Essence.* Princeton: Princeton University Press.

Salmon, Nathan (1998). "Nonexistence." *Nous* 32 (3): 277 - 319.

Sawyer, S. (2002). "Abstract Artifacts in Pretence." *Philosophical Papers* 31: 183 - 98.

Schiffer, Stephen (1996). "Language - Created Language - Independent Entities." *Philosophical Topics* 24 (1): 149 - 67.

Searle, John R. (1975). "The Logical Status of Fictional Discourse." *New Literary History* 6 (2): 319 - 32.

Shapiro, Stewart (2000). *Thinking about Mathematics.* Oxford: Oxford University Press.

Smiley, T. (2004). "The Theory of Descriptions." In *Studies in the Philosophy of Logic and Knowledge*, ed. T. R. Baldwin and T. J. Smiley. Oxford: Oxford University Press, 131 - 61.

Soames, Scott (2002). *Beyond Rigidity.* Oxford: Oxford University Press.

Stalnaker, Robert (1973). "Presuppositions." *Journal of Philosophical Logic* 2 (4): 447 - 56.

Stanley, Jason (2001). "Hermeneutic Fictionalism." *Midwest Studies in Philosophy* 25: 36 - 71.

Steen, Francis and Stephanie Owens (2001). "Evolution's Pedagogy: An Adaptationist Model of Pretense and Entertainment." *Journal of Cognition and Culture* 1: 289 - 321.

Strawson, P. F. (1950). "On Referring." *Mind* 59: 269 - 86.

Strawson, P. F. (1967). "Is Existence Never a Predicate?" *Crit-*

*ica* 1:5 – 15.

Thomasson, Amie L. (1999). *Fiction and Metaphysics.* Cambridge: Cambridge University Press.

Thomasson, Amie L. (2003). "Speaking of Fictional Characters." *Dialectica* 57 (2): 207 – 26.

Vaihinger, Hans (1925). *The Philosophy of "As If". A System of the Theoretical, Practical and Religious Fictions of Mankind.* New York: Harcourt, Brace & Co.

van Fraassen, B. (1980). *The Scientific Image.* Oxford: Clarendon Press.

van Inwagen, Peter (1977). "Creatures of Fiction." *American Philosophical Quarterly* 14: 299 – 308.

van Inwagen, Peter (2003). "Existence, Ontological Commitment and Fictional Entities." In *The Oxford Handbook of Metaphysics*, ed. Michael J. Loux and Dean W. Zimmerman. Oxford: Oxford University Press, 131 – 57.

Voltolini, A. (2006). *How Ficta Follow Fiction.* Dordrecht: Springer.

Walton, Kendall L. (1990). *Mimesis as Make – Believe: On the Foundations of the Representational Arts.* Cambridge, Mass.: Harvard University Press.

Walton, Kendall L. (1997). "Spelunking, Simulation, and Slime: On Being Moved by Fiction." Online at http://www.communicatio.hu/kurzusok/2004052/walton/spelunkingsimulation.htm

Wolterstorff, N. (1980). *Works and Worlds of Art.* New York: Oxford University Press.

Wood, James (2008). *How Fiction Works.* New York: Farrar, Straus, and Giroux.

Woods, John (1974). *The Logic of Fiction: A Philosophical Sounding of Deviant Logic.* The Hague: Mouton.

Yablo, S. (2005). "The Myth of the Seven." In Kalderon (2005b): 88 - 115.

Zalta, E. N. (1983). *Abstract Objects: An Introduction to Axiomatic Metaphysics.* Dordrecht: Reidel.

Zalta, E. N. (1988). *Intensional Logic and the Metaphysics of Intentionality.* Cambridge: Mass.: The MIT Press.

Zalta, E. N. (2003). "Referring to Fictional Characters." *Dialectica* 57: 243 - 54.

**图书在版编目（CIP）数据**

虚构与虚构主义 / (美) 赛恩斯伯里著；万美文译. —北京：华夏出版社, 2015.8

书名原文: Fiction and fictionalism

ISBN 978-7-5080-8537-1

Ⅰ. ①虚… Ⅱ. ①赛… ②万… Ⅲ. ①虚构—文学理论 Ⅳ. ①I044

中国版本图书馆 CIP 数据核字(2015)第 182520 号

**Fiction and fictionlism by R. M. Sainsbury/ ISBN:978-0-415-77435-2**



北京市版权局著作权合同登记号：图字 01-2011-0903

虚构与虚构主义

| | |
|---|---|
| 作　　者 | [美] R. M. 赛恩斯伯里 |
| 译　　者 | 万美文 |
| 责任编辑 | 罗　庆　田红梅 |
| 出版发行 | 华夏出版社 |
| 经　　销 | 新华书店 |
| 印　　装 | 三河市少明印务有限公司 |
| 版　　次 | 2015 年 8 月北京第 1 版<br>2015 年 12 月北京第 1 次印刷 |
| 开　　本 | 880×1230　1/32 开 |
| 印　　张 | 9.75 |
| 字　　数 | 234 千字 |
| 定　　价 | 39.00 元 |

**华夏出版社**　地址：北京市东直门外香河园北里 4 号　邮编：100028

网址:www.hxph.com.cn　电话：（010）64663331（转）

若发现本版图书有印装质量问题，请与我社营销中心联系调换。